AtV

Eva Maaser wurde 1948 in Reken (Westfalen) geboren. Sie studierte Germanistik, Pädagogik, Theologie und Kunstgeschichte in Münster. Von ihr erschienen die Romane *Der Moorkönig* (1999) und *Der Paradiesgarten* (2001) sowie die Kriminalromane *Das Puppenkind* (2000), *Tango Finale* (2002) und *Kleine Schwäne* (2002), in denen Kommissar Rohleff und sein Team spektakuläre Fälle im Münsterland lösen.

Nicht weit vom Ufer des Bagnosees in Steinfurt steht reglos eine Frau an eine Birke gelehnt und starrt zur Fledermausinsel hinüber, als hätte sie nicht bemerkt, daß es für ihre ziemlich dürftige Bekleidung zu kalt ist, viel zu kalt. In der Nacht ist ein Eisregen niedergegangen, der Bäume und Büsche ebenso mit einer glasklaren Eisschicht überzogen hat wie die Unbekannte, die zu einer sehr kunstvollen Statue gefroren ist.

Die Todesursache läßt sich so leicht nicht ermitteln; Kommissar Rohleffs Team hat wieder einen mysteriösen Fall mit einer schönen Leiche, und das am Karnevalssamstag.

Zunächst deutet einiges darauf hin, daß es sich bei der Toten um die Tochter einer türkischen Familie handelt. Ausgerechnet der Besuch einer Aufführung der »Fledermaus« aber lenkt Rohleffs Spürsinn in eine neue Richtung. Als er sich im Milieu des Theaters umzuschauen beginnt, erregt eine Tangotruppe seine Aufmerksamkeit.

Die weiteren Ermittlungen führen ihn nach Berlin. Er nimmt seinen Kollegen Harry mit auf die Reise, der sich bei diesem Fall ausgesprochen merkwürdig verhält und selbst verdächtig macht.

Wie der Fund des »Puppenkindes« ist auch der zweite Fall der Steinfurter Ermittler so spektakulär wie rätselhaft.

Eva Maaser

# TANGO FINALE

Kriminalroman

Aufbau Taschenbuch Verlag

ISBN 3-7466-1816-9

2. Auflage 2003

Einbandgestaltung Torsten Lemme
unter Verwendung eines Fotos von Beverly Brown, photonica
Druck Elsnerdruck GmbH, Berlin
Printed in Germany

www.aufbau-taschenbuch.de

## 21. Februar, Samstag

Rohleff gelang es nicht, ein leichtes Schnaufen zu unterdrücken, immerhin hatte sich noch kein Seitenstechen eingestellt, dafür liefen sie wohl zu langsam. Vor ihm trabte Patrick Knolle, lässig in den Knien federnd, sein Feuerkopf leuchtete unter der noch dunstigen Sonne auf, ein Farbfleck in einer unwirklichen Traumlandschaft aus Eis.

Der Bagno, der ehemals fürstliche und jetzt öffentliche Park von Burgsteinfurt, war über Nacht in einem Eisregen erstarrt, der jeden Busch, jeden Stein, jeden Baum mit glitzernder Schönheit überzogen hatte, eine monströse, sehr verspätete Weihnachtsdekoration, ein eigenartiger Karnevalsscherz des Wetters. Rohleff wäre bei dem Gefunkel andächtig zumute gewesen, wenn ihn nicht der Hintern geschmerzt hätte, fast mehr noch als der Kopf, und er sich nicht auf dem Weg zu einer Leiche befunden hätte.

Sein Steißbein hatte gelitten, als er auf seinen Gummisohlen ausgeglitten war, kein Wunder, hatte sich doch jeder Weg in eine Eisbahn verwandelt. Die Autos hatten sie unweit des Parkeingangs auf dem Parkplatz stehenlassen, bei diesen Verhältnissen gab es für normal bereifte Fahrzeuge kein Durchkommen über die Forstwege. Die Straßen hatte man wenigstens schon gestreut.

»Komm hoch, Alter«, hatte Knolle nach dem Sturz mild ironisch geäußert und ihn hilfreich unter die Arme gefaßt, er hatte sich wirklich wie ein Greis aufhelfen lassen und leider auch noch mitbekommen, wie Knolle einen Blick mit Harry Groß wechselte, dem Mann für die Spurensicherung. Es war ganz offensichtlich, daß sich die beiden jungen Kollegen amüsierten. Hauptkommissar Karl Rohleff war am Tag zuvor vierundfünfzig geworden. Obwohl er dagegen ankämpfte, wurmte ihn die Anrede »Alter«.

Die Kälte biß höllisch in die Ohren, und es zuckte ihm in den Fingern, sie mit den Händen zu reiben, darüber vergaß er sein wehes Hinterteil.

Ein von vornherein verfluchter Tag. Er fragte sich, an welcher Art Baum die Leiche …

Der Anruf hatte ihn aus dem Schlaf gerissen, der ohnehin nicht sonderlich erquicklich gewesen war, nichts Besonderes seit Weihnachten, nur diesmal erschwerte der Restalkohol noch zusätzlich das Wachwerden. Keine Nacht mehr ungestört, Rohleff begriff nicht, warum Stillen und Windelnwechseln nicht leiser vor sich gehen konnten, er vermutete, daß Sabine diese Dinge extra so geräuschvoll handhabte, damit er seinen Teil von allem abbekam, die Kinderaufzucht sollte eine Gemeinschaftsleistung sein, wie die Erledigung der Notwendigkeiten, die zur Erzeugung des Kindes geführt hatten.

Das Baby schrie nicht einmal so laut, daß er unbedingt davon aufwachen mußte. Flüchtig glitt ein Bild des Kindes durch seine Gedanken, das flaumige Köpfchen an der milchweißen üppigen Brust der Mutter, die dunklen Haare *seines Sohnes*.

Am Telefon hatte sich der Fledermauswärter gemeldet, genauer sein Vertreter, der Mann war vor Aufregung kaum zu verstehen gewesen. Auf einer Insel im Bagnosee erhob sich eine pittoreske Ruine, in der Fledermäuse hausten, einige sollten recht raren Arten angehören – Rohleff waren sie allesamt egal. Diese Population jedenfalls wurde von einem eigens damit beauftragten Fachmann gehütet. An diesem Morgen hatte jemand anders das Geschäft übernommen, weil der Wächter mit einer Grippe daniederlag. Beim Fledermäusezählen war dann auch eine Leiche angefallen.

Hin und wieder war bereits der See zu sehen, sie hatten ihn halb zu umrunden, um an den Fundort zu kommen, nun lag er vor ihnen ausgebreitet, eine stille hellgraue Fläche, von makellosem Eis bedeckt, das einen tückischen Weg über das Wasser zur Fledermausinsel schuf, der sich die tote Frau, die aufrecht an einer schlanken weißhäutigen Birke lehnte, zuwandte.

Sabine! Ein scharfer Schmerz klumpte Rohleffs Herz zusammen, einen langen Moment stockte ihm der Atem, dann ließ er mit einem Pfeifen die Luft aus den Lungen. Nicht Sabine. Unzweifelhaft saß sie jetzt im Bett, das Baby in der Armbeuge, den gierigen kleinen Mund an der Brust. Rohleff kniff die Augen zusammen, um ganz klar die Frau vor ihm zu sehen, eine Eisprinzessin.

Wieder eine schöne Leiche, dachte er, aufs äußerste beunruhigt, sogar schlagartig deprimiert, der Fall des »Puppenkinds« spukte ihm im Kopf herum, das ausgestopfte Baby, das einer sehr schönen Puppe geglichen hatte. Vor knapp eineinhalb Jahren hatten sie es gefunden.

Vorübergehend wurde er abgelenkt, ja beinahe aufgeheitert, als er Groß kotzen sah. Groß beugte sich vor und kotzte dennoch auf die Schuhe, edle Schuhe, wahrscheinlich sogar handgenähte, eine säuerliche Gestanksfahne stieg von ihnen auf, ein warmer, ekelhafter, aber doch menschlich wirkender Dampf, der die bizarre Szenerie vor ihnen ins Alltägliche rückte.

Groß spie anscheinend mit seinem Mageninhalt all seine Würde aus, selbst der feine Tuchmantel – Kaschmir vermutlich – bekam ein paar Kleckse ab, der Dicke konnte sich gar nicht so weit vorbeugen, wie es nötig gewesen wäre. Rohleff bedachte den jüngeren Kollegen mit einem geradezu liebevollen, wohlmeinenden Blick, es tat ihm selbst sehr gut, den anderen derart jämmerlich zu sehen, jetzt konnte er ihm den letzten Abend, seinen Geburtstagsabend, mühelos verzeihen, zumindest für den Augenblick. Groß, die Schwuchtel, übergibt sich beim Anblick einer schönen, wenn auch toten Frau, beinahe genüßlich ließ er sich den Gedanken durch den Kopf gehen und beging damit seinen ersten Fehler.

»Du hättest ihm gestern abend nicht den Kognak aufdrängen sollen; diesen Fusel, den du im Schrank hortest, verträgt ein so feiner Mensch wie Harry nicht.« Knolle war nahe an Rohleff herangetreten, um nicht laut werden zu müssen.

Groß verstand ihn trotzdem. Er zog die Schultern zusammen und richtete sich langsam auf. Mit zwei Fingern nestelte er ein Schnupftuch aus der Manteltasche und begann methodisch den Mantel zu säubern, das besudelte Tuch ließ er fallen und trat darauf, dabei war es ein besonders gutes aus Stoff.

Zunächst kam es darauf an, den bereits angerichteten Schaden zu begrenzen. Sie waren, abgesehen von dem Fledermauswächter, nicht die ersten am Tatort, und die anderen – überwiegend Kollegen – hatten etwaige Spuren am Boden zertrampelt – schon die erste Schlamperei, die Rohleff hätte voraussehen müssen, auch wenn die Witterungsverhältnisse eine besondere Situation schufen.

Nur an die Leiche war noch niemand direkt herangetreten, die seltsame Tote hielt alle auf Abstand.

Mit ein paar Schritten schloß Groß in den Halbkreis auf, der sich um die Birke gebildet hatte. Der bis dahin beinahe perfekte Kreis verschob sich aber sofort, und eine Lücke klaffte, die Groß für sich allein besetzte, so konnte er unbehelligt von den Kollegen die Tote eingehend betrachten, soweit der kalte Klumpen, zu dem sich sein Magen zusammengekrampft hatte, das zuließ.

Das Weiß der Augen im Gesicht der Toten leuchtete um das Kohlschwarz, in dem Pupille und Iris wie in tiefen Löchern verschwammen. Die langen Haare fielen über die Schultern, eine dunkle glatte Lohe mit einem irisierenden Funkeln, das die Sonnenreflexe auf der Eisschicht hervorriefen, die die Frau von Kopf bis Fuß einhüllte wie eine überfrorene Brunnenfigur. Die Haut war blaß, soweit sich das unter der Eisglasur feststellen ließ, aber nicht weiß, ein Schimmer von Oliv tönte sie, der auf den nackten Schultern, über die schmale Träger liefen, erstaunlich deutlich hervortrat. Ein schlichtes, enges schwarzes Kleid modellierte den Körper nach. Ein Unterkleid. Seide oder etwas Ähnliches, das sich auf bloßer Haut sehr glatt anfühlen mußte. Keine Unterwäsche, kein Gummi, das ins Fleisch schnitt und die perfekten Konturen verderben konnte. Hier hatte jemand bei der Inszenierung an jedes Detail gedacht.

Die Tote lehnte aufrecht am Baum, aber so, daß der recht dünne Stamm weniger als Stütze, sondern eher als Hintergrund diente. Die Hüften hatten eine Vierteldrehung vollzogen, bei der sich die linke ein wenig vorschob, auf ihr lagen die Finger der linken Hand, ohne sich regelrecht aufzustützen. Der rechte Arm hob sich anmutig über den Kopf und berührte den Stamm der Birke, der Winkel des Arms wiederholte sich in dem des linken Beins, dessen Fuß leicht auf die Spitze gestellt war. Der andere Fuß stand fest auf der Erde. Eleganz teilte sich mit, Vollendung der Haltung, die keinerlei Mühe zu bereiten schien, Feuer, trotz der frostkalten Luft.

Mit dem Gleiten der Blicke hatte sich ein Rhythmus eingestellt, der über drei Takte lief, die langen Noten dehnten sich, die kurzen neigten zu Synkopen, in Groß' Füßen zuckte es unwillkürlich, und der wehe Schmerz in seinem Inneren flammte so auf, daß er hätte schreien können. Knolle stapfte auf ihn zu und brachte ihn zur Besinnung, bevor er das ganze Ausmaß seines Elends verraten hätte.

»Stehenbleiben!« Groß drehte sich halb um seine Achse und breitete die Arme aus. »Alle zwei Schritte zurück, Patrick, du auch.«

Sogar Rohleff gehorchte.

»Daß mir keiner unkontrolliert um den Baum herumlatscht, bevor ich fertig bin.« Groß ignorierte das amüsierte Funkeln in Knolles Blick und wandte sich wieder der Toten zu, er mußte sich ihr Bild einprägen, weil er wußte, daß es nur von kurzer Dauer sein würde, die Sonne begann bereits mit ihrem Zerstörungswerk. Ein Tropfen bildete sich an der Nasenspitze.

»Mach zu, Harry, wir wollen hier nicht festfrieren.« Rohleff hatte sich neben ihn gestellt. Groß schaute ihn ungnädig an und verschränkte die Arme über der Brust, die Bewegung ließ den Kotzgestank wieder aufleben, aber Rohleff zuckte nur leicht zusammen und zog dann ein Diktiergerät aus der Hosentasche.

»Keine Fußspuren um den Stamm der Birke ...«

Groß verhielt sich still und beobachtete, wie Rohleff mit seinem Sermon fortfuhr und dazwischen Anweisungen gab: Abriegelung des Tatorts. Rotweiße Plastikstreifen ringelten sich auf dem Boden, jemand nahm sie auf. Der Fotograf näherte sich von einem der Waldwege der Ermittlungsgruppe, ein Stativ auf der Schulter, der Gang des Mannes war sehr unsicher.

Bevor er herangekommen war, ging Groß in die Hocke, eine kleine Hochleistungskamera im Anschlag. Er bog sich weiter hinunter, das Gesicht geriet in unangenehme Nähe zu seinen stinkenden Schuhen, dann schrammten seine Knie über den vereisten Boden, und er begann mit den Aufnahmen. Von oben spiegelte das Sonnenlicht sämtliche Unebenheiten weg, er hätte Rohleff einen Vortrag über die Gesetze der Optik halten können, dachte aber nicht im entferntesten daran, denn er hatte sich in seinen Überlegungen bereits ganz von der übrigen Ermittlung abgekoppelt. Dies war sein Fall. Die Vergrößerungen der Fotos würden noch stärker herausbringen, was er jetzt selbst sehen konnte. Vertiefungen, vermutlich Abdrücke. Er rutschte in zwei Metern Abstand um die Tote herum, kam beim zweitenmal ganz dicht heran und richtete sich dann langsam auf. Betrachtung der Toten von hinten, mit bloßem Auge und durch die Kameralinse. Knolle wirkte nicht mehr amüsiert.

Die übrigen Aufnahmen von der Toten überließ er dem Kollegen. Einige Beamte aus seinem Team mußten auf dem Boden herumkriechen, sie sollten jedes eiserstarrte Grasbüschel in einem gewissen Radius um die Birke nach Gegenständen durchsuchen, dem ersten bluteten schon nach ein paar Minuten die Finger. Groß schnappte Fragen auf, während er die Männer dirigierte. Was hielt die Leiche aufrecht und in dieser ungewöhnlichen Stellung? Einer bezweifelte sogar, daß es sich um eine Tote handelte, ein begreiflicher Gedanke. Groß betrachtete sie noch einmal. Bald würde sie nur noch eine Tote sein, die ihre Geheimnisse bewahrte, die sich ganz in sich zurückzog, unerreichbar für immer, für jeden.

Rohleff hatte offensichtlich beschlossen, das Auftauen durch die Sonne nicht abzuwarten, zwei Waldarbeiter mit einer Kettensäge schoben sich durch den ersten Ring von Schaulustigen heran.

Ganz verloren am Ufer des Sees, hart an der Wasserkante, als wäre er dorthin zurückgedrängt worden, stand ein Mann und schien auf etwas Bestimmtes zu warten. Groß rekapitulierte, was Rohleff über den Mann gesagt hatte, und wußte gleich, daß sein Chef nur die Hälfte verstanden hatte. Er näherte sich dem Mann, als die Säge losdröhnte, deshalb mußte er ein bißchen schreien.

»Kommen Sie mit, wir sollten uns unterhalten.«

Dankbar nickte der Mann, es war wohl eine Erlösung für ihn. Daß sich endlich jemand um ihn kümmerte, wog mehr als der Gestank, den Groß noch immer verbreitete. Sie gingen ein Stück am Ufer entlang, aber nur so weit, daß sie das Geschehen noch im Auge behalten konnten.

»Sie haben die Leiche gefunden und angerufen.« Es war eine Feststellung, keine Frage.

»Joachim Torkelt, ja ...« Torkelt holte tief Luft, und Groß nutzte die Pause.

»Was war mit den Fledermäusen?«

Hörbar knackte der Kiefer des anderen, als er etwas abrupt den Mund schloß, die Frage überraschte ihn offenbar. »Die Fledermäuse?« Die Stimme klang zaghaft.

Groß nickte streng.

»Also, heute morgen, als ich die Bescherung mit dem Eisregen sah, dachte ich mir ...« Torkelt äugte unruhig zu der Gruppe um Rohleff und zu den Forstmännern, von denen scharfe Kommandos herüberklangen. »... da muß ich doch mal nachsehen gehen, wo ich im Moment die Verantwortung habe, ich bin ja gestern erst angerufen worden, dabei ist der Kollege schon seit Montag krank.«

Aus den Augenwinkeln beobachtete Groß, wie der Stamm

der Birke zwei Handbreit über dem Kopf der Toten sacht abknickte. »Weiter!« drängte er, als die Krone herabrauschte.

»Also, ich war im Eiskeller. Darf ich Ihnen das denn überhaupt erzählen, ich weiß doch gar nicht, wer Sie sind.«

Mit einer ungeduldigen Geste zog Groß seinen Polizeiausweis heraus und hielt ihn dem Mann dicht vor die Augen.

»Harry Groß, Mordkommission.«

Torkelt trat einen Schritt zurück. »Ja, dann. Mitten im Wald gibt es den alten Eiskeller vom Fürsten, der liegt einen Kilometer von hier aufs Schloß zu unter einem Hügel, wenn man weiß, wo, ist er gut zu finden. Dadrin überwintern auch eine Menge Fledermäuse, nicht nur in der Ruine auf der Insel. War gar nicht so schwer, die Tür aufzukriegen, hatte ich mir nach letzter Nacht irgendwie schlimmer vorgestellt. Aber der Keller friert ja nie ganz zu, und deshalb hat ihn der Naturschutzbund als Winterquartier für die Viecher eingerichtet, wo der Keller für das Eis ja nicht mehr gebraucht wird, seit die im Schloß Kühlschränke haben wie wir auch.«

»Mögen Sie Fledermäuse?«

»Gott, ja, die schlafen jetzt fest und können einem nicht in die Haare flattern oder so, und ich bin ja Naturfreund. Sind ganz seltene dabei, die hier heimisch geworden sind, wir tun für sie auch so allerhand.« Ein Anflug von Eifer stahl sich in das Gesicht des Mannes.

Groß schätzte ihn auf Mitte Sechzig, sicher ein Rentner, der sich über eine Verantwortung freute, die seinem Dasein einen Schimmer von Bedeutung verlieh. Er schielte an ihm vorbei, denn zwischen Rohleff und Knolle hatte sich eine Diskussion entsponnen.

»War alles in Ordnung mit den Mäusen?«

»Den Fledermäusen, ja. Der Spalt in der Eisentür, durch den sie raus und rein können, war nicht so zugefroren, wie ich dachte, ich hab aber das Eis ganz weggekratzt, Luftzirkulation ist wichtig. Ich wollte dann gleich wieder nach Hause, bin aber doch erst noch zum See, um wenigstens einen Blick zur Insel rüber zu werfen. Über das Eis kann man ja nicht, das trägt nicht, zum Glück, muß ich sagen. Wenn die Schlittschuhläufer auf dem See rumflitzen, wird's gefährlich für die Tierchen auf der Insel. Es gibt immer Jungs, die sie stören. Stochern rum und so.«

Gern hätte Groß den Mann wegen seiner Weitschweifigkeit angeraunzt, er beherrschte sich aber. »Also nur ein prüfender Blick vom Ufer, und da ...«

Torkelt neigte bekümmert den Kopf, in seinen Augen spiegelte sich Entsetzen, auch Anteilnahme an einem plötzlichen Unheil, einem zu frühen Tod.

»Kennen Sie die Tote?«

»Bei uns laufen jetzt so viele Ausländer rum. Alle diese jungen Mädchen mit den langen Haaren, pottschwarz.«

Auf einmal lächelte Groß erfreut. »Kommissar Rohleff, der, mit dem Sie schon am Telefon gesprochen haben, wird Sie noch vernehmen, sagen Sie ihm das, es wird ihn interessieren.«

»Was soll ich ihm sagen?«

»Daß Sie das Mädchen für eine Ortsansässige halten, eine Türkin oder Kurdin vielleicht?«

Torkelt sah ihn zweifelnd an. »Meinen Sie? Die haben es schwer genug, solche Mädchen, sich hier zurechtzufinden. In dieser Freiheit, bei dem ganzen Sex im Fernsehen. Die ist doch tot, nicht? Ich kann's gar nicht glauben, so wie die dasteht. Wir hatten mal eine Putzfrau, auch so ein junges Ding, sah ihr direkt ähnlich, aber mit der Verständigung klappte es nicht, war wohl noch nicht lange genug hier, und untereinander sprechen die ja sowieso nur ihre Sprache.«

Groß erwog die Möglichkeit, daß der Mann den Trottel nur spielte, wollte aber den eingeschlagenen Kurs nicht aufgeben.

»Ist schon auffallend, so eine Ähnlichkeit, nicht?«

Inzwischen hatte Knolle die Säge ergriffen und setzte sie kurz über dem Boden an, es mußte schwierig sein, die Füße der Toten nicht in Mitleidenschaft zu ziehen. Groß zuckte zusammen, als er die Maschine im Holz kreischen hörte. Sehr langsam neigte sich der Stamm und wurde vorsichtig mit seiner seltsamen Last zu Boden gelassen.

Groß hatte noch Fragen. »Sind Sie um den Baum herumgelaufen?«

Torkelt schüttelte vehement den Kopf. »Nee, erst hab ich gerufen, kam mir doch komisch vor, so ein Mädchen mit nackten Füßen und so wenig an in der Kälte, war ja nicht normal. Und dann hab ich gleich die Polizei verständigt, hatte mein Handy zufällig mit.« Er hielt das Gerät hoch.

Knolle hatte die Säge beiseite gelegt und kam mit langen Schritten auf Groß zu.

»Seit wann machst du Zeugenbefragung?« schnauzte er ihn an, als er heran war.

Betont auffällig schaute sich Groß suchend um. »Seit du dich auf deine handwerklichen Begabungen besonnen hast. Wo bleibt Lilli?« Während er sich langsam entfernte, nahm er noch wahr, wie Torkelt eine Hand in Knolles Ärmel krallte.

»Ich weiß nicht, wer die Tote ist, sie sieht aber meiner ehemaligen Putzfrau verflixt ähnlich, die war Kurdin, frisch aus der Türkei, so ein Mädel halt, das kaum deutsch sprach.«

Nach einigen Metern warf Groß einen Blick zurück auf die Schuhe von Torkelt, reichlich massive Dinger mit kräftigen Sohlen, deren Profil Muster in den langsam weich werdenden Untergrund getreten hatten, er folgte den Spuren, bis sie sich nicht weit von dem Birkenstumpf am Rand des Sees im flach getretenen Gras verloren, bald würden sie nicht mehr zu sehen sein.

Am Himmel waren in der letzten halben Stunde Wolken aufgezogen, ein Graupelschauer setzte ein und überpuderte das Eis auf dem See und den Wegen und würde sich mit den grauen Schneeresten mischen, die fleckenhaft den Boden bedeckten. Groß ging in Richtung Schloß durch den Wald davon.

Im Eingangsbereich der Kreispolizeibehörde drängten sich Leute in fremden Uniformen, Niederländer, flüchtig dachte Rohleff an das Karnevalsfest, das abends stattfinden sollte. Die Kollegen aus Enschede waren dazu mit ehelichem oder sonstigem Anhang eingeladen, ein Akt der Völkerverständigung, der Europäisierung, wie man das jetzt nannte.

In Rohleffs Dienstzimmer machte sich Mattigkeit breit, es ging schon auf Mittag zu. Lediglich Harry Groß strahlte eine gewisse Dynamik aus, er hatte sich inzwischen umgezogen und prangte in einer farbigen Weste und einem distinguierten dunklen Anzug, trotzdem wehte Rohleff etwas Säuerliches an, das an den Gestank vom Morgen gemahnte, nur ein Hauch unter Harrys herbem Duftwasser. Vielleicht spielte ihm auch nur die Einbildung einen Streich. Das war ja das Dumme an gewissen Eindrücken, manche fuhren sich fest, und man wurde sie auf lange Sicht nicht mehr los.

Trotz der frischeren Verpackung wirkte Groß beinahe etwas agressiv, und das verstand Rohleff nun gar nicht, schlecht werden konnte jedem mal, wenn er zuviel gesoffen hatte.

Lilli Gärtner hatte sich dem Team angeschlossen, am Morgen war sie nicht zu erreichen gewesen, hausfrauliche Pflichten mochten sie schon früh aus dem Haus getrieben haben, denn neben dem Beruf oblag ihr die Versorgung zweier Töchter in schulpflichtigem Alter, um die sich an den Nachmittagen allerdings der Ehemann kümmerte, er war Realschullehrer.

Lilli reichte Kaffee in Plastikbechern herum, ein Indiz dafür, daß sie ihre Emanzipation abgeschlossen hatte und das Kaffeeverteilen als geschlechtsneutrale Menschenfreundlichkeit begriff. Die erste Dienstbesprechung im Fall der Eisprinzessin konnte beginnen.

»Wer ist die Tote?« sagte Rohleff und blickte in die träge Runde, zu der außer seinen drei engsten Mitarbeitern auch zwei Männer von der Wache gehörten, die beim Einsatz am Tatort dabeigewesen waren.

»Die Fotos kriegen wir gleich, die sind noch nicht fertig«, meldete der eine von ihnen.

»Hab ich das gefragt?« knurrte Rohleff.

»Hast du nicht, Chef«, schnarrte Knolle, »sollen wir heute aufzeigen, wenn wir was sagen wollen, oder dürfen wir wie sonst frei Schnauze reden?«

Rohleff wurde unbehaglich zumute, als sich alle Blicke auf ihn richteten, nicht mal unfreundlich, nur abwägend, lediglich Groß grinste hämisch, Rohleff fuhr sich mit einer Hand verlegen durch sein drahtiges graues Stoppelhaar.

»Du hast mit Torkelt gesprochen, Patrick.« Er bemühte sich, nur noch amtlich-sachlich zu klingen.

»Torkelt meint, es könnte seine ehemalige Haushaltshilfe sein, ein Mädel aus Kurdistan.«

»Verdammt!« Rohleff hieb mit der Faust auf den Tisch. »Das sagst du hier so locker, als hielten wir einen Philosophenkongreß ab. Weißt du eigentlich, was das bedeutet? Wir müssen ...«

Groß lehnte sich zurück und schlug entspannt die Beine übereinander, als Knolle theatralisch die Hand hob.

»Bevor du vom Boden abhebst, Chef, es ist nicht die Kleine aus Kurdistan, das haben wir bereits überprüft. Das Mädel ist putzmunter und lernt jetzt Deutsch. Hörte sich schon ganz manierlich an.«

»Ich weiß nicht, ob sich Kurden und Türken äußerlich sehr voneinander unterscheiden, aber etwas scheint doch klar zu sein«, sagte Lilli Gärtner bedachtsam.

Rohleff seufzte. »Daß wir ein scheiß Ausländerproblem am Arsch haben.«

»Und das heute, wo die Holländer kommen«, warf der andere von der Wache ein.

»Wo ist da das Problem?« Groß wippte mit dem freihängenden Fuß. »Die Herren Kollegen aus Enschede sind schon da, zumindest ein paar von ihnen, und auch in unserem blitzsauberen Nachbarländle werden nicht nur calvinistische Ureinwohner abgemurkst.«

»Die hatte doch gar kein Kopftuch um«, begann wieder der eine Wachmann, und Lilli fiel ihm scharf ins Wort.

»Ach, sind wir jetzt bei der Kopftuchfrage?«

»Mal langsam, Lilli«, schaltete sich Knolle ein, »so ein Kopftuch, das die Stirn bedeckt und keine Locke sehen läßt, vorzugsweise krankenschwesternweiß und häßlich, wäre immerhin ein eindeutiges Indiz, was die Klärung der Herkunft unserer Toten betrifft.«

Rohleff hob bedächtig die Hand und wartete, bis Stille herrschte. »Möchte noch jemand etwas Ausländerfeindliches, Antisemitisches oder sonstwie Volksverhetzendes loswerden, damit er den inneren Schweinehund zufriedenstellen und heute abend vor den Gästen den Mund halten kann, die könnten so was falsch auffassen.«

Einen Augenblick herrschte Ruhe.

»Wie ich das sehe, hat Torkelt doch nur gemeint, daß die Tote eine aus Burgsteinfurt sein könnte«, Groß sprach betont ruhig, beinahe unbeteiligt, »bis auf Lilli hat jeder von uns einen Blick auf das Mädchen geworfen, und der Gedanke, daß sie eine Türkin oder Kurdin ist, scheint ja nicht ganz abwegig, oder ist jemand anderer Ansicht? Hätten wir das jetzt geklärt?«

Knolle beugte sich vor und lächelte freundlich. »Geht's wieder, Harry? Kein Bauchgrimmen mehr, und hast du dich schön ein Stündchen auf dem Sofa erholt, während wir uns draußen noch ein bißchen die Eier abgefroren haben? Apropos, was hat Torkelt dir erzählt? Mir hat er einen ausführlichen Vortrag über die langohrige Unterspezies einer Fledermausart gehalten, die sich exklusiv bei uns niedergelassen hat, aber bei Mädels kann der alte Hecht eine Kleine nicht von der anderen unterscheiden, ist schon eigenartig.«

»Steht Torkelt unter Verdacht?« fragte Lilli rasch.

Rohleff schlug wieder auf den Tisch, diesmal jedoch sachter. »Wir kommen so nicht weiter. Halten wir erst einmal fest: die Tote ist eventuell aus Burgsteinfurt, wahrscheinlich Türkin oder Kurdin. Die Identitätsfrage übernimmt Lilli mit Patrick. Ich will nicht, daß da was schiefgeht, wenn wir in ausländischen Familien recherchieren müssen, deshalb macht Lilli die Befragungen.« Rohleff winkte ab, als Knolle auffahren wollte. »Jetzt zu Punkt zwei, und da kommen wir wieder auf Torkelt. Harry, du bist jetzt gefragt. Bei Gelegenheit verrätst du mir, warum du dich ohne ein Wort aus einer Untersuchung davonmachst, nicht einmal deine Leute wußten, wo du abgeblieben warst. Daß mir das nicht noch mal vorkommt. Also, Beobachtungen zu Todeszeitpunkt und Todesursache, soweit sie in deinen Bereich fallen, irgendwelches Zeug am Fundort, Spuren? Ist der Fundort der Tatort?«

»Darf ich mir noch ein bißchen was aufsparen, zum Beispiel, wer's war, oder willst du das auch sofort wissen?« Groß schaute Rohleff herausfordernd an.

»Fang an«, knurrte Rohleff.

»Ich hab den Arzt gerade noch kommen sehen, was hat der festgestellt?«

Knolle antwortete nach einem Blick auf seine Unterlagen. »Todeszeitpunkt nicht feststellbar, Todesursache nicht feststellbar, alles, was er herausgefunden hat, ist, daß die Tote brettsteif gefroren war.«

»Ist ja 'ne Überraschung.«

Rohleffs Handy piepte, mit einem knappen »Ja!« meldete er sich, lauschte, gab ein, zwei Bemerkungen von sich und schaltete das Gerät ab.

»Das war die Gerichtsmedizin.« Seine Stimme klang düster. »Dr. Lamash hat den Fall übernommen.«

Knolle stöhnte unbeherrscht auf, und Rohleff starrte einen Augenblick irritiert vor sich hin. Er hatte den Leuten von der Gerichtsmedizin, die die Tote samt anhängendem Birkenstamm abgeholt hatten, sehr dringend aufgetragen, den Fall in die Hände von Dr. Sybille Overesch zu legen, der schönen und kompetenten Pathologin, die seine Phantasien nicht nur in kriminalistischer Hinsicht zu beflügeln vermochte. Ungefähr der letzte, den er zur Aufklärung haben wollte, war Dr. B. Lamash, von dem niemand wußte, wofür das B stand, und der sich eher ungern etwas die Dinge Voranbringendes entreißen ließ, bevor er sich nicht hundertfünfzigprozentig seiner Sache sicher war, und dafür brauchte er Zeit. Gelegentlich hatte Rohleff der Verdacht beschlichen, der Mann verzögere extra die Untersuchungen, warum, verstand er nicht.

Während er noch telefonierte, hatte jemand nach kurzem Klopfen die Tür aufgerissen und dem am nächsten Sitzenden einen Packen Fotos in die Hand gedrückt, die nun zu kreisen begannen.

Wieder fiel Rohleff die vage Ähnlichkeit der Toten mit Sabine auf, seiner Frau. Die Tote war allerdings kaum älter als ein Mädchen, Sabine hatte dagegen die Mitte der Dreißig überschritten. Der Eindruck einer Ähnlichkeit begann zu verblassen, je länger er sich die Fotos anschaute, auch die übrigen Zuordnungen traten hinter dem Bild einer allgemeinen Schönheit zurück, einer, die über Zeiten, Moden, Rassen hinauswies. Das verdammte Eis war schuld, das einen verfremdenden Zauber schuf, der die Tote, so unglaublich das laut ausgesprochen klingen mochte, in den Rang eines Kunstwerks erhob, wie die Werke eines Michelangelo.

Tatsächlich lag ein marmorhafter Schimmer auf ihrem Gesicht. Es kostete ihn Mühe, den Blick zu lösen, aufschauend begegnete er einem spöttischen, wissenden Grinsen von Groß. Dabei erinnerte er sich an etwas.

»Sind die Fotos, die du gemacht hast, dabei?« Rohleff ließ den Packen, der sich vor ihm auf dem Tisch angesammelt hatte, noch einmal schnell durch die Hände gleiten.

»Kommen noch.« Harry Groß hielt es nicht für nötig, der Erklärung etwas hinzuzufügen. Er hatte beobachtet, wie die meisten der Anwesenden, genau wie Rohleff, die Bilder verschlungen hatten, als stammten sie aus Herrenmagazinen, er selbst schenkte es sich, sie zu betrachten, es genügte ihm, die Lider zu senken, und schon sah er die Frau vor sich, er konnte sie vor seinem inneren Auge sogar beliebig hin und her drehen, immer blieb der Eindruck vollkommen klar, wie eingraviert, wie mit Nadeln nachhaltig und schmerzvoll in seine Seele gestochen.

Er dachte gar nicht daran, seine eigenen Fotos der Ermittlerrunde vorzulegen, zumindest nicht alle. Wegen dieser Fotos hatte er sich nur rasch den besudelten Mantel heruntergerissen, Hemd und Hose in die Badewanne gefeuert, samt den Schuhen, und war, statt zu duschen, in Unterwäsche in die Kammer gestürmt, die Rohleff und Knolle bei ihrem überraschenden Besuch vor vierzehn Tagen nicht entdeckt hatten, obwohl sie sonst jeden Winkel seiner Wohnung inspiziert hatten, auch das Badezimmer, selbst das Schlafzimmer, das vor allem.

In der Kammer hatte er ein kleines Fotolabor eingerichtet. Leider hatte die Zeit nicht gereicht, gleich die ersten Abzüge herzustellen.

Als er in ein frisches Hemd und eine andere Hose schlüpfte, dachte er an den ehemaligen Eiskeller, das jetzige Fledermausdomizil, und an die Spuren, auf die er dort gestoßen war. Auch diese würde er erst einmal aus der offiziellen Ermittlung heraushalten. So ganz klar erschien ihm das alles noch nicht, es gab genügend Unwägbarkeiten und Zweifel.

Ein Foto nahm er jetzt doch auf, und die Zweifel gewannen sogar die Oberhand. Möglich, daß er sich irrte, und wenn er ausspräche, was er mutmaßte, konnte er sich am Ende noch mehr der Lächerlichkeit und dem Spott preisgeben.

Auf dem Foto sah die Tote eindeutig fremd aus, das mochte an der Unbewegtheit, der Starrheit, der Eisglasur liegen. Groß holte tief Luft, und ein säuerlicher Geruch stieg ihm in die Nase. Er hätte doch duschen sollen.

»Wann krieg ich deine, hast du wenigstens den Film im Labor abgegeben?« Leider ließ Rohleff nicht locker.

»Du hast vorhin etwas über den alten Torkelt gesagt, wie

steht's mit dem? Ist schon wichtig, den mal näher zu betrachten, das ganze Gerede über Fledermäuse hörte sich zwar nach mittlerem Dachschaden an, aber so ohne weiteres sollten wir ihm den Blödmann nicht abkaufen. Darüber hätte ich gern was gehört, bevor ich ins Detail gehe.« Groß hoffte, daß Rohleff auf die Ablenkung einging.

Folgsam legte Rohleff die Fotos aus der Hand. »Macht Patrick.« Er wandte sich Knolle zu. »Alibi und so weiter, knöpf dir den Kerl wieder vor, befrag seine Ehefrau, laß dir alles noch mal erzählen, den ganzen Hergang, wie er die Tote gefunden hat.«

Groß runzelte die Stirn, das wieder ging ihm viel zu weit, aber zu seinem Glück hatte Knolle ebenfalls andere Vorstellungen.

»Ich denke, ich soll mich um die Identitätsfrage kümmern, da wär's wohl angebrachter, ich geh die Vermißtenmeldungen durch, und dann muß ich gleich zur Generalprobe, wir wollen uns ja nicht blamieren vor den holländischen Kumpels.« Er warf einen Blick auf seine Armbanduhr. »Hat schon angefangen. Die Fräcke müssen wir auch noch holen.«

Einer der Wachmänner war die letzte halbe Stunde bereits unruhig auf seinem Stuhl herumgerutscht, hob jetzt eine Hand, allerdings nur ein Stückchen, und räusperte sich zaghaft.

»Noch anderweitige Einwendungen?« blaffte Rohleff.

»Ich müßte auch weg wegen der Probe. Die sind nur zu viert, wenn wir fehlen.« Der Wachmann schaute unsicher um sich.

»Und ich«, Lilli ließ sich keinerlei Verlegenheit anmerken, »ich hab meinem Mann versprochen, die Mädchen zum Gemeindehaus zu bringen, sie haben dort eine Karnevalsfeier mit ihrer Jugendgruppe, und Detlev holt sie nachher ab.

Außerdem«, fuhr sie hastig fort, als Rohleff den Mund aufmachte, sein Gesicht lief verdächtig rot an, »hab ich mir gedacht, wir sollten uns an den Ausländerbeirat wenden, das könnte ich auf dem Rückweg erledigen. Einer von ihnen wohnt bei uns nebenan, dem zeig ich ein Foto von der Toten.«

»Gute Idee mit dem Ausländerbeirat.« Groß nickte Lilli anerkennend zu. »Da kriegen die mal was zu tun, wenn es eine von denen betrifft.«

»Könnte die richtig aufmöbeln«, fiel Knolle ein, »die leiden ohnehin an vermindertem kollektivem Selbstbewußtsein, weil die in Fragen der Politik nichts zu sagen haben, die fragt erst gar keiner. Sind mehr so ein dekoratives Element insgesamt.«

»Feigenblatt für die örtlichen Politiker?« Rohleff sprach beherrscht, hielt aber die Augen zu Schlitzen zusammengekniffen.

»Du willst doch bestimmt keine Fahndungsfotos mit den üblichen Nachfragen in der Zeitung sehen, bevor wir nicht die Sache auf anderem Wege abgeklopft haben. Du selbst hast von einem scheiß Ausländerproblem gesprochen.« Groß legte eine Pause ein, Rohleff starrte an die Decke. »Tatzeit, Tatort, da waren wir vorhin stehengeblieben.« Groß blätterte geschäftig in einer Kladde, die er sich aufs Knie gelegt hatte. »Als Tatzeit können wir zunächst annehmen, daß ein Zeitpunkt vor dem Eisregen in Betracht kommt, d. h. letzte Nacht vor ein Uhr, da hat laut Wetterbericht der Eisregen eingesetzt. Statt Tatort möchte ich, solange wir die Todesursache nicht kennen, Leichenfundort sagen. Kein Einschußloch, kein Blut, auch auf dem Boden nicht. Was die Tote am Baum festhält, ist unter der Eisschicht nicht ersichtlich, muß was verdammt Raffiniertes sein.«

»Keine Nylonfäden?« fragte Knolle.

»Auch keine Tesastreifen, falls du das noch fragen wolltest.«

Rohleffs Gesicht hatte noch immer nicht zu seiner normalen Farbe zurückgefunden. »Ist alles nicht sehr erhellend, Harry. Bleibt also nur die Gerichtsmedizin und Dr. Lamash. Da hier keiner mehr arbeiten will, fahr ich hin und versuch, unseren Mann etwas anzuschieben.«

»So was in der Art hatte ich auch vor«, sagte Groß, »ich komm ohne Röntgenaufnahmen der Toten ums Verrecken nicht weiter, und inzwischen sollte sie etwas angetaut sein. Wir könnten anschließend die Fräcke vom Theater abholen, damit Patrick Zeit hat, sich die Stimme für heute abend zu ölen.«

»Morgen früh will ich euch alle hier sehen, und dann erwarte ich Ergebnisse, oder wir legen morgen eine Nachtschicht ein.« Rohleff wandte sich an Groß. »In einer Stunde holst du mich zu Hause ab, und wir fahren nach Münster, erst zur Gerichtsmedizin und danach die verdammten Fräcke holen.«

Groß war soweit mit dem Verlauf dieser ersten Runde zufrieden, wollte aber noch etwas Zeit gewinnen. »Ich muß erst was hinter die Kiemen kriegen, nur in gesättigtem Zustand kann ich den Lahmarsch ertragen.«

»Und wenn sich Harry noch ein paar Sushihäppchen zuführen möchte, dauert es ein wenig wegen des Zeremoniells mit den Stäbchen.« Knolle feixte breit.

Auch Rohleff konnte ein amüsiertes Grinsen nicht ganz unterdrücken. »Dann eine halbe Stunde später bei mir.«

Groß stand als erster auf, eine Entgegnung auf die Anspielungen hielt er nicht für nötig.

Er konzentrierte sich auf die Aufnahmen vom Boden, obwohl es schmerzte, das Verlangen abzuwehren, sich um die anderen zu kümmern, die der Toten. Hin und wieder schweiften seine Gedanken doch ab, und er stellte sich die Fotos der Frau vor, Schwarzweißabzüge, etwas körnig, die besten mindestens in DIN-A3-Format, ganz für ihn allein, niemand sollte sie ihm streitig machen. Er sah nur kurz die Kontaktabzüge durch, es würde ihm ein melancholischer Genuß sein, sich am Sonntag damit zu befassen, wenn ihm Rohleff und die offizielle Ermittlung Zeit ließen.

Schon auf den ersten Bildern, die er aus dem Entwicklerbad zog, erkannte er die Fußspuren, die er um den Birkenstamm herum bemerkt hatte, begriff aber auch sofort, daß er seinen Computer im Büro benötigen würde, um die Bilder auszuwerten. So viel ließ sich immerhin schon sagen: Es handelte sich um zwei verschiedene Fußspuren, auf einigen Fotos war entweder die eine oder die andere zu sehen, und auf dreien überdeckten sie einander, eine breitere, plumpere den Abdruck eines schmaleren Schuhs. Groß steckte mehrere Fotos ein, als er sich zu Rohleff aufmachte.

Vorher tastete er gewohnheitsmäßig die Taschen seiner Winterjacke ab und spürte, daß sie leer waren. Mit dem Schlüssel in der Hand riß er die oberste Schublade des Garderobenschränkchens auf und entnahm ihr ein Taschentuch, ein weiteres aus einem halben Dutzend, zu dem das vom Morgen gehört hatte. Es war bedauerlich, daß er dies abschreiben mußte. Drei akkurat gebügelte blieben übrig.

Mit Rohleff hätte er sich lieber an der Kreispolizeibehörde getroffen, das wäre korrekter gewesen, als daß er jetzt den Chauffeur spielte. Andererseits ergaben sich bei diesen Gelegenheiten nicht uninteressante Einblicke in Rohleffs neues Familienleben. Nicht daß ihn eine grundsätzliche Neugier plagte. Daß er Knolle am vorigen Abend begleitet hatte, war keiner bestimmten Absicht entsprungen, sondern mehr dem Zufall. Einen gewissen Hintersinn, eine kleine Revanche, wenn sie sich denn ergeben sollte, hatte er dennoch gleich im Auge gehabt. Zunächst sah er sich aber mit dem Hund konfrontiert.

Berni, den angeblichen Berner Sennenhund der Rohleffs, der jedem Besucher die Schnauze in den Schritt zu schieben pflegte, hatte er abgewehrt, indem er ihm sofort kräftig auf die Tatzen trat, was Berni zu einem beleidigten Rückzugsmanöver trieb. Den ganzen langen Abend über drehte er Groß die Kehrseite zu.

Es regierte nicht einmal nachhaltige Unordnung, und doch war die Herrschaft von Mutter und Kind, dieser beinahe animalischen Einheit, unübersehbar, es roch auch danach. Eine pastellfarbene Babydecke lag auf dem Sofa, weitere Utensilien der Säuglingspflege waren auf dem Tisch davor ausgebreitet, Groß erspähte eine Penatencremedose, der ekelhafte, leicht süßliche Geruch der Creme hing ihm sofort in der Nase. Daß auch Männer sich in die Wissenschaft des Stillens vertiefen konnten, schloß er aus dem dünnrückigen Bändchen auf dem Tisch und aus Rohleffs Lesebrille, die halb aus dem Buch herausragte, als habe der Hausherr die Lektüre nur unterbrochen, um den Besuchern die Tür zu öffnen.

»Praktischer Ratgeber für Stillende«, entzifferte Groß auf dem Umschlag, da hob sich bereits merklich seine Stimmung. Kaum zu leugnen war, daß Rohleff dem Alter nach eher frischgebackener Großvater als Vater sein könnte. Die altersmäßige Diskrepanz schien er, das sollte sich im Laufe des Abends zeigen, durch Eifer wettmachen zu wollen.

Groß erinnerte sich an den Anfang des Gesprächs, die

nochmaligen Glückwünsche zum Geburtstag hatten sie rasch hinter sich gebracht. Rohleff verstand den Wink und holte die Kognakflasche aus dem Schrank. Bier wäre Groß lieber gewesen. Mitten in den noch gutmütigen Frotzeleien über Falten und Haarausfall kam Sabine die Treppe herab, das Kind auf dem Arm. Im ersten Augenblick schien sie beim Anblick der Besucher zu zögern, dann aber lächelte sie und setzte ihren Weg fort.

»Nett, daß ihr da seid. Wir kommen wegen des Babys kaum noch weg, ist manchmal doch öd so ohne andere Kontakte.«

Bis dahin hatte sich Groß wiederholt gefragt, warum sich eine so schöne Frau mit einem Stockfisch wie Rohleff zusammentat, die Verbindung der beiden beleidigte geradezu seinen Sinn für Ästhetik. Mit einer groben Strickjacke bekleidet, wirkte Sabine zum erstenmal hausbacken und nicht mehr rassig, sie stand im Begriff, sich ihrem grauen Ehemann anzupassen, dazu trug bei, daß sie nach der Geburt ihre schlanke Figur noch nicht zurückgewonnen hatte, ihr Gang war schwerfällig.

»Es stört euch doch nicht?« Nach der rein rhetorischen Frage nahm Sabine auf dem Sofa Platz und begann, das Kind zu stillen.

Mehr als das selbstverständliche Entblößen einer großen, ein wenig hängenden Brust, die alsbald hinter dem dunklen Kopf des Kindes verschwand, verblüffte Groß das Gehabe des Vaters, der Kissen im Rücken der Mutter arrangierte und unter das Kind schob, da der Stillvorgang anscheinend ohne seine Assistenz nicht korrekt in Gang kam, eine Offenbarung, die Groß mit unverhohlenem Staunen quittierte, bis Rohleff einen Blick auffing, der ihn bedächtiger werden ließ.

»Ja«, sagte er verlegen, »es kommt auf die richtige Haltung an, den Anlegewinkel, damit die Milch ...«, er stockte. »Sabine hat sonst auch Rückenschmerzen«, schloß er.

»Mach du nur ruhig«, Groß winkte leutselig ab, »die fürsorgliche Note kommt gut bei dir raus, hätte ich nie im Leben gedacht, ist 'ne Überraschung.« Das reinste Kabarett, hätte er hinzufügen können, aber Rohleff verstand ihn auch so, er stürzte auf einen Zug den Kognak hinunter.

»Sabine muß den Tommy höher halten, das ist alles, hat Maike auch erst lernen müssen«, mischte sich Knolle, der andere Vater, ein.

Rohleff setzte den Kognakschwenker ab, zwei rote Flecken bildeten sich auf seinen Wangen. »Er heißt Thomas, ist ja kein Amerikaner.«

Groß bemerkte ein Flackern in Rohleffs Augen, das ihn an Bürotratsch erinnerte, der zeitweilig kursiert hatte, wobei es um die mögliche Zeugungsfähigkeit oder -unfähigkeit des kinderlosen Rohleff gegangen war, der öfter nach Münster fahren mußte, mit und ohne Sabine, in die Frauenklinik, hieß es. Interessierter als vorher betrachtete er das sehr dunkle Köpfchen des Kleinen.

»Legst du Wert darauf, einen reinrassigen Deutschen großzuziehen? Also ich könnte nicht sagen, ob meine Vorvorfahren nicht aus Kaschubistan eingewandert sind, um mit ihren Genen die ortsansässige Rasse zu luxurieren.« Er fuhr sich durch seine rötliche Lockenpracht, die der von Knolle glich.

»Also, wenn's ums Luxurieren geht, wenn du echte Hybride haben willst, mußt du auf Inzest setzen, bei Hühnern und Schweinen ist das so«, fiel Knolle ein.

»Größere Eier, mehr Fleisch? Heiratet ihr Bauern deshalb immer untereinander?«

Es war nicht so einfach gewesen, die beiden wieder zu

einem netten Plauderton zurückzuführen, ein Hinweis auf die für das Stillen benötigte allgemein friedliche Atmosphäre war nötig, und Groß mußte mehr von Rohleffs fuseligem Kognak trinken, bis er, ohne noch einmal anzuecken, um Bier bitten durfte. Vielleicht hatte er mehr als eine Flasche geleert, daran erinnerte er sich nicht genau, nur an die verstohlenen Blicke, die Rohleff von Zeit zu Zeit auf das Kind warf, wenn er sich unbeobachtet glaubte, und die nicht das Vaterglück trübte, sondern irgend etwas anderes.

Berni jaulte auf und kehrte stracks um, als er Groß jetzt in der Tür stehen sah.

Bevor sie abfuhren, hielt Groß Rohleff ein paar ausgewählte Fotos unter die Nase, sehr viel war auf ihnen nicht zu sehen, nur gefrorener, weißgrauer Boden mit ein paar Schatten darauf.

Rohleff kniff kritisch die Augen zusammen. »Fußspuren, das war's also. Deshalb bist du um die Birke herumgekrochen, und ich dachte, es sei wegen der Übelkeit gewesen. Kannst du mir sagen, was die Fotos für einen Wert haben sollen, da du das Maul nicht gleich aufgerissen hast und wir die Spuren ausgemessen haben?«

Groß wich Rohleffs inquisitorischem Blick aus. »Die Fotos haben die Abdrücke erst klar herausgebracht, hab sie gar nicht richtig sehen können, war nur ein Verdacht, daß da welche wären. Außerdem weiß ich, von wem die Trapsen stammen, von Torkelt nämlich. Der alte Knabe hat gelogen, als er behauptete, er sei dem Baum und der Leiche nicht nahe gekommen, möchte wissen, warum.«

Rohleff steckte die Fotos ein. »Das soll Patrick herausbringen. Du, mir gefällt diese Ermittlung nicht, da läuft mir zuviel nebenher, solche Schlampigkeit will ich in meiner Abteilung nicht haben. Woher weißt du, daß das Torkelts Abdrücke sind?«

»Hab mir seine Treter angeschaut, dicke Dinger mit Kreppsohlen, ich brauch bloß die Maße, den Rest macht der Computer.«

»Wenn du dich bloß nicht irrst.« Rohleff riß mit so viel Schwung die Wagentür auf, daß sie gegen die Bordsteinkante knallte.

Das Geräusch ließ Groß zusammenzucken, auch wenn es sich nicht um sein Auto handelte, er hatte seine Limousine, einen sehr gepflegten Mercedes älteren Baujahrs, gegen einen Dienstwagen eingetauscht.

»Ich ruf Patrick wegen der Schuhe an, ich glaub nicht, daß ich mich irre. Er soll den Alten ordentlich in die Mangel nehmen.«

»Hast du gewußt, daß es sich um Torkelts Abdrücke handelt, bevor du seine Latschen beschaut hast oder erst nachher?«

Groß fand, daß Rohleff für die Tageszeit, es war Mittagsschlafzeit, einen viel zu wachen Eindruck machte.

Rohleff rieb sich die Augen, nachdem er sich in den Autositz hatte fallen lassen. Seine Gereiztheit führte er auf die Müdigkeit zurück, die ihn zu dieser Tageszeit immer befiel, da half kein Kaffee. Aber es gab auch andere Gründe, die mehr mit dem Mann neben ihm zu tun hatten. Die Blicke, mit denen Groß am vergangenen Abend das Kind, Sabine und ihn gemustert hatte, verfolgten ihn noch immer, ebenso die Gedanken, die diese abschätzenden Blicke in Gang gesetzt oder besser verstärkt hatten. Sahen jetzt schon andere, was er zu bemerken glaubte, und zogen sie ihre Schlüsse daraus? Das Gerede vom Abend nahm er nicht ganz so tragisch, das war nur die Dreingabe gewesen. Er beschloß, Groß noch eins auf den Deckel zu geben.

»Was ist mit den Dingen, die deine Leute vom Fundort aufgeklaubt haben, hast du dir darüber schon Gedanken gemacht?«

»Hatte noch nicht mal Zeit, einen Blick darauf zu werfen.«

»Dann tu's jetzt, sofort, fahr zur Dienststelle.«

Groß nahm den Fuß vom Gaspedal. »Nicht nach Münster?«

Rohleff wurde ungeduldig. »Später.«

Auf einem Tisch im Labor lag, säuberlich in Plastiktüten verpackt, eine sonderbare Sammlung, die aus mehreren Zigarettenkippen, einem Zigarrenstumpen mit einer farbenfrohen Bauchbinde, einem angerosteten Fahrradschlüssel, einem Billigfeuerzeug, einem Kondom und einem vollgekotzten Taschentuch bestand. Rohleff tippte alle diese Gegenstände mit einem Kugelschreiber an, als wollte er sich die Dinge auf einen Sitz einprägen, und besondern lange verweilte er bei dem Taschentuch. Er drückte durch die Plastikumhüllung ein paarmal den Kugelschreiber so tief hinein, daß der Inhalt der Tüte in Bewegung geriet.

Groß verzog angeekelt das Gesicht. »Das ist meins, das können wir vernachlässigen.«

Er streckte die Hand nach der Tüte aus, Rohleff wedelte abwehrend mit dem Kugelschreiber in der Luft.

»Das bleibt, wo es ist, ist jetzt Teil der Beweisaufnahme.« Um das zu bekräftigen, schob er das Tuch in seiner Umhüllung noch ein bißchen herum. Dabei registrierte er den burgunderroten Streifen am Rand und eine Ecke, die den Anfang eines Buchstabens sehen ließ, eines Hs vermutete er. Harry Groß benutzte Taschentücher mit eingesticktem Monogramm, keine Papiertücher wie gewöhnliche Leute, das paßte zu einem Mann mit einer Vorliebe für englischen oder schottischen Tweed, aber paßte es zu einem, der sich zu Hause ausschweifend in schwere Seide hüllte, auf der ein rotgoldener Drache prangte? Rohleff wunderte sich im stillen, allerdings kannte er sich mit Männern von Harrys sexueller Fraktion wenig aus.

»Also du sagst, Torkelt ist den Fußspuren nach an die Leiche herangetreten, obwohl er das abgestritten hat. Könnte nur simple Neugier gewesen sein, so eine Art Voyeurismus alter Herren, die sonst nicht mehr nah genug an junge, halbnackte Frauen herankommen. Könnte sich aber auch anders verhalten. Nehmen wir doch mal das Kondom. Hat womöglich gar nichts mit dem Fall zu tun, aber wenn doch, müssen wir Torkelt ebenfalls unter die Lupe nehmen. Das Kondom wirkt nicht mehr ganz frisch. Heißt also DNA-Analyse von Torkelt, je nachdem, was der Lahmarsch an der Leiche feststellt. Spuren sexuellen Verkehrs vor dem Tod, eine Vergewaltigung. Sieht ja nicht gut aus, wie die Tote zurechtgemacht ist, irgendwie nuttig, wenn du mich fragst.«

Rohleff ließ den Blick seitwärts schweifen, um sich zu vergewissern, ob Groß seinem Monolog folgte, inzwischen fuhren sie nach Münster. Harrys Hände griffen um das Lenkrad, ganz weiß traten die Knöchel hervor, verwunderlich bei einem geübten und souveränen Fahrer wie ihm, Rohleff schob die Anspannung seines Begleiters auf die Straßenverhältnisse. Mit glatten Stellen war zu rechnen, obwohl die Straße nur naß glänzte, weil das Streusalz oder die Sonne das Eis getaut hatte.

Rohleff zog sein Handy aus der Tasche. »Patrick, hast du gerade Torkelt am Wickel? Also hör zu, frag ihn nach den Schuhen, die er heute morgen getragen hat, laß sie dir mitgeben … Frag jetzt nicht, warum, das erfährst du später.«

Dr. Lamashs Kopf glich einer Pampelmuse, nicht nur der gelblichen Hautfärbung wegen. Im Kopf saßen Korinthenaugen, die immer unbeteiligt blickten, selbst bei gräßlichst zugerichteten Leichen. Gelegentlich wertete Rohleff diese Gelassenheit als Vorzug, häufiger jedoch als Fluch, weil der Stoizismus des Mannes in die bekannte Langsamkeit ausartete.

Diesmal wartete der Arzt mit einer Überraschung auf. Er hatte die Leiche bereits vom Baumstamm getrennt. Der Birkenstamm lag wie ein Verstorbener – und tatsächlich handelte es sich ja um einen solchen, wenn auch nicht menschlichen, wurde Rohleff plötzlich klar – auf einer der Stahlbahren. Aus dem Holz ragten in unregelmäßigen Abständen dünne, spitz zulaufende Stahlbolzen heraus, an die Zettelchen gespießt waren. »Oberster Halswirbel«, »Brustbein«, stand auf den ersten beiden. Rohleff wurde etwas schwummrig zumute, als er sich die Leiche dazu vorstellte, die Dr. Lamash noch im verborgenen hielt.

»Wir müssen uns Gedanken über die Waffe machen, mit dem Hammer wird der Täter die Nägel nicht eingeschlagen haben«, sagte er.

Groß schluckte hörbar. »Laß das Patrick machen, der kennt sich doch in Waffen aus.«

»Nur in unseren Dienstwaffen und in Jagdgewehren, mehr lernst du nicht zusätzlich, wenn du den Jagdschein machst.«

»Könnt ja trotzdem nicht schaden, sich in die Richtung zu orientieren.«

Rohleff schüttelte den Kopf. »Auf Moorhühner und so was hältst du nicht mit Bolzen drauf. Nur weil Patrick seit einem Jahr gesetzlich abgesegnet im Wald seines Vaters Unruhe stiften darf, ist er noch kein Waffenexperte. Da kümmere ich mich selbst drum, ich frag bei den Kollegen in

Münster nach oder bei der Bundeswehr, ich finde schon wen, der mehr kann als zwischen einer abgesägten Schrotflinte und einem Steinschloßgewehr zu unterscheiden.«

Die Leiche präsentierte Dr. Lamash erst, als Rohleff recht massiv wurde. Um die Tote zu sehen, mußten sie ein Geschoß tiefer steigen, wo sich besondere Kühlräume befanden.

Es käme darauf an, sagte der Pathologe in seiner gedehnten Sprechweise auf dem Weg dorthin, den Auftauvorgang langsam ablaufen zu lassen und gegen Ende dann etwas zu beschleunigen, um die zellbiologischen Vorgänge in Grenzen zu halten. Er unterstrich seine Erläuterungen mit ein paar Handbewegungen, Rohleff kam es so vor, als beschriebe er die komplizierte Zubereitung eines delikaten Bratenstücks. Als die Tote auf ihrer Bahre vor ihnen lag, fragte er: »Wie lange müssen wir demnach warten, bis Sie mit Ihrer Arbeit an der Leiche beginnen?«

Dr. Lamash nahm seine Finger zu Hilfe. »Etwa zwei Stunden auftauen pro Zentimeter Körperdurchmesser. Seit vier Stunden haben wir die Tote hier, bei einem maximalen Durchmesser von, sagen wir einmal, zwanzig, einundzwanzig Zentimetern in der Hüft- und Gesäßgegend macht das entsprechend viele Stunden, den Rest rechnen Sie mal selbst.«

Rohleff hatte wieder den Eindruck, als verhandelten sie über eine gefrorene Pute, denn einen ähnlichen Vortrag hatte ihm Sabine einmal über die Vorbereitung von Mahlzeiten aus Tiefkühlkost gehalten. »Ich muß wissen, ob die Tote kurz vor dem Ableben noch sexuell aktiv war.«

»Was ist mit den Bolzen? Haben wir da die Todesursache zu suchen?« fuhr Groß dazwischen.

Dr. Lamash neigte den Kopf leicht schräg, die gespreizten

Finger beider Hände tippten aneinander. »Nicht, daß ich das jetzt bereits mit Bestimmtheit sagen könnte, wiederholen Sie die Frage in ein paar Tagen.«

Rohleff war drauf und dran, die Geduld zu verlieren. Um nicht loszupoltern, trat er an die Bahre heran und betrachtete die Tote. Der glasartige Überzug aus Eis fehlte jetzt, aber die Haut glänzte feucht, abgesehen von der Leichenblässe wirkte die Tote lebendiger als vorher, noch immer hatte sie die gleiche Pose inne, fast, als rekelte sie sich wollüstig auf der Bahre.

Groß war beiseite getreten und starrte die Wand an. Rohleff deutete auf seinen Rücken. »Mein Kollege braucht Röntgenaufnahmen, wie steht es damit?«

Der Pathologe nickte bedächtig. »Die haben wir natürlich angefertigt, bevor wir die Nägel extrahiert haben. Sie können sich den Film anschauen, den der Computertomograph aufgezeichnet hat, und ein paar Aufnahmen mitnehmen.«

Erst da machte sich Rohleff Gedanken darüber, wie das Extrahieren ohne Einsatz von Sägen vonstatten gegangen war, der Baumstamm präsentierte sich ja noch im Stück. Er schenkte es sich aber, der Frage nachzugehen.

Groß drehte sich um. »Kann ich den Birkenstamm haben, so, wie er ist, mit den Bolzen? Ich pul mir die Dinger lieber selbst heraus, wenn Sie nichts dagegen haben.«

Dr. Lamash war damit beschäftigt, die Tote wieder in ihr kühles Gefängnis einzufahren, er nickte nur. Rohleff fand es an der Zeit, daß sie ihren Besuch in der Pathologie beendeten. Geduldig mußte er aber noch warten, bis Groß einige vorläufige Messungen am Baum und den Nägeln vorgenommen hatte.

Laboruntersuchungen der Spuren, die der Körper auf dem Stahl hinterlassen hatte, waren bereits eingeleitet worden, trotzdem kratzte Groß selbst behutsam an den Bolzen herum und verstaute seine Proben in einer Labortasche, die er mitgebracht hatte. Er sah dabei nicht so aus, als hätte er Lust, die Untersuchung von Baumstamm und Nägeln auf die Leiche auszudehnen. Rohleff hätte ihn fragen können, ob seine grünliche Gesichtsfarbe bereits zu seiner Karnevalskostümierung gehörte, es wäre eine weitere Möglichkeit gewesen, seiner augenblicklichen Gefühlslage dem Kollegen gegenüber auf rein menschlicher Ebene Ausdruck zu verleihen, die dienstliche Ebene jedoch verbat das.

Eine Stunde später, nachdem sie eine Absprache getroffen hatten, die den Transport des Baumstamms zurück nach Steinfurt betraf, fuhren sie weiter zum Theater. Es wurde höchste Zeit, die sechs Fräcke abzuholen, die zum abendlichen Karnevalsspektakel benötig wurden.

Rohleff fragte sich, wie es hatte geschehen können, daß sich das bislang unkomplizierte Verhältnis zu Groß so hatte eintrüben können, zumindest ging er davon aus, daß ihr Verhältnis bis vor zwei Wochen diese angenehme Geradlinigkeit gehabt hatte, die keinerlei besondere Aufmerksamkeit erforderte. Es ärgerte ihn, daß er nun überhaupt über so etwas nachdenken mußte, und vor allem, daß sie beide diese Animositäten entwickelt hatten, um mehr konnte es sich nicht handeln, auch wenn das schon zuviel war. Das Bild, das er von Groß in den letzten Jahren entwickelt hatte, stimmte nicht mehr, damit waren innere Ordnungen zerstört, Grundlagen einer effektiven Zusammenarbeit. Irritation griff um sich. Obwohl er deutlich spürte, daß Groß ebenso wie er selbst von Mißstimmungen geschüttelt wurde, von Nörgeligkeit und Verbohrtheit, die sich gegen ihn richtete, wußte er nicht, warum, er hatte sich schließlich unverändert um Korrektheit bemüht.

Wenig später staunte Rohleff über die Selbstsicherheit, mit der Groß in die Halbwelt des Theaters vorstieß. Er lotste sie durch einen unverschlossenen Nebeneingang hinein. Der Kontakt zum Kostümfundus war über Groß zustande gekommen, noch so eine Überraschung, die ins neue Bild von Groß paßte, nicht ins alte, gediegenere. Wie genau diese Verbindung beschaffen war, entzog sich seiner Kenntnis, Knolle verfügte über den besseren Einblick, er nahm sich vor, lieber ihn danach zu fragen statt Groß selbst.

Innen sah alles sehr prosaisch aus und furchtbar verlassen. Keine Seele weit und breit, kein Flüstern, kein Gelächter, nur langweilige Flure und Treppen, auf denen ihre Schritte verhallten.

Groß legte die Hand auf den Magen. »Weiter geradeaus, dann rechts, dann die Treppe runter, da ist der Fundus. Sag, daß du wegen der Fräcke für die Polizei da bist, ich komm gleich nach, ich muß nur mal ...« Er wedelte unbestimmt mit der anderen Hand.

Rohleff schüttelte stur den Kopf. »Ich warte vor der Tür, ich denk nicht dran, mich hier zu verlaufen.« Groß wollte vielleicht etwas entgegnen, wandte sich aber um, stapfte weiter und verschwand hinter einer ramponierten Tür, die etwas sehr direkt mit einer bekannten Figur dekoriert war, einem pinkelnden Männchen.

Ein junger Mann mit verschwitzten Haaren kam an ihm vorbei, während er wartete, und warf ihm einen neugierigen Blick zu. Groß brauchte ziemlich lange, tauchte dann mit nassen Haaren wieder auf und setzte stumm den Weg fort, ohne sich zu vergewissern, daß sein Begleiter ihm folgte. Rohleff beschlich das Gefühl, daß sie in einem kafkaesken Gemäuer herumirrten, einem Labyrinth, einer Falle für alle nicht Eingeweihten, er schloß dichter auf.

Jetzt erreichte sie Musik, ein paar Takte nur, eine Doppeltür klaffte vor ihnen an einer Flurseite. Groß ging langsamer und begann zu pfeifen, laut und ziemlich unmelodisch. Der junge Mann von vorhin stand auf einmal in der Tür.

»Wer zum Teufel ...«, er brach ab.

Rohleff konnte gar nicht anders, als in den Saal zu spähen, in den die Tür führte, ein intensiver Schweißgeruch, schlimmer als alter, ranziger Käse, wehte ihn an. Der junge Mann nickte ihnen etwas förmlich zu, das nahm er noch wahr, ehe er sich auf das Bild, das ihm der Saal bot, konzentrierte.

Ein Übungssaal mit Spiegeln an den Wänden und einem Handlauf davor, ein Klavier stand unbenutzt in der Ecke. Die Musik, die sie gehört hatten, kam von einem Tonband, vor dem ein anderer junger Mann kniete, ein zartes Kerlchen der Statur nach.

Rohleff war gar nicht bewußt gewesen, daß ihn seine Neugier ein paar Schritte in den Raum hineingetrieben hatte, er schaute sich nach Tänzerinnen um, statt dessen kam der zweite junge Mann, der schmächtige, auf ihn zu.

»Was wollen Sie hier?« fragte er mürrisch und strich sich fettig herabhängende lackschwarze Haare aus der Stirn.

»Eigentlich gar nichts«, sagte Rohleff zu einem madenweißen Gesicht, in dem zwei dunkle Augen fiebrig glühten. »Das heißt, wir sind wegen ein paar Kostümen hier, die wir ausleihen dürfen. Aber da war gerade diese Musik.«

Er schnippte mit den Fingern den Takt nach und klopfte dazu mit der Fußspitze auf den Boden.

Der Mann lächelte auf einmal und nahm Haltung an, dann klackten seine Schuhsohlen auf dem Holzboden. Es waren nur ein paar Schritte, aber sie verzauberten den Raum, dessen Leere sich mit Leben füllte. Fasziniert hing Rohleffs Blick an der schlanken Gestalt, die jetzt sehr männlich und herausfordernd wirkte.

»Tango argentino«, sagte der Tänzer, als er innehielt, Rohleff klatschte Beifall.

Plötzlich schwankte der Junge, ging in die Knie und röchelte.

»Du bist ein Idiot, Ramon. Ich hab dir gesagt, bedien das Tonband.«

Der andere Tänzer hatte sich an Rohleff vorbeigeschoben und packte seinen Kollegen ziemlich rüde am Arm, geradezu besitzergreifend zerrte er ihn tiefer in den Raum zurück.

Rohleff war die Szene peinlich, vor allem wegen des Jungen, der krank aussah und ein bißchen gedemütigt, daher ging er den beiden nach und wandte sich an den Kleineren. »Gehören Sie zum Tanzensemble des Theaters?«

Ramon schüttelte den Kopf. »Wir proben hier nur und müßten eigentlich schon weg sein. Ich bin aber krank geworden, deshalb haben wir unsere Abreise verschoben, Fernando spielt die Krankenschwester für mich.« Ramon lächelte schüchtern erst seinen Partner an, dann Rohleff.

»Komm endlich, du willst doch bestimmt nicht mit den Jungs tanzen.« Groß lehnte an der Tür, ein Taschentuch in der Hand, mit dem er sich über das Gesicht fuhr, deutlich war ein burgunderroter Streifen zu sehen und die Ecke mit dem Monogramm.

Rohleff konnte nicht sagen, daß er sich auf einmal schämte, diese offenkundige Neugier gezeigt zu haben, etwas Verlegenheit streifte ihn aber doch, bereitwillig ging er daher auf die Tür zu. Fernando kam ihm überraschenderweise nach, den Blick starr auf den dicken Groß geheftet, als hätte er ihn vorher nicht richtig bemerkt.

»Der Kostümfundus ist eine Treppe tiefer, dann rechts, das müßtest du wissen.«

Groß faltete umständlich das Tuch, steckte es ein, er schien etwas sagen zu wollen, blieb aber wieder stumm, hob nur in einer Art Abschiedsgeste die Hand und trat auf den Flur hinaus.

Sie waren schon bei den Kostümen angelangt, da fiel Rohleff eine Frage ein. »Sag mal, tanzt man Tango nicht mit Frauen?«

»Soll wohl«, brummte Groß, es klang nicht so, als ob er sich auskannte.

## 22. Februar, Sonntag

Mitternacht war schon eine Weile vorbei. Rauchen war verboten, trotzdem hatte sich eine neblige Atmosphäre im Saal gebildet. Die Feier fand in der Turnhalle neben der Kreispolizeibehörde statt.

Das Rauchverbot hatten die Holländer mit einem nachsichtigen Grinsen akzeptiert, mit dem gleichen Grinsen setzten sich einige darüber hinweg, als wäre es gar nicht ausgesprochen worden. In den Bierdunst mischte sich der Geruch scharfer Zigaretten, richtiger Sargnägel, aber auch würziger Duft aus Pfeifen. Die holländischen Nichtraucher beachteten die Übertretung nicht, nur die deutschen Gastgeber murrten, allerdings nicht laut und direkt. Rohleff fragte sich, ob die Holländer vielleicht die besseren Nordeuropäer waren, weil sie mehr Toleranz aufbrachten gegenüber den Schwächen ihrer Kollegen. Auch in der Drogenpolitik machten ihnen ja die Holländer einiges in Sachen Toleranz vor, sie belegten nicht alles und jedes mit moralischen Urteilen, sondern schauten danach, was es auf praktischer Ebene zu richten gab.

Die Niederländer, korrigierte er sich in Gedanken. Lilli Gärtner hatte ihm mal erklärt, daß die Leute aus dem Nachbarland die Bezeichnung »Holländer« für eine Beleidigung hielten, und es lag ihm sehr daran, die Gäste nicht mal in Gedanken zu beleidigen, da war er gern überkorrekt.

Die Gedanken halfen ihm über den Schock hinweg, den

Groß ihm vor einer Stunde versetzt hatte. Als er jetzt wieder in Fahrt kam, diesmal mit einer von den Dunkelhäutigen, fiel der Schock schon gemäßigter aus, weil alle darauf vorbereitet waren. Daß solche wie Groß sich so produzieren mußten, es glaubte ihnen ja doch keiner, wenn man erst mal Bescheid wußte.

Hübsch war diese Frau, sicher die Ehefrau eines Kollegen aus Holland, vielleicht war der ebenfalls dunkelhäutig. Die Holländer hatten eine Teilnehmerliste herübergeschickt. Ein paar Namen fielen auf, die alles andere als holländisch klangen. Kein Mensch wußte, wie die auszusprechen waren, aber die Neugier brandete schon hoch, als einer aus dem Stab, der für die Festvorbereitung zuständig war, plötzlich aufjaulte.

»Wir haben überhaupt keine Ausländerquote, wir blamieren uns bis auf die Knochen.«

Der Einwurf hatte eine Welle von Unmut heraufbeschworen, aber an der Tatsache gab es nichts zu deuteln, ihre eigene Liste bewies es, es wimmelte lediglich vor Hülsbuschs, Potthoffs, Niederbäumers.

Ein anderer legte den Zeigefinger auf einen Namen. »Und Blanchard? Was ist mit dem?«

»Nee, nee«, meldete sich eine Stimme aus dem Hintergrund. »Wir sind eene waschechte Berliner Familie, un det seit Jahrhunderten, un nich erst, seit de als gebürtiger Türke zu die deutschen Staatsbürger wechseln kannst.«

»Wenn de aus dem Osten bist, ist das bei uns aber auch so gut wie Ausländer«, krähte ein anderer forsch.

Rohleff überlegte, ob sie eventuell Harrys kaschubische Großmutter ins Feld führen konnten, irgend etwas Fremdes kam ja offensichtlich bei Groß durch, obwohl weder der Bierbauch noch das fuchsrote Haar auf exotische Gene schließen ließ.

Aber wo lag Kaschubien? Rohleff genehmigte sich zum weiteren Grübeln eine westfälische Lage: einen Korn und ein Bier, es war nicht die erste, in seinem Kopf schwirrte bereits ein Hummelschwarm.

Die letzte Überlegung brachte ihn wieder auf den Fall des toten türkischen Mädchens zurück. Knolle hatte er gleich nach ihrer Rückkehr aus dem Theater nach Neuigkeiten ausgequetscht.

Zunächst knallte der ihm Torkelts Treter auf den Schreibtisch, die er wie Knecht Ruprecht in einem Sack auf der Schulter getragen hatte. Groß drapierte unterdessen mit dem Gehabe einer altgedienten Garderobiere die sechs Fräcke über zwei Stühle in Rohleffs Dienstzimmer, die ganze Zeit hingen Knolles Blicke daran. Er konnte es wohl nicht mehr abwarten, seine übliche Motorradkluft abzulegen.

»Ist ein ganz heimlicher Kunde, dieser Torkelt. Wollte mir wieder nur was über Fledermäuse verkaufen. Hat aber dann zugegeben, daß er doch einen Schritt näher an den Baum herangetreten war, er mußte sich ja vergewissern, nicht? War ja nicht ganz leicht zu glauben, daß die Sirene am Baum mausetot war und ihr deshalb nicht auffiel, wie rattenkalt es war.«

»Das Alibi«, fuhr Rohleff dazwischen.

Knolle bedachte ihn mit einem beleidigten Blick. »Da komm ich noch hin, ja? Ich hab mir nur ausgerechnet, daß da was mit dem Knilch und den Mädchen im allgemeinen nicht stimmt. So sexuell scheintot, wie er mit seinem biederen Getue wirkt, ist der vermutlich gar nicht. Seine Alte hat seine Aussage allerdings mehr oder weniger bestätigt. Anruf vom obersten Fledermausexperten gestern abend, dann heute morgen losgestapft, und dazwischen streng an der Matratze gehorcht, sie jedenfalls und er offiziell ebenso. Ich hab mir die Eheliebste genau angeschaut. Die schnarcht bestimmt die ganze Nacht, und wenn sie bei ihren eigenen Geräuschemissionen schlafen kann, dann hört sie auch nicht, wie sich der Gatte für ein paar vergnügliche Stunden davonmacht. Im Wald hat er dann den bösen Wolf für ein kleines Mädchen gespielt. Was willst du mit den Tretern, Harry?«

Rohleff winkte ab, bevor Groß etwas sagen konnte. »Was ist mit Torkelts Aussage, daß er die Tote nicht kennt, daß sie ihn nur an seine Putzfrau erinnert?«

»Mit der Kleinen hab ich noch mal gesprochen«, Knolle stockte, Rohleff mußte ihn wohl verblüfft angeschaut haben. »Mit der Perle, nicht mit der Toten. Hab doch gesagt, die spricht ganz nett deutsch. Komisch, nicht wahr, nachdem sie Torkelt vor gerade mal vier Wochen wegen angeblicher Verständigungsschwierigkeiten rausgeworfen hat.«

»Was sagt seine Frau dazu?«

»Müßte man noch nachhaken.«

»Ein alter Kerl, der erst an einem Mädchen aus der Türkei rumfummelt und, weil er da nicht zum Zuge kommt, einem anderen mit Gewalt an die Wäsche geht?« fragte Groß.

»So was in der Art könnte es gewesen sein«, antwortete Knolle nachdenklich. »Da war was Unklares in der Aussage des Mädchens, abgesehen von der Sache mit der Sprache. So ein bißchen kennt man sich ja mit den Mädels aus. Da sollte man noch mal ran, das ist glasklar, aber du mach man mit den Schuhen von Torkelt rum, das kannst du besser.«

Rohleff hatte rasch von einem zum anderen geschaut, um zu prüfen, ob er eingreifen mußte. Knolle sah verdächtig nach Anzüglichkeiten aus, Groß wirkte wieder, als wäre ihm eine Laus über die Leber gekrochen, er schnappte sich kommentarlos die Treter und verschwand damit.

»Das türkische Mädchen, das lebende, nimmt sich Lilli

morgen vor, von Frau zu Frau geht so was besser«, hatte Rohleff dann bestimmt.

Mit Lilli hatte er erst nach der Gesangseinlage reden können. Der Kastratengesang der Comedian-Harmonists-Imitatoren, zu denen Knolle gehörte, wirkte längst nicht so exhibitionistisch wie die Darbietung der holländischen Kollegen. Eine Truppe von gestandenen Männern, die »Schwanensee« tanzten. Eine Lachnummer schon wegen des Eifers und Ernstes, mit dem die Herren die Beine warfen. Nicht eine Spur von imitierter Weiblichkeit bis auf die Röckchen.

Dagegen wirkten die Sänger im Frack schon mehr wie Homos. Knolle trällerte mit Kopfstimme wie eine Amsel oder Lerche und erntete damit Sabines Beifall, die ganze Einlage über hing ihr Blick an diesem Schönling mit dem Schwalbenschwanz am Hintern. Geduldig klatschte Rohleff Beifall und neigte sich dann über den Tisch zu Lilli.

»Was sagt der Ausländerbeirat?«

»Mein Nachbar will sich umhören. Ich hab ihm ein Foto dagelassen.«

»Ist das alles, was der kann, sich umhören?«

Lilli wurde ziemlich grantig. »Ich hab noch gut im Ohr, wie ihr gesagt habt, die tun nichts, sind nur so ein Feigenblättchen.«

»Ich hab gar nichts gesagt, aber ich weiß auch nicht, was die machen, gib doch mal ein paar Stichworte.«

Lilli sprudelte nur so. Ist nicht so einfach, dachte Rohleff, sich um all die Ausländer betreffenden Dinge zu kümmern, mit einer Menge Logistik zwischen Integration und Papieren zu jonglieren und, wenn es ums Eingemachte geht, kein Gehör bei den verantwortlichen Gremien zu finden. Staatliche Papierpolitik hat wenig mit Menschen zu tun.

Seine Eheliebste kam reichlich aufgekratzt an den Tisch, ihre Wangen glühten vom Tanzen, die Augen funkelten, alles Mütterliche war wie weggeschmolzen.

Sie ging als Tangotänzerin, eine Kostümierung, die keinen großen Aufwand erforderte. Neben einer grellroten Kunstfederboa trug sie ein seitlich geschlitztes, sackartiges schwarzes Kleid, das knapp bis zum Knie reichte. Es paßte wenig zu Rohleffs Aufmachung als westfälischem Kiepenkerl mit dunkelblau gestreiftem Kittel und rotem Halstuch, aber er fand es in Ordnung, daß sie nicht für alle sichtbar als Ehepaar auftraten. Es sah schon mehr danach aus, als hätte sich Sabine mit Groß abgesprochen, der einen schwarzen Anzug mit einem edlen schwarzen Pullover kombinierte und trotzdem wie eine triste Kugel ausschaute.

»Glaubt er etwa, daß Schwarz schlank macht?« fragte Knolle verwundert, als Groß in seiner Trauermontur aufkreuzte.

Groß hatte sich nicht an ihren Tisch gesetzt und nur knapp herübergewunken, als aber die Kapelle einen Tango spielte, kam er auf sie zu und zog Sabine ohne viel Federlesens von ihrem Stuhl, sie lachte, sie protestierte nicht, Rohleff fand es nett, daß sie auf Groß einging.

Ganz allmählich zunächst, dann nachdrücklicher drängten die Tanzenden nach außen, Rohleff gewann den Eindruck, daß sich in der Mitte eine Art Leere gebildet haben müsse, und begriff nicht, warum. Die Musik stockte, denn die Kapelle hatte das letzte Stück beendet, es war aber nur ein Atemholen, mit viel mehr Verve setzte sie wieder ein, spielte noch einmal einen Tango.

Alle, die am Rand verharrten, starrten zur Mitte, und da sich gerade eine Lücke vor Rohleff auftat, konnte er auf die Tanzfläche sehen.

Groß und Sabine, Tango tanzend. Das kurze schwarze Sackgewand zeigte jetzt seine Qualitäten, und auch Harrys Anzug ließ den Dicken nicht mehr wie einen Sargträger erscheinen. Ein Traumpaar. Beim Tango ging es um Erotik, und Rohleff sah, was die Erotik anrichtete, flüchtig dachte er an den schmächtigen Tänzer im Theater, an seine kurze Verwandlung. Die beiden in der Mitte beherrschten den Saal, sie trieben die Temperatur ein paar Grad höher, sie lockten und verführten einander und damit jeden einzelnen der Zuschauenden. Rohleff spürte direkt, wie Harrys Hand Sabines Hüfte umspannte, die jetzt voller und weiblicher als früher war, der Tangotakt erzeugte in ihr eine Spannung, die sich der Hand mitteilte.

Seine rechte Seite preßte sich an ihre linke, vom Schenkel bis zum unteren Rippenbogen wie verschweißt, ihre Blicke flammten ineinander, dann riß die Musik sie auseinander. Sabine kam erneut auf ihn zu, bot sich an, ein herausforderndes Lächeln auf den Lippen; als sie sich wegdrehen wollte, zwang er sie, Hüfte an Hüfte mit ihm, sich zu neigen, zurückzubiegen, sie war ihm ausgeliefert. Gezügeltes Feuer, Begierde, aber kein Nachgeben. Der Rhythmus schlug aus jeder Partie des Körpers Schönheit, schliff Unbeholfenheiten und Schwere weg, erzeugte dafür Schamlosigkeit, kunstvolle Verruchtheit, viel mehr als Sex.

Die Musik verstummte, noch lösten sich die Körper nicht voneinander, noch waren die Blicke aneinander gefesselt, in einer letzten Begegnung erstarrt, noch einen Augenblick war Rohleff Groß.

Vom Rand her latschte Knolle auf die beiden zu, klatschte Groß die Pranke auf den Rücken und hielt ihm mit der anderen ein volles Bierglas hin. »Na, laß man gut sein, Harry, sonst verrenkst du dir am Ende das Becken.«

Abrupt zerbrach die Verzauberung, die Tänzer traten irritiert auseinander. Harrys Bauch beherrschte wieder sein Körperprofil, er bebte ein bißchen in seiner schwarzen Umhüllung, als er sich davonmachte, der dicke Groß, die Tunte.

Rohleff schmunzelte wie viele andere auch und wollte das brennende Gefühl, das ihn beim Zuschauen beherrscht hatte, nicht länger wahrhaben. Erst viel später sollte ihm einfallen, daß es angemessener gewesen wäre, zu klatschen, ein frenetischer Beifall hätte der bravourösen Tanzleistung gebührt, Sabine ebenso wie Groß, der seine Partnerin meisterhaft geführt hatte, dem es gelungen war, seine Ehefrau, die brave Mutter, in ein laszives, sinnliches Geschöpf zu verwandeln und sich selbst in einen richtigen Mann, der mit Frauen etwas anzufangen wußte.

»Also, der Harry, der ist mir vielleicht einer«, sagte Sabine, noch etwas schnell atmend, als sie sich wieder zu ihnen gesellte.

»Ja, ja, wir gönnen ihm das doch.« Eindeutig klang Herablassung aus Rohleffs Stimme, kein schöner Zug, die Eifersucht spielte noch mit. Eifersüchtig war er, legte er in Gedanken pedantisch nach, weil es ihm schon seit ein paar Monaten nicht mehr gelang, so ein erotisches Feuer in Sabine zu entfachen. Erst hatte sie abgelehnt wegen der fortgeschrittenen Schwangerschaft, und nun, acht Wochen nach der Geburt, zeigte sie auch noch kein Entgegenkommen, sondern nur Müdigkeit und Gereiztheit, wenn er seine Bemühungen nicht sofort aufgab.

Knolle schlug vor, zu einem Absacker in die Eckkneipe zu gehen, um den schönen Abend sanft ausklingen zu lassen. Es konnte schon sein, daß sich in seinem von viel Alkohol benebelten Hirn so etwas wie zarte Reue regte, weil er Groß den Triumph vermasselt hatte. Sabine und Maike, Knolles Ehefrau, waren bereits nach Hause gefahren. Sabine war ihr Sohn eingefallen, der vielleicht gestillt zu werden wünschte, wozu die Babysitterin nicht in der Lage war.

Die Idee mit der Kneipe erwies sich als Enttäuschung, es wollte kein rechtes Gespäch aufleben, Groß starrte trübsinnig in sein Bierglas. Rohleff hoffte, er würde es nicht allzu übel nehmen, daß ihn Knolle in der letzten Stunde mehrfach gefragt hatte, ob er glaube, daß schwarz schlank mache, und ob er japanischen Reiswein vermisse, ein Getränk, für das im Etat des Festes kein Posten vorgesehen war.

»Ich vermiß die anderen«, sagte Groß plötzlich.

»Wen?« fragte Knolle.

»Die Neandertaler.«

Knolle tippte sich an die Stirn.

»Unsere Brüder«, fuhr Groß fort.

»Ach«, sagte Rohleff, »und was sind wir für dich so allgemein-menschlich gesehen?«

»Kopien, einer wie der andere, Klone, wir sind alle gleich. Die Schwarzen in Afrika, die paar Roten in Amerika, die vom großen Abschlachten übriggeblieben sind, die Gelben in China, allesamt homo sapiens sapiens, alle gleich.«

»Also ich bin nicht schwu...«, fuhr Knolle auf, aber es gelang Rohleff noch rechtzeitig, ihn zu treten, damit er das letzte Wort wenigstens halb verschluckte.

Groß achtete nicht auf Knolles Einwand und monologisierte weiter. »Wir wären nicht allein im Weltall. Eine wirklich andere Rasse. Stark, geduldig ...«

»... und ziemlich dämlich«, nahm Knolle erneut den Faden auf und stubste Groß an. »Mensch, Harry, wär total ideal, so eine Rotte geduldiger Ochsen und Sklaven, wir hätten eine richtig schön biologisch fundierte Zweiklassengesellschaft, und das ganze Geschiß um Inder statt Kinder und andere Blödheiten könnten wir uns schenken. Man müßte ein Rückzüchtungsprogramm starten.«

Groß starrte Knolle unter schweren Lidern an. »Könntest dich dafür melden, dein Sägeeinsatz heute morgen sagt mir, daß in deinen Erbanlagen noch ein paar Neandertaleranteile schlummern sollten. Gib doch mal ein Pröbchen ab.«

Rohleff fuhr unangenehm berührt zusammen. Obwohl er gar nicht gemeint war, schien die letzte Bemerkung doch speziell ihn zu betreffen, er mußte an die Prozeduren beim Frauenarzt denken, Untersuchungen, Spermaproben, Wahrheiten, die danach kamen, und nach einem guten Jahr das überraschende Ergebnis aller Bemühungen, *sein Sohn*, das Kind, das unter seinem Namen im Melderegister eingetragen war.

Rohleff fragte sich, ob die Neandertaler jemals Probleme mit der Zeugungsfähigkeit gehabt hatten, vielleicht deutete ihr Verschwinden darauf hin.

Groß sah alles in allem etwas unglücklich aus, von dem furiosen Tänzer war nichts übriggeblieben. Es brauchte keinerlei verbaler Verständigung, Rohleff und Knolle waren sich einig, Groß nach Hause zu begleiten, möglicherweise spielte ein bißchen schlechtes Gewissen dabei eine Rolle oder andere Unwägbarkeiten wie die oft nur schwache Solidarität eines menschlichen Geschöpfs mit einem anderen.

Im Taxi fragte Rohleff behutsam: »Warum hast du dich nicht als Neandertaler verkleidet, Harry, mit Fell und Keule über der Schulter?«

Sie saßen zu dritt hinten, Groß in der Mitte. Mit umflorten Augen blickte Groß von einem zum anderen. »Als Hommage an die Brüder im All?« nahm er die Frage auf. »Mir gehen die typischen äußeren Merkmale ab, Patrick brächte da die besseren Voraussetzungen mit.« Groß legte Knolle seine dicke Hand aufs Knie.

Das Taxi ließen sie warten, weil sie sehen wollten, daß Groß die Eisenleiter zu seiner Dachwohnung sicher und unfallfrei erklomm. Knolle hatte am Fuß der Treppe den Arm um Rohleffs Schultern gelegt, beide schwankten ein bißchen. Die Kälte hatte wieder zugenommen.

Die Wohnung von Groß war im ursprünglichen Bauplan nicht vorgesehen gewesen, die Besitzer hatten den Flachdachbungalow nachträglich aufgestockt. Zur oberen Wohnung führte eine silbrige Außenleiter, die jetzt matt im Licht der Taxischeinwerfer schimmerte und etwas unwirklich in die Höhe schwebte. Harrys stampfender Tritt auf die unterste Stufe erzeugte einen Mißton, der über Rohleffs Nerven schrammte. Ab der fünften stampfte Groß nicht mehr, sondern begann mit einem Arm zu rudern, während er sich mit der anderen Hand am Geländer festzuhalten suchte. Immerhin gelang es ihm, noch zwei Stufen höher zu kommen.

Die ersten Momente des Unglücks verwischten sich in Rohleffs Erinnerung, er hörte sich aber »Patrick!« schreien und »Paß auf!«, dann kam Groß wie eine Kanonenkugel auf sie zugeschossen, und sie warfen sich automatisch der rundlichen Masse entgegen.

Es gab eine weiche Landung für Groß, bei der Rohleffs Steißbein erneut strapaziert wurde. Nur langsam rappelten sich die drei auf, kein leichtes Unterfangen, sie mußten ziemlich laut geworden sein.

Die untere Haustür öffnete sich, Harrys Vermieterin trat in Hausschuhen heraus und einem Morgenmantel, der vorne klaffte und ein wallendes Nachthemd sehen ließ. Flanell, mutmaßte Rohleff, als die Frau nach Aufklärung für den Radau verlangte.

Die nachfolgende Überprüfung des Unfallortes ergab, daß die Treppe vereist war. Rohleff kroch mit Hilfe seiner Hände von Stufe zu Stufe, gefolgt von der Hauswirtin, die über seine Schulter spähte.

»Er hat wieder die Pflanzen in den Kästen gegossen und dabei mit dem Wasser geplempert, so ein Unfug, und das bei Frost.«

Das Metall der fünften bis siebten Stufe glänzte unter einer zentimeterdicken Eisschicht, in die Aschekörner eingesargt waren, die die unteren und oberen Stufen rutschfest machten.

»So ein Idiot.« Rohleff schaute zum Treppenabsatz hoch und noch höher zu der kleinen Plattform vor der oberen Haustür und zu den Blumenkästen, die am Geländer hingen. Etwas Stachliges ragte aus ihnen heraus. Groß saß auf der untersten Stufe und schüttelte benommen den Kopf.

»Versteh ich nicht«, jammerte er.

Rohleff schenkte es sich, über die Angelegenheit weiter nachzudenken, dazu sollte er erst später kommen, als gewisse häßliche Zusammenhänge mit anderen Ereignissen aufschienen. Mit Knolles Hilfe bugsierte er den erschlafften Groß nach oben, nachdem die Hauswirtin mit einer weiteren Aschenlage die unmittelbaren Gefahren einer zweiten Treppenbesteigung gebannt hatte.

»Solche Hühnerleitern«, sagte Knolle, als sie sich wieder hinabhangelten, »gehören verboten.«

Der Taxifahrer schlief bei laufendem Motor, sie mußten ihn wecken.

So viel wie die anderen beiden hatte Groß am Abend nicht getrunken, mehr instinktiv als bewußt hatte er das eine und andere Glas Bier ausgelassen, um einen Rest Klarheit zu behalten. Einen dröhnenden Kopf konnte er am nächsten Morgen nicht gebrauchen, immer wieder war das kleine Privatlabor in seinen Gedanken aufgetaucht mit den Filmen, die dort auf ihn warteten.

Zwei Aspirin und schwarzer Kaffee brachten ihn in Form, er zog sich nach dem Duschen nicht an, trug nur einen schlichten, dunklen Kimono. Nicht den mit dem goldenen Drachen hintendrauf, der Rohleff und Knolle bei ihrem Überraschungsbesuch so verblüfft hatte, als er gerade dabei gewesen war, eine Teezeremonie für sich zu gestalten, ein Akt innerer Reinigung, von dem die beiden Holzköpfe nichts verstanden, denen er daher jegliche Erklärung schuldig geblieben war.

Vor ihm auf dem Tisch lagen Fotos ausgebreitet. Deutlich und wie erwartet, hoben sich auf mehreren Fußspuren ab, die sich von denen unterschieden, die er Torkelt anlastete.

Ein schmaler Fuß, der in einem Schuh steckte, der kaum Spuren legte. Vielleicht ein Schuh, der für Schnee und Eis nicht der geeignetste war. Die Fotos bildeten einen Kreis, in deren Mitte eine besondere Aufnahme lag, alle zusammen gaben die Szenerie des Schauplatzes wieder, wie er sie vom Tag zuvor im Gedächtnis bewahrt hatte.

Aus den Abdrücken ließen sich Bewegungen lesen, die um die Birke stattgefunden hatten und die einen Sinn ergeben mußten, den er im einzelnen zu entschlüsseln hatte, um auf das Endergebnis zu kommen, die Frau am Baum. Keins der Bilder wies den Abdruck eines nackten Fußes auf, die Tote hatte sich also nicht selbst an den Baum gestellt, um dort zu einer Eisfigur zu erstarren. Von ganz allein begannen seine Lider zu blinzeln, jegliche Nachwirkungen des Abends hatten Pillen und Kaffee doch nicht tilgen können, zart pochte es in seinen Schläfen.

Der Blick verschwamm, das, was er noch wahrnahm, belebte sich. Schritte über dem Boden, ein Umkreisen, Vorstoßen und Zurückweichen, das Bild der schönen Toten in der Mitte verschmolz mit dem Sabines, wieder ließ sie sich von ihm mitreißen. Fast hätte er seine Absicht aufgegeben, als sie aufstand und er aus der Nähe den formlosen Sack sah. Die komische Federboa hatte ihn vorher davon abgelenkt, jetzt hing sie an der Stuhllehne, Indiz einer Hausfrauenphantasie über Verruchtheit. Beim Tanzen holte er nach und nach die Sabine von früher hervor, es war ihm eine Freude, sie nach ihrem alten Bild, dem aufregend wilderen, nachzumodellieren. Er spürte wieder die aufkommende Hitze ihres Körpers, seinen Duft, der anfangs noch die stillende Mutter verriet, dann aber schlug ihr Parfüm stärker durch, ein schweres, schwüles Hurenparfüm.

Mit Sabine verwandelte er sich selbst, er ließ den Rhythmus des Tangos tief in Fleisch und Knochen eindringen. Rohleff hatte zu ihm herübergeschaut, vielmehr zu seiner Frau, den hatte wohl der Schlag getroffen, als er erkennen mußte, daß die Jahre des Domestizierens nichts genutzt hatten.

Ein Schweißtropfen fiel auf das Foto in der Mitte, zuletzt hatte er nur noch dieses gesehen.

Rohleff lag in der Badewanne, auf seinem Bauch saß das Baby, den Rücken an die aufgestellten Beine seines Vaters gelehnt, das Köpfchen stützten die Knie, die Händchen plantschten.

Den Kopf mußte Rohleff sehr ruhig halten, jede kleine Bewegung nach links oder rechts ließ rotierende Spiralen vor seinen Augen erscheinen, Lichtblitze explodierten. Die Aspirintabletten wirkten noch nicht, die große Verbrüderung mit den holländischen Kollegen forderte ihren Tribut.

In die Badewanne war er gekrochen, weil Sabine im Bett mit dem Baby plapperte und ihm das schrille Aufjuchzen des Kleinen weh tat. Dann stand sie in der Badezimmertür mit dem Kind auf dem Arm.

»Du, das war schon toll gestern mit Harry. Hat mich an alte Zeiten erinnert.«

Rohleff sah wieder das Funkeln in ihren Augen, auch ihre Hüften beschrieben eine andere Kurve, nicht die neue weiblich-mütterliche, und er nahm an, daß sie von Zeiten sprach, in denen er noch keine Rolle gespielt hatte. Das verdroß ihn. Beim Reden wußte er, daß er eine Schweinerei beging.

»Hätte ja keiner von Harry gedacht. Bißchen komisch war er ja schon immer, mit seinem schottischen Tweed und so. Aber daß der sich zu Hause in ein Gewand aus Seide schmeißt mit einem rotgoldenen Drachen hinten drauf und so Holzpantöffelchen an den Füßen trägt wie die Geishas in Japan und damit durch seine Wohnung trippelt!«

Sabine nahm den Kleinen auf die andere Seite. »Was willst du damit sagen?«

»Was wohl? Harry hätt lieber mit einem flotten Kerl getanzt, wer weiß, wie er dann aufgedreht hätte.« Er sprach schnell weiter, als er den Protest auf ihrem Gesicht sah. »Gestern im Theater sind uns zwei Jungs begegnet, Tänzer, Tangotänzer. Harry ist warm geworden, wie er die sah, wurde richtig fimmelig. Waren gut gewachsen, die beiden, schmalhüftig, die bewegten sich anders als normale Männer, wenn du weißt, was ich meine.« Er vertiefte sich in seine Erinnerung, was nicht ganz einfach war bei dem bohrenden Schmerz hinter der Stirn. »Wenn Harry nicht so fett wäre, hätte er bei den Jungs vielleicht Chancen gehabt.«

»Also, ich glaub's einfach nicht. Du bist bloß eifersüchtig.«

Rohleff lachte, ein Fehler, der ihn böse machte, denn jetzt hämmerte eine Kompanie Preßluftbohrer in seinem Kopf. »Wenn ich's dir aber sage. Du hättest seine Wohnung sehen sollen. Alles auf japanisch, sogar das Schlafzimmer. Und auf der Fensterbank kultiviert er Bonsaibäumchen.«

»Das find ich schon abartig. Hab ich noch nie verstanden, wie man Bäume so quälen kann. Wirklich abartig.«

Befriedigt registrierte Rohleff den ersten Schimmer von Zweifel in ihren Augen.

»Ich weiß nicht, was ich davon halten soll«, sagte sie zögernd, »ist aber schade, das mit Harry, ich habe wirklich gedacht, als er so mit mir tanzte ...« Unvermittelt hatte sie das Baby zu ihm in die Wanne gesetzt.

Die Kopfschmerzen hatten sich mittlerweile zu einem dumpfen Gefühl unter der Schädeldecke verflacht. Er betrachtete den Kleinen, der mit seinen dicken Beinchen strampelte und sachte Wasserwirbel erzeugte. Gegen seine behaarten Beine leuchtete die Haut des Kindes sehr hell. Behutsam fuhr er durch die Löckchen, sie legten sich um seine Finger, und erstmals fiel ihm ihr Braunschimmer auf, er hatte sie für schwarz gehalten, pottschwarz. Als seine Haare noch Farbe aufwiesen, waren sie auch braun gewesen, aber nicht so dunkel wie die Sabines.

Plötzlich ruderte der Kleine heftig mit den Ärmchen und lachte ihn dabei an, Rohleff blickte auf den zahnlosen, rosigen Gaumen und lächelte zurück. In diesem Augenblick fiepte das Handy, das er auf dem Badewannenrand deponiert hatte. Automatisch griff er danach, es fiel in die Wanne, und vor Schreck darüber geriet er ins Rutschen. Er riß den Kopf nach hinten, dumpf schlug er auf und glitt tiefer, Wasser drang ihm in den Mund. Auftauchend erblickte er das Baby, es war ebenfalls unter Wasser geraten. Mit beiden Händen faßte er es, riß es hoch. Thomas blinzelte, Wassertropfen hingen an seinen Wimpern, er strampelte, er lachte.

Völlig verblüfft schaute ihn Rohleff an, eine Welle der Erleichterung durchflutete ihn zugleich mit einer Erinnerung. Auch er hatte gern als Kind in der Wanne geplanscht, hatte nicht genug davon bekommen können, und auf einmal sah er ein Stück rosige Zukunft voraus: sah sich mit seinem Sohn in der Badewanne, wie sie Schiffchen zwischen sich hin- und herschoben. Erstaunt bemerkte er, mit welcher Selbstverständlichkeit sich Thomas als »sein Sohn« in seinen Gedanken dargestellt hatte, ohne alle Fragwürdigkeit. Er zwinkerte dem Kleinen zu, drehte ihn um und küßte ihn auf das kleine Hinterteil.

»Den Po wasch ihm besonders gründlich, und mach zu damit, bevor das Wasser kalt wird«, sagte Sabine von der Badezimmertür her.

Rohleff zog mit einer Hand das triefende Handy aus der Wanne. Es piepte nicht mehr.

Wenig später saß er im Bademantel am Küchentisch, Lilli Gärtner sprach mit ihm am Telefon, das zweite Mal hatte sie es über die private Rufnummer versucht.

»Mein Nachbar glaubt zu wissen, wer die Tote ist.«

»Welcher Nachbar?« murrte Rohleff.

»Du bist wohl noch nicht wieder ganz klar im Kopf? Geh unter die kalte Dusche, das hilft. Mein Nachbar Joachim Tegeler, das Mitglied vom Ausländerbeirat.«

»Dem ist das jetzt eingefallen? Warum nicht gestern schon?«

»Weil er sich nicht sicher war, es immer noch nicht ganz ist. Er hat jemand anders aus dem Beirat eines der Fotos gezeigt, einer Frau, und die ist der gleichen Meinung wie er.

Und damit wird die Geschichte heikel. Du solltest mit ihm sprechen, bevor wir die Familie aufsuchen. Das Mädchen heißt Aische, Aische Özdemir. Die Familie lebt schon eine Weile hier, sie wohnt in Borghorst.«

Zwischen den Ortsteilen Borghorst und Burgsteinfurt, die zusammen die Stadt Steinfurt bilden, liegt das Bagno, der Fundort der Leiche, dachte Rohleff.

Mit Lilli und ihrem Nachbarn traf er sich in einem Besprechungszimmer der Polizeibehörde. Lilli hatte bereits eine Reihe von Fotos auf dem Tisch ausgebreitet, und Tegeler betrachtete sie, als Rohleff eintrat.

Joachim Tegeler trug einen olivfarbenen Parka, Jeans und Sportschuhe und strahlte mit der lebhaften Gesichtsfarbe und ein paar Lachfältchen um die Augen Pfadfindercharme aus. Rohleff beäugte kritisch den etwa Fünfunddreißigjährigen, der sich aus bisher unklaren Motiven in seiner Freizeit unentgeltlich um anderer Leute Angelegenheiten kümmerte. Rohleffs Vertrauen in die soziale Einstellung seiner Mitmenschen wurde in der Regel von seiner kriminalistischen Erfahrung untergraben. Oft lief das Engagement auf ein mildes Helfersyndrom heraus, das war noch die harmloseste Variante.

Tegeler ließ die Musterung gelassen über sich ergehen und streckte Rohleff die Hand entgegen. Einen ausreichend langen Moment spürte dieser den festen Druck der angenehm warmen und trockenen Hand des anderen. Warum führte so einer den meist zermürbend ergebnislosen Kampf mit den Bürokraten im Rathaus und hatte noch nicht die Schnauze voll davon?

»Sie haben das Mädchen erkannt? Sie und Ihre Kollegin vom Beirat?«

Tegeler schüttelte bedächtig den Kopf. »So sicher sind wir

uns nicht, die Fotos haben etwas Verfremdendes, die Sache mit dem Eis hat mir Lilli erklärt, aber da ist noch die Aufmachung des Mädchens.«

»Kein Kopftuch.« Es sollte keine bewußte Provokation von Rohleff sein.

Tegeler reagierte mit einem scharfen Blick, blieb aber sachlich. »Wir kennen die Familie Özdemir. Ahmet Özdemir arbeitet in einem Schlossereibetrieb, die jüngeren Kinder sind hier geboren, alle gehen natürlich zur Schule, sprechen deutsch, Frau Özdemir nicht so gut, wie sie sollte, aber das ist bei den Frauen, die ihr Leben nur in der Familie zubringen, das übliche.«

»Und Aische?«

»Geht aufs Gymnasium, müßte bald ihr Abitur machen, habe ich gehört.«

»Eigentlich«, sagte Rohleff ruhig, »wollten Sie mir etwas anderes mitteilen.«

Tegeler schaute an ihm vorbei, als müßte er seine Gedanken erst sammeln und das Mißbehagen, an dem er litt, ausloten. »Die Özdemirs sind Muslime und halten sich an die religiösen Vorschriften, davon abgesehen sind sie ganz normale Bürger. Nein, die Mädchen tragen keine Kopftücher, die schreibt ihnen der Koran gar nicht vor.«

Rohleff wartete.

Tegeler nahm ein Foto in die Hand, das die Tote am Baum stehend zeigte. »Trotzdem würde sich ein Mädchen wie Aische niemals so darstellen lassen. Die Fotos sind wirklich von der Toten gemacht?«

»Das ist es, weshalb ich wollte, daß du zuerst mit Joachim sprichst, er sollte unbedingt zu den Özdemirs mitkommen, wenn wir denen die Fotos vorlegen. Es könnte ein ausländerfeindlicher Akt gewesen sein«, mischte sich Lilli ein.

»Der sich gegen was genau richtet?«

»Gegen die Familienehre. Hier ist ein unbescholtenes Mädchen an den Pranger gestellt und auf eine Weise hergerichtet worden, die sich ganz klar gegen ihre Ehre richtet«, sagte Tegeler.

»Vor allem ist sie tot«, sagte Rohleff brüsk und nahm ihm das Foto aus der Hand. Er versuchte, die Perspektive des Mannes nachzuvollziehen. Sie hatte schon etwas Bestechendes, trotzdem meldete sich ein Zweifel, mehr ein Aufbegehren gegen die scheinbar naheliegende Erklärung. Für ihn war die Tote noch immer nur schön.

»Versuchen wir es bei den Özdemirs, und wenn Sie mitkommen wollen, ist es mir recht.«

Tegeler legte ihm die Hand auf den Arm. »Zeigen Sie die Fotos Frau Özdemir, aber haben Sie nicht welche, die nur das Gesicht sehen lassen?«

Die Gefaßtheit der Mutter hatte etwas Erschreckendes. Ihr Gesicht verfiel in eine steinerne Starre, während sie auf ein Foto schaute.

Vor wenigen Augenblicken hatte sie noch gelächelt, als Tegeler sie begrüßte, das Lächeln verschwand bei der Vorstellung von Rohleff und Lilli. Ein Ausdruck der Vorsicht trat in ihre Augen, als sie die Besucher hereinbat. Rohleff dachte, daß Harrys Wohnzimmer einen sehr viel fremdartigeren Eindruck vermittelt hatte als das der Özdemirs, man sah gleich, hier lebte eine Familie mit Kindern, die ihre Spielsachen liegenließen und am Tisch ihre Hausaufgaben machten. Die Kissen auf dem Sofa waren vielleicht ein bißchen grellbunt, und dem Sofa hätte eine Aufpolsterung gutgetan.

»Wo ist Aische?« fragte Tegeler.

Zwei kleine Mädchen saßen, in ein Spiel vertieft, an einem

Tischchen nahe beim Fenster, jüngere Schwestern Aisches, das Haar trugen sie straff aus dem Gesicht gekämmt, je ein dicker schwarzer Zopf hing ihnen auf den Rücken.

Frau Özdemir sprach in schnellem Türkisch auf die Mädchen ein, die beiden antworteten lebhaft, Rohleff erinnerte sich an die Bemerkung eines Kollegen über die Rußlanddeutschen, von denen es eine ganze Reihe in Steinfurt gab.

»Die reden russisch, du stehst daneben, verstehst kein Wort und willst nicht, daß sie in dieser Sprache quatschen, du hast ein komisches Gefühl dabei. Wenn sie lachen, denkst du natürlich, die lachen über dich.«

Die Mädchen begannen, das Spiel zusammenzupacken und bunte Bilder und Würfel in einen flachen Karton zu sortieren, langsam und mit Pausen, während die Mutter sie antrieb. Die Widerspenstigkeit war den beiden anzumerken, obwohl Rohleff nichts von dem Palaver verstand, das Aufbegehren der Kinder, die zunehmende Gereiztheit der Mutter teilte sich in internationalen Gesten und der Schärfe der Stimmen mit.

Szenen dieser Art kannte Rohleff aus dem Haushalt seiner Schwester, zu dem drei Kinder gehörten. Fast erwartete er, daß ihnen eins der Mädchen die Zunge in der Tür herausstreckte, als es sich noch mal umdrehte, bevor es verschwand. Eventuell vereitelte die Hand, die sich dem Kind plötzlich von hinten auf die Schulter legte und es in den Flur hinauszog, diese letzte Aufmüpfigkeit. Die Tür blieb einen Spalt offen, da lauschte wohl jemand.

Rohleff war froh, als Frau Özdemir wieder Deutsch sprach, wenn auch schlechtes, es war ihm schon etwas komisch vorgekommen, der türkischen Unterhaltung zu lauschen, ganz automatisch hatten sich Abwehr eingestellt und Mißtrauen.

»Können Sie Türkisch?« fragte er Tegeler.

Der Mann wirkte verlegen, als er antwortete. »Nein, wir haben ja nicht nur mit Türken zu tun.«

Aische war seit zwei Tagen verschwunden, seit Freitagabend. Das sagte Frau Özdemir ganz leise, ihr Blick glitt unstet zwischen ihnen hin und her.

»Sie gefunden?« fragte sie.

Rohleff zeigte ihr die Aufnahmen, sagte ihr, daß das Mädchen darauf tot sei, er ärgerte sich sofort, daß er diese Mitteilung nicht noch zurückgehalten hatte, bis die Frau die klassische Frage beantwortet hatte.

»Ist das Ihre Tochter?«

Die Versteinerung des Gesichts hatte eingesetzt, bevor sie sehr zögernd antwortete.

»Ja, Aische, Tochter.«

Rohleff fragte sich, wie sie mit diesem Steingesicht jetzt umgehen sollten, um in der Ermittlung voranzukommen, da schob sich Lilli an ihm vorbei.

»Es tut mir leid um Ihre Tochter, Frau Özdemir.«

Die Frau reagierte nicht, sondern starrte nur auf das letzte Foto, das sie sehr vorsichtig auf den Tisch gelegt und von sich weggeschoben hatte.

»Wir brauchen eine schriftliche Aussagebestätigung von Ihnen, und dann wäre noch die Tote zu identifizieren, später, verstehen Sie mich?« Lilli war noch näher herangetreten, ihre Stimme hielt die Waage zwischen Sachlichkeit und Anteilnahme, sehr professionell, aber nicht gefühllos, und doch war es, als spräche sie gegen eine Wand. Einer Deutschen hätte sie eventuell den Arm um die Schulter gelegt oder eine andere beruhigende oder mitfühlende Geste gewagt.

Rohleff lief es kalt den Rücken herunter, Situationen wie diese, wo ihnen der Boden unter den Füßen wegglitt, erlebte er zum Glück nicht allzuoft. Hilfesuchend sah er zu Tegeler.

»Sie müssen ihr Zeit geben«, sagte dieser lahm, er wußte wohl auch nicht weiter.

»Ich würde gern mit Ihrem Mann sprechen, Frau Özdemir, ist er da?« Rohleff sprach absichtlich lauter als nötig, die Hand auf der Kinderschulter stand ihm vor Augen, für eine Männerhand war sie allerdings zu schmal und zu jung gewesen.

»Nicht da, nicht zu Hause«, stammelte Frau Özdemir und wedelte abwehrend mit beiden Händen.

»Ich weiß, wo Papa ist.« Die Tür war weit aufgeflogen, im Türrahmen stand eine Vierzehn- oder Fünfzehnjährige, hinter ihr drängten die beiden jüngeren in den Raum. Ein scharfes Wort der Mutter ließ sie zurückweichen, die ältere kam unbeeindruckt auf Rohleff zu.

»Ich bring Sie zu ihm, wenn Sie wollen.«

Das Mädchen trug keinen braven Zopf wie die kleinen Schwestern, sondern eine wilde, halblange Mähne, die ihr ins Gesicht flog, als sie sich auf einen heftigen Wortwechsel mit der Mutter einließ. Sie behielt die Oberhand.

»Meine Mutter sagt, ich kann Sie zu meinem Vater bringen, aber über Aische« – nur unmerklich schwankte die Stimme – »müssen Sie mit ihm reden, ich geh sofort zurück, Mama …« Sie brach ab.

Frau Özdemir griff nach der Hand ihrer Tochter, das Mädchen stand sehr aufrecht da, die Füße auseinandergestellt, die Mutter wirkte klein und ein bißchen verloren neben der selbstbewußten Tochter.

»Ist nicht weit«, sagte Belgin, als sie vor der Haustür standen, und schlug einen schnellen Schritt an.

»Moment, langsam, ja?« rief ihr Rohleff nach.

Belgin drehte sich um. »Ischt nicht weit, ich Sie führen, schnell, schnell.« Die Worte kamen in einem Staccato von der anderen Straßenseite, das Mädchen wartete dann aber, bis die anderen heran waren.

Mit der ist nicht leicht Kirschen essen, dachte Rohleff.

»Wann hast du deine Schwester zuletzt gesehen?« fragte Lilli und funkte damit in Gedankengänge, die sich gerade bildeten. Er sah da eine gewisse Entwicklung der Charaktere von den kleinen Mädchen zu der etwas größeren. Wie mochte Aische gewesen sein?

Lilli stellte weiter Fragen, und Belgin antwortete in einem kurios klingenden Kauderwelsch.

»Warum spricht sie jetzt so verdreht?« fragte er Tegeler leise. »Kann sie auf einmal kein richtiges Deutsch mehr vor Aufregung?«

»Die kann viel mehr als richtiges Deutsch und richtiges Türkisch, die spricht ebenso jede Menge Sprachen, die dazwischen liegen und in denen sich viel ausdrücken läßt.«

»Distanz, Abwehr?«

»Auch Ironie, mit dem Gastarbeiterdeutsch will sie uns auf den Arm nehmen. Isch nix deutsch, isch nur putzen und so weiter. Die ist wahrscheinlich noch besser in der Schule als Aische.«

»Warum machen Sie das, den Vermittler spielen?«

Tegeler grinste. »Ich nehme an, Sie gehören auch zu denen, die Pasta und Pizza mögen und sich deshalb schon für Weltbürger halten.«

»Und Sie ziehen Döner vor?«

Tegeler lachte laut auf, Lilli und Belgin drehten sich um, sie waren vor einem türkischen Laden stehengeblieben, der zugleich als Imbißbude und informelles Versammlungslokal diente. Die rechte Hälfte nahm der Laden ein, die linke der

Imbiß. Die meisten Männer – es waren keine Frauen anwesend – lehnten schwatzend an der kleinen Theke, ein paar saßen an zwei schäbigen Plastiktischchen, dampfende Gläser vor sich. Pfefferminzgeruch hing im Raum, untermischt von Gewürzaromen. Ein Radio dudelte, eine hohe schrille Frauenstimme sang endlose Wiederholungen der Grundmelodie, eine gewöhnungsbedürftige, orientalische Leierkastenmusik.

Hinter Rohleff schepperte noch einmal die altmodische Ladenklingel, er drehte sich um und sah die Tür hinter Belgin zuklappen, das Mädchen winkte durchs Fenster, bevor es verschwand, die Deutschen waren auf sich gestellt.

Rohleff erinnerte sich daran, wie er mit Sabine erst kürzlich hier gewesen war, sie hatten in der rechten Hälfte Ziegenkäse gekauft, frischen Blattspinat, köstliche schwarze Oliven, die man mit den Fingern zerdrücken konnte, und eingelegte rote Paprika. Das Auswählen hatten sie als Fest für Augen und Nase zelebriert, von Vorfreude auf die Mahlzeit angeheizt.

»Mögen Sie lieber Schafs- oder Ziegenkäse?« fragte er leise Tegeler neben sich und hatte dabei die wachsamen Gesichter im Visier, die sich in einer gemeinsamen Front ihnen zuwandten. Sonst sprach keiner mehr.

»Herr Özdemir?« fragte Lilli tapfer in die schwerflüssige Stille hinein.

Tegeler ging auf einen der Männer zu, die an der Theke lehnten, einen kleinen, etwas rundlichen, dem ein Walroßschnauzbart über die Oberlippe hing.

»Was jetzt?« fragte Lilli, als sie Tegeler wieder abgesetzt hatten.

Rohleff hatte im Auto gewartet, Lilli war noch auf einen

Sprung ins Nachbarhaus gegangen, ihr Haus, um ein paar Dinge mit ihrem Mann zu besprechen, der sich weiter um die Töchter kümmern mußte. Eine von ihnen schaute zur Tür hinaus, als Lilli wieder heraustrat, Rohleff erhaschte einen Blick auf ein kindliches Flintenweib, mit Westernstiefeln und Cowboyhut kostümiert und einem Plastikcolt am Gürtel. Er hätte bei Lillis Töchtern eher auf Fliegenpilz oder Waldfee getippt.

Lilli war Rohleffs Blick nicht entgangen. »Hast du nie Cowboy gespielt?«

»Ja schon, als Junge macht man so was.«

»Du kommst wohl nie aus deinen Klischeevorstellungen heraus. Wir erziehen unsere Kinder nicht eindimensional oder rollenfixiert. Also, was jetzt?«

»Ahmet Özdemir hat die Fotos kaum angeschaut, wußte aber sofort, daß es sich um seine Tochter handelt. Seine Frau war sich erst weniger sicher.«

»Vielleicht hat er schon mit etwas Schrecklichem gerechnet.«

»Ist aber nicht auf die Idee gekommen, die Polizei einzuschalten.«

»Er hat doch gesagt, was sie gemacht haben. Überall nachgefragt, bei den Verwandten in Castrop-Rauxel, bei anderen türkischen Familien. Was tätest du denn?«

In einem fremden Land, hätte Lilli hinzufügen müssen, dachte er. Wie vertraut wird einem ein Land in fünfzehn Jahren? Was machten Türken überhaupt im Karneval oder gar an Weihnachten in Deutschland, wenn überall eine christliche Botschaft verkündet wurde mitten in einem Konsum- und Geschenkerausch, der sie nichts anging?

»Was hat die Schwester über Aische erzählt?«

»Nicht mehr als der Vater.«

»Eine Achtzehnjährige und eine Vierzehnjährige in der Familie, die müssen sich doch was zu sagen haben und Dinge voneinander wissen, die sie den Eltern verheimlichen.«

»Aber bereitwillig einer Ermittlerin mitteilen, die sie gerade kennengelernt haben? Also, Karl. Was mich viel mehr verwundert, ist, daß Belgin praktisch keine Anzeichen von Trauer oder Entsetzen zeigt, als ginge ihr das Schicksal der Schwester am Arsch vorbei.«

»Das ist die Frage. Warum hat sie uns so eilig zu ihrem Vater geführt? Vielleicht wollte sie uns aus dem Haus haben?«

»Wozu? Damit wir die Mutter nicht weiter bedrängen?«

Rohleff spürte, daß sie in eine Sackgasse drifteten und unaufhaltsam auf Äußerungen über die Fremdheit der Kulturen zutrieben. Er war sich nicht ganz sicher, ob er mit so etwas nicht Lilli aufbrachte, sie reagierte nicht immer vorhersehbar.

»Ich möchte, daß Knolle dieses andere türkische Mädchen in die Dienststelle holt, die Perle, du unterhältst dich mit ihr, danach will ich Torkelt sprechen und vorher mit Groß wegen der Fußspuren.«

»Ist das nicht ein bißchen willkürlich, wenn wir versuchen, dem alten Torkelt was anzuhängen?«

»Tun wir nicht«, sagte Rohleff knapp und startete den Wagen, »ich will die Sache mit Torkelt bloß ein für allemal geklärt haben, irgendwo müssen wir ja anfangen. Und heute nachmittag geht's noch mal in die Gerichtsmedizin mit den Özdemirs, auch eine Sache der Klärung, die Tote müßte inzwischen aufgetaut sein.«

Harry Groß starrte auf den Monitor in seinem Labor. Er hatte Fotos der verschiedenen Fußspuren mit Hilfe des Scanners auf den Rechner übertragen und bearbeitete sie nun am Bildschirm. Torkelts Schuhe standen neben ihm, ein Lineal lag dabei und ein Zettel mit Zahlen. Schuhgröße 45, er vermutete, daß Torkelt sonst eine Nummer kleinere Schuhe trug, in diese mit den gerippten Kreppsohlen mußten sicherlich noch dicke Socken passen. Er markierte die anderen Fußspuren an verschiedenen Punkten wie Ferse und Spitze und forderte den Rechner auf, einen Größen- und Profilvergleich mit denen von Torkelt zu ziehen.

Dazwischen mogelten sich Bilder, die es nur in seinem Kopf gab, die von schlanken, aber kräftigen Füßen, nackten Füßen auf gefrorenem Boden.

Knolle schlug ihm unversehens auf die Schulter, eine Angewohnheit, die lästig zu werden begann, wenn nicht gefährlich.

»Hallo, Neandertaler, strapazier dein Gehirn nicht so, das bekommt deiner Spezies nicht. Hast du auch die Finger von den Bonsais auf deiner Treppe gelassen? Nicht wieder mit Wasser geplempert?«

Rohleff war hinter Knolle aufgetaucht.

»Hattest du wirklich das Gestrüpp in den Kästen gegossen?« fragte er.

Groß konnte diese Manie Rohleffs, selbst unwichtigen Dingen nachzugehen, nicht leiden, das war schließlich sein Gebiet. Rohleff trat näher an ihn heran und schaute blinzelnd auf den Bildschirm, es war ein Segen, daß er von Computern und ihren Programmen nicht das allermeiste verstand. Ärgerlich war, daß der Moment ungünstig war, um unauffällig das Programm zu beenden, denn schon streckte Rohleff einen Zeigefinger aus.

»Aha, die Fußspuren. Das da sind die von Torkelt«, es klang, als hätte er eine schwierige Kalkulationsaufgabe gelöst, »und die da?« Der Finger wanderte weiter.

»Torkelts Treter haben Größe 45, die anderen 42, ist wichtig wegen des Vergleichs.« Groß schob den Drehstuhl zurück und schlug die Beine übereinander, wippte betont mit dem Fuß, der in einem glänzend geputzten Schuh steckte.

»Größe 42?« fragte Rohleff.

Groß nickte freundlich.

»Die Spuren sind also definitiv die von Torkelt?« fragte Knolle ungeduldig dazwischen.

Rohleff war noch nicht fertig. Er wies wieder auf den Bildschirm, auf die zwei verschiedenen Spuren, die nebeneinander verliefen, die Überschneidungen würden sich erst auf den nächsten Fotos zeigen, Groß hütete sich, den Bildlauf zu betätigen.

»Du hast also deinen Schuhabdruck neben den von Torkelt gesetzt und fotografiert«, sagte Rohleff, der Pedant.

Knolle schlug noch einmal zu, wahrscheinlich stand er noch unter Restalkohol, diesmal traf seine Pranke Rohleff. »Laß gut sein, Chef, wir wissen nun, daß Torkelt um die Tote herumgelatscht ist, kommen wir endlich zu was Wichtigerem, zum Beispiel, was er vorher mit dem Mädchen gemacht hat.«

»Aische Özdemir, wir haben eine vorläufige Identifizierung der Toten durch die Eltern, Türken aus Borghorst, leben seit fünfzehn Jahren hier«, erläuterte Rohleff.

Groß schob sich rückwärts auf seinem Drehstuhl an den Arbeitstisch, so daß er mit dem Rücken den Bildschirm verdeckte.

»Und was sagen die Eltern?« fragte er.

Rohleff holte tief Luft. »Die Mutter wenig, wenn sie viel redet, redet sie türkisch, und der Vater hat auch beinahe mehr Akzent als Deutschkenntnisse drauf.« Es war nicht ganz das, was er eigentlich hätte sagen sollen, aber eine

Menge verquerer Gefühle, die ihn nach dem Gespräch mit den Özdemirs befallen hatten, brachen sich ungewollt Bahn.

Groß grinste überlegen und faltete die Hände über dem Bauch. »Als Blanchards Vorfahren, französische Hugenotten waren das bestimmt, nach Berlin kamen, hat es wenigstens drei Generationen gedauert, bis die Nachfahren waschecht berlinert haben, in der Zwischenzeit haben die aus einem Kuhdorf eine Stadt gemacht.«

»Und da heute alles fixer geht, erwartest du, daß die Blagen der Özdemirs mit ihren Kumpels aus Borghorst Klein-Izmir machen mit Moschee und so?« fragte Knolle.

»Und die Rußlanddeutschen ziehen daneben eine Kuppelkirche hoch und machen einen Laden auf, und wenn du Blinis essen willst, mußt du nicht mehr nach Münster fahren.« Unauffällig langte Groß nach hinten und fuhr das Computerprogramm herunter.

Eine gewisse Ähnlichkeit mit der Toten war nicht zu bestreiten, es handelte sich aber nur um eine typmäßige Übereinstimmung, dachte Rohleff, als er die junge Türkin betrachtete. Sehr zögernd hatte sie auf seine Bitte für einen Moment ihr Kopftuch entfernt. Darunter kam prachtvolles schwarzes Haar zum Vorschein, eine echte Augenweide. Er nickte ihr zu, und hastig verhüllte sie sich wieder. Das bunte Seidentuch gab dem frischen, hübschen Mädchengesicht etwas Nonnenhaftes, nahm ihm aber nicht jeglichen Reiz.

Etwas unbehaglich war jetzt allen zumute. Lilli Gärtner faßte sich als erste und lächelte dem Mädchen beruhigend zu. Knolle vor allem störte, der lässig an der Wand lehnte. In den engen Jeans und einem leichten Pullover kam seine Figur gut zur Geltung, die schmalen Hüften und breiten Schultern, die selbstbewußte Männlichkeit, es mußte der Kleinen sehr schwergefallen sein, sich vor ihm zu entblößen, ging Rohleff durch den Kopf. Dann aber sah er ein verschmitztes Lächeln aufblitzen und einen sehr gekonnten Augenaufschlag, der Knolle galt, so ganz ohne war das Mädchen wohl gar nicht.

Sie brauchten aber doch eine Weile, um herauszubringen, daß Torkelts Verhalten ihr gegenüber nicht ganz einwandfrei gewesen war, es hatte Anzüglichkeiten gegeben, scheinbar zufällige Berührungen, genug für ein kluges Kind, rechtzeitig das Weite zu suchen. Sie hatte den Dienst aufgekündigt, nicht Torkelt.

Torkelt beharrte stur auf seiner Version, zur Verstärkung hatte er seine Frau mitgebracht.

»Die verstand einen doch kaum. Die sprach nicht mal richtig deutsch«, fuhr er auf.

»Also weißt du«, ergänzte seine Frau, »ich fand, anfangs hat sie sogar besser gesprochen und dann immer schlechter.«

»So eine Art galoppierender Sprachverfall?« fragte Groß.

»Is ja 'nen Ding«, fiel Knolle ein, »Sie haben nicht angefangen, basic german mit ihr zu sprechen, und das hat sie dann übernommen, um Ihnen gefällig zu sein?«

Torkelts verstanden nicht, was er meinte.

Rohleff hielt es im Verlauf der weiteren Befragung für denkbar, daß in Torkelts Phantasie die Vorstellung von einem lustbetonten Orient lebte, von türkischen Paschas mit einem Arsenal williger, sinnenfroher und buntgewandeter Haremsdamen. Vielleicht hatte er früher Geschichten aus Tausendundeiner Nacht gelesen. Für Torkelts Phantasien fühlte sich Rohleff auch nicht zuständig, nur für das, was möglicherweise daraus entstanden war.

Dabei sah Torkelt nicht so aus, als lägen sexuelle Übergriffe normalerweise auf seiner Linie, es mochte wirklich nur an der nicht immer beherrschbaren Phantasie gelegen haben, ein letztes Aufbegehren, bevor er in einem geschlechtslosen Alter versank, fast regte sich Mitleid mit ihm.

Und das Mädchen könnte an sich harmlose Situationen überinterpretiert haben. Mißverständnisse stellten sich leicht ein, wenn Menschen miteinander umgingen, die nicht über den gleichen kulturellen Hintergrund verfügten, es ergaben sich Irritationen auf beiden Seiten. Ein biederes Münsterländer Ehepaar und ein türkisches Mädchen, das seine angestammte Kultur zu bewahren suchte, um sich nicht selbst zu verlieren – eine womöglich mühsame Kombination. Es konnte sich natürlich auch anders verhalten haben, sehr deutlich prägte sich bei Rohleff wieder das Gefühl aus, auf rohen Eiern zu tanzen.

Die eingehende Befragung machte Torkelt sichtlich nervös und verärgerte ihn, ein braver Bürger, der unversehens in einem Netz von Verdächtigungen zappelte, und das nur, weil er seiner Bürgerpflicht nachgekommen war und einen ungewöhnlichen Todesfall gemeldet hatte. Es war anzunehmen, daß er sich bei nächster Gelegenheit eine Eigeninitiative genau überlegen würde.

Seine Frau rückte näher an ihn heran und legte ihre Hand auf die seine. »Also«, sagte sie fest, »Sie können das schriftlich von mir haben, daß mein Mann die ganze Nacht im Bett lag. Er schnarcht, und da schreck ich manchmal auf, und ich weiß noch, daß ich aufgestanden bin, um ein Glas Wasser zu trinken. Ich habe aus dem Fenster gesehen, wie der Eisregen niedergegangen ist. Alles hat draußen unter der Straßenlaterne gefunkelt, es sah schon recht bizarr aus. Was das Mädchen betrifft, das bei uns geputzt hat, ich kann es meinem Mann nicht verdenken, daß er ein hübsches Mädchen hübsch findet, egal, wo sie herkommt. Sie sind auch sehr ansehnlich, und ich seh gutgewachsene Männer gern«, sie deutete auf Knolle, »aber deshalb würde ich Ihnen nicht gleich an die Hose fassen, höchstens dieses schöne Feuerhaar etwas länger als nötig betrachten.«

Nur Lilli lachte.

Rohleff war drauf und dran, sich bei den Torkelts zu entschuldigen, als er die beiden entließ.

»Hätte aber zu gut gepaßt«, sagte Knolle bedauernd, als sie wieder unter sich waren, »andererseits wissen wir immer noch nicht den Todeszeitpunkt, er könnte ja vor Freitagnacht liegen.«

Rohleff winkte ab. »Lassen wir Torkelt aus dem Spiel. Wir konzentrieren uns auf die Umgebung der Özdemirs, ob wir da ein Motiv finden. Und zunächst warten wir die Identifizierung in der Pathologie ab.«

»Du meinst also, ein alter Grapscher muß nicht notwendig auch ein Mörder sein?« faßte Lilli abschließend zusammen.

Rohleff hatte nicht mit Tegeler gerechnet, als er mit Knolle zusammen das Gebäude der Pathologie betrat. Eigentlich hatte Groß mitkommen wollen, nicht wegen des Falls, sondern wegen der Fräcke, er fühlte sich dafür verantwortlich, daß die geliehenen Stücke ordnungsgemäß zurückgegeben wurden, bis zuletzt quengelte er deswegen und bestand darauf, die Sachen selbst in den Wagen zu legen, akkurat gefaltet. Knolle tippte sich an die Stirn, Rohleff hielt Abstand zu ihm, weil er befürchtete, daß er ihm bei größerer Nähe mit seinem lauten Organ wieder etwas Anzügliches über Groß zuraunen würde.

Knolle begnügte sich aber damit, Groß auf die Schulter zu klopfen und sich dann, die Wagentür in der Hand, nochmals nach ihm umzudrehen. »Ich grüß das Ballett von dir.«

Immerhin verkniff er sich, zu sagen »die Tänzer« oder die »Jungs vom Ballett«.

Patrick hatte nach ihrem gemeinsamen Besuch bei Groß Überlegungen über die Vorliebe des Kollegen für Seidenkimonos und japanische Wohnungseinrichtungen angestellt und war zu einem Ergebnis gelangt, auf das Rohleff nicht ohne Hilfe gekommen wäre.

»Der Sinn für Ästhetik ist bei Männern wie ihm meist überentwickelt«, hatte Knolle erklärt, »Homos haben einen sechsten Sinn für Schönheit, für Kunst überhaupt, Harry ist da ein gutes Beispiel.«

»Sind deshalb so viele Tänzer schwul?« hatte Rohleff gefragt.

»Exakt«, antwortete Knolle sehr ernst.

»Du hast das nicht vor zehn Jahren im Brigitte-Ratgeber gelesen?«

An diese Unterhaltung erinnerte er sich auf dem Weg nach Münster.

»Woher hat Groß denn seine Kontakte zum Theater?«

»Harry ist Mitglied in so einem Theaterkunstverein und hat seit ewigen Zeiten Abonnements.«

Rohleff hatte etwas Ungewöhnlicheres, Intimeres erwartet.

In der Eingangshalle der Pathologie trafen sie auf das Ehepaar Özdemir, das gerade einen leisen, dem Ton nach spannungsreichen Wortwechsel führte. Tegeler stand ganz ruhig daneben. Etwas wie Respekt für den Mann regte sich in Rohleff. Er selbst hatte sich bisher für einen guten Mitbürger gehalten, weil er über den penible Ordnungssinn seines Nachbarn, der beinahe täglich die Straße vor dem Haus fegte, nicht mehr sichtbar grinste, aber Tegeler setzte sich für Menschen ein, die ihm so fern wie nur möglich sein mußten. Er begrüßte ihn recht herzlich.

»Was reden die da?« fragte er.

Tegeler schaute kurz zu den Özdemirs. »Sie werden sich wohl nicht beide die Tote anschauen.«

Rohleff paßte das nicht, er erklärte sich aber einverstanden, daß Frau Özdemir die Identifizierung allein auf sich nahm, das Geplapper in der fremden Sprache hatte ihn bereits wieder gestört. Er mußte es Tegeler überlassen, sich der Frau anzunehmen, die aber auf die ganze Situation recht gelassen reagierte.

Ohne zu zögern, trat sie an die Bahre heran. Dr. Lamash hatte nur das Gesicht aufgedeckt, Frau Özdemir zog aber das Laken ganz herab. Rohleff spürte, wie Knolle neben ihm die Luft anhielt, auch ihm selbst stockte für ein paar Herzschläge der Atem. Keiner regte sich, während die kleine türkische Frau den nackten Leichnam betrachtete. Der Körper war unversehrt, und dank der Kühlung hatte auch der Tod noch nicht sein Zerstörungswerk begonnen.

Groteskerweise fiel Rohleff das Märchen »Schneewittchen« ein, die Prinzessin, die in ihrem gläsernen Sarg in todesähnlichem Schlaf ruhte. Hier war es umgekehrt, hier tarnte sich der Tod als Schlaf und hielt die Tote auf der Schwelle zwischen den Welten, wie schon vorher erschien sie merkwürdig ungreifbar. Prachtvoll und glänzend ringelte sich das schwarze Haar auf die bloßen Schultern.

Mit sehr bedachten Bewegungen deckte Frau Özdemir den Leichnam wieder zu, wie eine Bettdecke legte sie das Tuch am Hals mit einem glatten Überschlag zurecht, in jeder Geste lag Respekt, Trauer, Endgültigkeit. Zuletzt strich sie der Toten, ihrer Tochter, über die Wange. Sie schaute keinen von ihnen an, als sie den Kopf hob und mehrmals nickte.

Tegeler führte sie hinaus auf den Flur, durch die angelehnte Tür war eine stockende Unterhaltung zu hören, dann kehrte er noch einmal zurück.

»Frau Özdemir will wissen, ob jetzt feststeht, woran sie gestorben ist, der Vater wird das fragen, und ob ihr jemand«, er schluckte, »Gewalt angetan hat.«

Rohleff sah kurz zu Dr. Lamash, der keine Miene verzog und keine Anstalten zu einer Antwort machte.

»Wir wissen bisher nichts Genaueres«, antwortete er daher selbst. »Ich schlage vor, daß Sie mit dem Ehepaar nach Steinfurt zurückkehren, wir müssen hier erst weiterführende Erkundigungen einziehen. Sollen wir uns über Sie mit den Özdemirs in Verbindung setzen, sobald wir etwas Brauchbares erfahren haben?«

Tegeler nickte bereitwillig, zu spät merkte Rohleff, daß er sich auf den Mann zu verlassen begann wie ein Lahmer auf eine Krücke, weil er es vorzog, der direkten Konfrontation mit dem türkischen Ehepaar auszuweichen. So geht das nicht, schimpfte er im stillen mit sich.

Dr. Lamash faltete bedächtig die Hände über dem Bauch, als Knolle zur Befragung ansetzte. Wie immer gestaltete sich die Unterhaltung zäh, oft mußte Knolle die Schlüsse ziehen, denn der Lahmarsch begnügte sich zu häufig mit sparsamen Gesten und gelegentlichem Stirnrunzeln. Rohleffs Erbitterung auf den Mann wuchs, während er das gelbe Mondgesicht betrachtete.

Der Mann stammte aus der Eifel und nicht aus dem Himalaya oder Hinterindien, wie Rohleff einmal gedacht hatte. Dr. Overesch hatte ihn aufgeklärt. Die gelbe Farbe rührte von einem Gallenleiden, und die Eifel, eine von Natur aus ruhige Gegend, brachte Leute hervor, die der Hektik des zwanzigsten Jahrhunderts standhaft trotzten. Rohleff spürte einen leichten Haß aufkommen wie ein ziehendes Magenleiden.

Die Tote war nicht an den Nägeln gestorben, das bewiesen

die trockenen Wundmale, das fehlende Blut. Die Pupillen der Frau waren erweitert, möglicherweise ließ sich daraus auf die Einnahme von Drogen schließen. Eine Blutuntersuchung hatte noch keine konkreten Nachweise erbracht.

Dr. Lamash spreizte die Finger in einer abschließenden Geste und lächelte mild. »Das braucht seine Zeit, aber wir kommen voran, Dinge auszuschließen wäre auch ein Ergebnis.«

Erst im Hinausgehen überfiel Rohleff ein Anflug von Dankbarkeit, sie hätten ja auf eine ausgeweidete Leiche stoßen können, wenn der Pathologe forsch vorgegangen wäre, und wie dann die Identifizierung verlaufen wäre, wollte er sich erst gar nicht ausmalen.

Absichtlich trödelte er auf dem Flur, und seine geheime Hoffnung erfüllte sich. An der Treppe, die hinauf ins Parterre führte, begegnete ihnen Dr. Overesch. Die Ärztin war etwas jünger als Sabine, hellblond, von einer kühlen Schönheit. Fieberhaft suchte Rohleff nach einem Grund, Knolle vorauszuschicken, um ein paar Worte mit ihr allein wechseln zu können. Die Ärztin begrüßte sie freundlich, aber ein wenig abwesend, sie war schon an ihnen vorbeigegangen, als Knolle sie aufhielt.

»Dr. Overesch?« Mit zwei langen Schritten stand er neben ihr.

»Ja?« Sie drehte sich Knolle zu, Rohleff ärgerte sich, blieb aber an der Treppe stehen.

Knolle deutete mit dem Daumen nach vorn. »Könnten Sie dem Lamash nicht ein bißchen Dampf machen? Wir treten auf der Stelle mit unserer schönen Leiche. Da kommt nichts in Gang.«

Dr. Overesch zog die Brauen hoch. »Wissen Sie eigentlich, wie viele Fälle wir gleichzeitig zu bearbeiten haben? Was ist bisher gemacht worden?«

Knolle zählte an den Fingern ab. »Auftauen, die Nägel raus, Röntgen, Blutanalyse läuft.«

Die Ärztin wandte sich bereits wieder zum Gehen. »Bißchen viel Nichts für einen Tag.«

Rohleff stand da wie ein begossener Pudel, obwohl sie ja gar nicht ihn getadelt hatte.

Im Parterre angekommen, stellte er erleichtert fest, daß die Özdemirs und Tegeler das Gebäude bereits verlassen hatten.

Knolle war mit Schwung links abgebogen und in die Tibustiefgarage gefahren, bevor Rohleff protestieren konnte.

»Ich brauch jetzt was hinter die Kiemen, sonst fall ich um, die Fräcke werden in der Zeit ja nicht schlecht«, erklärte Knolle beiläufig.

»Aber das Theater liegt nur eine Straße weiter, warum hältst du nicht direkt am Seiteneingang?«

Knolle war bereits ausgestiegen und schlug mit der Faust aufs Wagendach. »Also, was ist jetzt? Kommst du mit? Von mir aus kannst du aber auch die Fräcke über den Arm nehmen und zum Theater latschen, ist ja nicht weit, wie du gerade angemerkt hast.«

In der Kneipe herrschte Gedränge, aus einer Musikanlage dröhnten Karnevalslieder, Leute schunkelten und sangen mit. Knolle quetschte sich in eine Bank, die schon ziemlich besetzt wirkte, griff nach einem Mädchen neben sich und winkte Rohleff in die Bank.

»Komm, Karl, ich nehm die hier auf den Schoß, dann geht's.«

Das Mädchen führte unbeeindruckt eine Unterhaltung weiter und wandte sich ihnen erst zu, als Frikadellen mit Senf und Brot auf einem Teller vor den beiden standen.

»Kommt ihr von einer Beerdigung?« Sie trug aufgemalte Sommersprossen auf Nase und Wangen, ihre Haare schaukelten links und rechts vom Kopf, von zwei ungeheuren roten Schleifen gehalten.

»Ich habe gerade meine Großmutter verspeist«, antwortete Knolle trübsinnig.

»Dann müßtest du ja satt sein, lieber Wolf.« Sie biß in die Frikadelle, die er in der Hand hielt, und drehte sich wieder dem jungen Mann auf dem Platz neben Knolle zu.

»Leichen«, bequemte sich Knolle endlich zuzugeben, »schlagen mir immer auf den Magen, selbst wenn es so schöne und appetitliche wie unsere Eisprinzessin sind.«

»Und da haust du jetzt bei den Frikadellen rein?« fragte Rohleff.

»Kostet mich auch Überwindung, ohne Senf würden die nicht runterrutschen«, antwortete Knolle, mit beiden Backen kauend.

»Seid ihr Quäker oder so was, daß ihr nicht feiern dürft?« erkundigte sich das Mädchen.

»Und dann die Mutter«, fuhr Knolle fort. »Ist schon schlimm, wenn eine Mutter bei so was heult, aber wenn sie nicht heult, macht einen das noch melancholischer. Wo will sie jetzt denn hin mit diesem Riesenkummer?«

Knolle gab dem Mädchen einen Kuß auf die Wange, bevor er sich aus der Bank schob.

Der ausgelassene Lärm hallte in Rohleffs Ohren nach, als sie zurück zum Auto gingen, und drückte auf seine Stimmung.

Beim Verlassen des Theaters brannten ihm zwei Karten für eine Aufführung der »Fledermaus« in der Tasche. Er war einem jener spontanen Impulse gefolgt, die er meist zu bereuen pflegte, später, wenn der Verstand wieder richtig lief.

»Hast du von Fledermäusen nicht die Nase voll?« hatte Knolle gefragt und hinzugefügt: »Da wird sich Sabine aber freuen, wenn sie heute abend einen Babysitter aus dem Hut zaubern soll, oder willst du den Kleinen mitnehmen?«

Da war Rohleff klargeworden, daß er etwas falsch gemacht hatte.

Daß er die Karten gekauft hatte, lag teilweise daran, daß sich Knolle mit ähnlicher Sicherheit im Theater bewegte wie Groß, als wäre auch er mit den Örtlichkeiten gut vertraut. Rohleff folgte ihm in dem Bewußtsein, zu einer Rotte von Hinterwäldlern und Banausen zu gehören. Tatsächlich war es bereits Jahre her, daß er mit Sabine ein Konzert besucht hatte, an Oper und Operette hatte er nicht einmal gedacht.

»Woher kennst du dich hier so gut aus?« fragte er in Erwartung einer Antwort, die seine Minderwertigkeitsgefühle noch verstärken würde.

»Orientierungssinn«, brummte Knolle und stieß die Tür zum Kostümfundus auf. »Ich war mit den andern und Groß zur Anprobe hier, wir durften die Fräcke nur nicht gleich mitnehmen, weil die noch gebraucht wurden.«

»Wurde aber Zeit, wir müssen die ganzen Sachen doch noch aufbügeln«, sagte die Frau, die ihnen entgegenkam und sie zu einer Reihe voll behangener Kleiderstangen lotste, bevor sie ihnen die Fräcke abnahm. Sie deutete mit dem Kopf hinter sich an die Wand. »Ist heute die letzte Vorstellung.«

Rohleff warf einen Blick auf ein Plakat, auf dem ein Tanzpaar abgebildet war, darüber stand in dicken Lettern »Tango«. Der Tänzer, der dem Betrachter das Gesicht zukehrte, kam ihm bekannt vor, die Tänzerin sah man nur von hinten.

Knolle stieß ihn in die Rippen, da erst bemerkte er das zweite Plakat.

»›Die Fledermaus‹, da werden jede Menge Fräcke gebraucht, ist so eine Art Karnevalspartie mit Gesang und Tanzeinlagen, aber für so was hast du ja keine Antenne.«

Die beiden Karten waren so ziemlich die letzten gewesen, die noch zu bekommen waren, dritter Rang, zweite Reihe links, nicht gerade die besten Plätze. Und teurer als doppelt so viele Kinokarten waren sie auch noch.

Auf der Rückfahrt lenkte Rohleff das Auto, ohne nachzudenken, von der B54N, der Schnellstraße, die Münster mit Steinfurt verband, und steuerte die Innenstadt von Borghorst an.

»Heh, wo willst du hin?« fragte Knolle, als Rohleff in eine schmale Gasse einbog und das Auto ausrollen ließ. Rechts von ihnen lag der türkische Imbiß, davor stand eine Gruppe Jugendlicher, Rohleff deutete auf ein Mädchen, das eine Coladose in der Hand hielt.

»Das ist Belgin, die kleine Schwester von Aische. War nur so eine Idee, hier langzufahren, in dem Laden hab ich mit dem Vater gesprochen.«

»Netter Käfer«, sagte Knolle und riß die Beifahrertür auf. Bevor Rohleff Einspruch erheben konnte, ging er mit langen, elastischen Schritten auf die Jugendlichen zu.

Rohleff blieb im Auto sitzen und beobachtete, wie Knolle sich ohne weiteres mit einer Frage, die Heiterkeit hervorrief, an Belgin wandte. Das Haar des Mädchens flog, als es lachend den Kopf schüttelte. Erst auf den zweiten Blick ging Rohleff auf, daß ihn etwas irritierte, dann erkannte er, was es war. Ein deutliches Lila schimmerte metallisch auf den Lippen. Irgendwie wirkte die starke Schminke, die ganze Aufmachung mit knallengen schwarzen Jeans und grünen Fingernägeln nicht unbedingt saisonbedingt karnevalistisch. Das andere Mädchen in der Gruppe erschien nicht weniger auffällig. Aufgebrezelt? Hochgerüscht? Rohleff saugte sich kurzfristig an derartigen modischen Formulierungen fest und merkte nicht gleich, daß die Stimmung umschlug.

Plötzlich muteten die schnellen Gesten der Jungen und Mädchen anders an, keiner lachte mehr, die Stimmen schrillten, besorgt registrierte Rohleff eine Hand, die in eine Hosentasche fuhr. Dann faßte Knolle Belgin am Arm, sie wich vor ihm zurück. Seltsam grell ragte sein roter Schopf über die Dunkelhaarigen hinaus.

Rohleff schlug mit einer Hand hart auf die Hupe, mit der anderen betätigte er den automatischen Fensterheber. Belgins Schreien übertönte den Mißklang der Autohupe. Knolle ließ das Mädchen los und wirbelte herum.

»Steig ein«, Rohleff schnauzte durchs Fenster, während er das Auto anrollen ließ. Einen Moment später fiel Knolle in den Beifahrersitz. Als sie an den Jugendlichen vorbeifuhren, reckten einige die Hand mit ausgestrecktem Mittelfinger hoch, Belgin hatte die Hände vors Gesicht geschlagen, und Knolle musterte sie noch einmal sehr genau.

»Als Jugendpfleger wärst du nicht zu gebrauchen«, schimpfte Rohleff.

»Wär auch nicht mein Traumjob.«

»Und was sollte dann die Einlage?«

»Für ein Mädchen, dessen Schwester gerade in der Leichenhalle liegt, war die ziemlich munter, nicht?«

»Das hab ich schon mit Lilli abgeklärt, die ist für die Befragung der türkischen Familie zuständig. Ihr Nachbar kennt sich ein bißchen aus bei denen.«

Knolle schlug so auf die Ablage vor sich, daß Kugelschreiber, Feuerzeuge und anderer Trödel hinter der Klappe schepperten. »Haben sie dir das Hirn vernagelt? Die Schwester ist tot, und die Kleine brezelt sich auf und scherzt locker mit ihren Freunden, und du kommst mit so einer scheelen Andeutung über kulturell bedingte Unverständlichkeiten, wenn ich das richtig mitgekriegt habe.«

Rohleff schrie auch ein bißchen. »Komm ich nicht, verdammt noch mal. Hast du nicht auf der Polizeischule gelernt, daß du keine voreiligen Schlüsse ziehen sollst? Daß das Mädchen sich seltsam verhält, ist uns schon aufgefallen. Aber wir kennen es nicht, nur Tegeler. Vielleicht haßt Belgin ihre Schwester, vielleicht hat die ihr den Freund weggeschnappt, und cool sind sie doch alle in der Altersklasse. Außerdem …«

»Außerdem glaub ich nichts davon.« Knolle klang sehr ruhig.

Rohleff schielte erstaunt zu ihm hinüber. »Jetzt sag, was du mit ihr geredet hast.«

»Nicht viel, du hast uns ja unterbrochen, du Armleuchter, sonst hätte ich mehr erfahren. Sie streitet ab, irgendwas über Freunde ihrer Schwester zu wissen, angeblich hatte die keine, muß eine ganz Verhuschte gewesen sein, diese Aische.«

»Die saß immer nur bei der türkischen Mama in der Küche?«

Knolle grinste. »Das hast du jetzt gesagt. Nee, die Kleene will uns was weismachen und mit uns Katz und Maus spielen, nur bei mir läuft so was nicht. Deshalb hab ich ihr ein bißchen auf die Zehen getreten nach guter alter Bullenmanier, und da hat sich gezeigt, daß sie doch Schiß hat, fragt sich, vor wem oder was. Bei ihr liegen ganz schön die Nerven blank, brauchst du nur dran zu kratzen.«

»Da hättest du dir aber eventuell einen Kratzer einfangen können.«

»Von den Jungs? Ach was. Ist doch verständlich, daß die hibbelig werden, wenn ich ’ne Freundin anranze. Kann ich ihnen nicht verdenken. Die gefällt mir ja auch, die Kleine, laß die man ein paar Jährchen älter werden.«

»Dann bist du noch mehr ein älterer Herr für die als heute.«

Knolle schnippte mit den Fingern. »Du mußt es wissen, Karl. Du hast ja Erfahrung als älterer Herr mit einer viel jüngeren ...«

Rohleff trat hart auf die Bremse, Knolle flog im Sicherheitsgurt nach vorn, der Wagen kam vor der Kreispolizeibehörde zum Stehen.

Als sie das Dienstgebäude betraten, teilte ihnen ein Mann von der Wache mit, daß Groß sie in seinem Labor erwarte, er hätte etwas für sie.

Groß erhob sich sofort von seinem Drehstuhl vor dem Computer, als er sie sah, und winkte sie an den Tisch in der Mitte des Raumes heran. Rohleff fiel die Geschmeidigkeit seiner Bewegungen auf, am Morgen hatte er wie eine dicke, unbeholfene Made gewirkt, die vergeblich eine Metamorphose zum Schmetterling erhoffte. Unvermeidlich trat ihm das Bild von Groß als Tänzer vor Augen, da war er ein anderer gewesen, die Verbindung von Tango und Schmetterling hinkte natürlich.

Auf dem Labortisch lag eine Sammlung ungewöhnlicher Abbildungen ausgebreitet, großformatige Blätter mit Zeichnungen, die meisten davon gaben phantastische, schnörkelreiche Bauten wieder, die mit Türmchen, Kuppeln und aufwendigen Treppen versehen waren, eine Art Schiff war auch dabei und ein Riesenrad.

»Hat das was mit dem Karneval zu tun?« fragte Knolle nicht allzu freundlich.

Groß deutete unbeirrt auf die Blätter. »Hier in der Mitte habt ihr den Bagnosee mit den Inseln, links einen ägyptischen Aussichtsturm und hier einen römischen Tempel, einen chinesischen Palast, eine maurische Hütte, eine Moschee, eine Voliere als türkischer Pavillon mit Halbmonden obendrauf.« Er stützte die Arme auf die Tischplatte und musterte die beiden schräg von unten.

Knolle schob die Blätter ein wenig hin und her, bis Groß »Laß das!« knurrte.

»Also mir würd das Riesenrad gefallen«, sagte Knolle, »während du hier auf Kunstliebhaber machst, hat uns der Lahmarsch erzählt, die Tote hätte Drogen genommen, er wüßte aber nicht, welche.«

Harrys Hände lagen flach auf dem Tisch, er starrte unbewegt auf das Blatt vor sich, die Panoramaansicht des Bagnosees mit den Inseln darauf.

»Bevor wir noch länger aneinander vorbeireden oder Rätselraten spielen, sag, was diese Abbildungen sollen«, forderte ihn Rohleff auf.

Groß hob nicht den Kopf. »Diese Gebäude bildeten einmal die Attraktionen des Bagno, da war er noch ein richtiger barocker Park, ein Garten, und keine Wildnis mit ein paar geschlängelten Wegen darin.«

»Ägyptisch, chinesisch, ziemlich viel Türkisches, klingt wirklich nach Karneval«, murrte Knolle.

Er zog ein Foto aus der Tasche und legte es mitten in die Blättersammlung, es zeigte die Tote am Baum, Rohleff wunderte sich, daß er das Foto mit sich herumtrug, bis ihm einfiel, wie angerührt Knolle von der Toten gesprochen hatte, der Eisprinzessin.

»Und?« fragte er leise.

»Ist vielleicht was dran an der Sache mit dem Karneval. Wir fragen uns doch alle, wer sie ist, obwohl sie die Mutter heute eindeutig identifiziert hat.«

Rohleff hatte den Eindruck, daß sich ein Schwindel in seinem Kopf ausbreitete. »Kommt mir bloß nicht mit so was, warum zeigst du uns diese Sachen, Harry?«

Groß hielt den Blick auch weiterhin auf den Tisch gesenkt, richtete sich aber auf. Seine Stimme klang kühl, mit einem spöttischen Unterton.

»Entschuldigt, daß ich mich in eure Ermittlungsarbeit mische, wo ich sonst bloß mit Fingerabdrücken und Fußspuren hantiere. Ich habe nur gemeint, sich mit dem Fundort zu beschäftigen könnte nützlich sein, wenn wir davon ausgehen, daß er kein zufälliger ist. Und da ich annahm, daß euch die ursprüngliche Anlage des Bagno nicht ganz geläufig ist, auch wenn wir jetzt mittendrin den restaurierten Konzertsaal haben, auch wenn seit Jahren dauernd etwas über das Bagno und seine Geschichte in der Zeitung steht, habe ich die Abbildungen aus einer Broschüre kopiert und sie vergrößert.«

Rohleff betrachtete noch einmal die Blätter, er fühlte sich etwas hilflos dabei.

»Vielleicht hast du ja recht, dann weiß ich aber noch weniger als vorher.«

»Wieso denn? Vielleicht war das Mädchen ja unerlaubt als Bauchtänzerin tätig, und auf diesen Umstand will uns der Täter dezent hinweisen«, warf Knolle ein.

Rohleff schüttelte den Kopf und wischte sich über die Augen.

»Eine Bestrafungsaktion, so eine Art fundamentalistischer Wahnsinn? Hör mir bloß damit auf. Von so was will ich in Steinfurt nichts wissen. Was ist mit den Fundstücken, Harry, hast du dich damit mal befaßt?«

»Feuerzeug mit Fingerabdrücken, sind aber nicht Torkelts, der Stumpen ist das Überbleibsel einer feinen Brasilzigarre, findest du hier eher selten, ist echt teuer ...«

»Mach's kürzer, hast du nichts Brauchbares?«

Groß schaute auf. »Das Kondom ist gebraucht, hab ich zur DNA-Analyse geschickt, und mein Taschentuch habe ich, deine gütige Erlaubnis vorausgesetzt, in die Wäsche getan.«

Rohleff wischte sich über die Stirn. »Wir machen Schluß für heute, ich hab noch was anderes vor.«

»Er geht ins Theater, in die ›Fledermaus‹, darauf muß er sich noch mental einstimmen«, säuselte Knolle.

Harrys Blick nahm etwas unbestimmt Verschwommenes an. »Na, dann viel Spaß auch, und grüß Sabine von mir.«

Rohleff nahm sich vor, das gerade nicht zu tun.

Sabine freute sich. Genauer gesagt, sie war außer sich vor Begeisterung, wirbelte um die eigene Achse mit ausgebreiteten Armen, als wären ihr Schwingen gewachsen. Berni legte den Kopf schief und betrachtete sie erstaunt, Rohleff ebenfalls. Sie umhalste ihn, sprach dicht an seinem Ohr.

»Das ist der beste Einfall, den du seit Tagen hattest, seit Wochen, was sag ich, seit Jahren, jedenfalls was Freizeit und Vergnügen betrifft.«

Es klang alles sehr zärtlich, ihre Lippen streiften sein Ohr, ein verräterisches Feuer glühte in ihren Augen auf. Rohleff kannte sich nicht mehr aus. Berni stemmte seine Pfoten gegen seinen Rücken, denn er wollte an der Umarmung teilhaben, und preßte ihn stärker an Sabine, an ihre Brust, ihren Bauch, die Schenkel, ganz automatisch legten sich seine Hände an ihre weichen, runden Hüften, sehnsüchtige, vorauseilende Träume glommen auf.

»Ich glaube auch, es wird ein schöner Abend«, sagte er. Besonders dachte er aber an die Nacht danach.

Eine Stunde lang beschäftigte sich Sabine im oberen Stockwerk ihres Reihenhauses mit geheimnisvollen Dingen, das

Surren der Nähmaschine war zu hören. Das leise Geratter erschien Rohleff als Zeichen, daß doch noch nicht alle Hausmütterlichkeit verlorengegangen war, sondern im Gegenteil nur in eine heiterere, beschwingtere Phase eingetreten war, ein Idealzustand.

Als Sabine ausgehfertig die Treppe herabkam, traf ihn eine schrille Anwandlung von Eifersucht. Sie trug das gleiche Kleid wie am Abend zuvor, aber diesmal saß es richtig, diesmal machte schwarz wirklich schlank und verführerisch und sinnlich; das Feuer, das Groß entfacht hatte, loderte in einem ordentlichen Brand in ihren Augen. Rohleff beruhigte sich mit dem Gedanken, daß ihm das Gefunkel der Leidenschaft galt und nicht einer dicklichen Tunte.

Das Problem mit dem Baby hatte sie im Handumdrehen mit einem Anruf gelöst, und es erfüllte Rohleff mit ungedämpfter Schadenfreude, daß Knolle den Babysitter abgeben mußte. Sie brachten den Kleinen zu ihm und Maike in der richtigen Annahme, daß da, wo ohnehin schon ein kleines Kind zu hüten war, auch ein zweites betreut werden konnte. Knolle ließ sich nicht blicken, als Sabine Maike das Baby in die Arme legte. Thomas schlief artig und milchsatt.

Karnevalslaune beherrschte das Theater, eine quecksilbrige Lebendigkeit, überall erklang verhaltenes oder lauteres Gelächter, Halbmasken, Pappnasen und Papierhütchen spiegelten sich in bodentiefen Scheiben und verspiegelten Pfeilern, von denen Luftschlangen wehten.

Theater vor und auf der Bühne.

Sabine sog die Atmosphäre wie im Rausch ein. Rohleff mußte sich dringend ihrer vergewissern, indem er ihre Hand nicht mehr losließ, viel zu hingegeben war ihr Gesicht der Bühne, den abgedunkelten Rängen, dem wie Sekt prickelnden

Geplauder ringsum zugewandt, das Bögen bis zu ihr schlug. Ein Mann in der Reihe vor ihnen drehte sich mehrmals zu Sabine um, reichte Süßigkeiten in knisterndem Goldpapier.

Das Gehampel auf der Bühne langweilte Rohleff im stillen unsäglich. Gar zu aufgesetzt mutete das Verwirrspiel um die Identitäten an, der Gatte, der die Gattin in der Maske nicht erkannte, und umgekehrt. Der dürftige Schwindel wurde vorwiegend singend vorgetragen, und darauf gründete die Bereitwilligkeit des Publikums, sich gutwillig dabei zu amüsieren. Rohleffs Polizistenhirn bereitete das eine Mühe, die Sabine offensichtlich nicht teilte. Wahrscheinlich, dachte er, wäre sie von Groß in einem japanischen Geishagewand ebenso entzückt. Er hatte nicht gewußt, daß sie den Karneval so liebte.

In der Pause wollte sie unbedingt Sekt trinken. Zwei Herren im Frack, die gerade vorher noch auf der Bühne gestanden hatten, kamen ihm entgegen, als er mit zwei vollen Gläsern zwischen den Trauben von Vergnügungssüchtigen balancierte. Die Fräcke lösten oder vielmehr verbanden etwas in seiner Erinnerung. Er nippte an seinem Glas, blickte über den Rand in Sabines Koboldaugen, küßte sie weich auf den Mund, schmeckte Sekt und Lippenstift, dann gab er ihr auch das andere Glas.

»Mir ist gerade etwas eingefallen, was ich nachprüfen muß. Geh schon zum Platz zurück, wenn ich's nicht schaffe, rechtzeitig vor Ende der Pause wiederzukommen.«

Das Gewimmel der Leute hatte jetzt etwas Gutes, er schlängelte sich davon, bevor sie lauthals protestieren konnte.

Es mußte sich etwas unbemerkt, quasi im Hintergrund seines Verstandes, vorbereitet haben, denn er hatte ein paar Dinge in die Anzugtasche gesteckt, die sich nun als nützlich erwiesen, wie der Dienstausweis, der Türen öffnete, die für gewöhnliches Publikum geschlossen blieben. In die amtliche Geschäftigkeit mischte sich Bedauern, denn diesmal huschten junge, hübsche Dinger in Tüll auf den schäbigen Hintertreppen an ihm vorbei, rissen fragend die Augen auf, eine warf ihm eine Kußhand zu und hinterließ einen Hauch von Parfüm und verklingendes Gelächter. Die Haut kribbelte, sie sehnte sich nach Liebkosungen, seine Ohren nach zärtlichem Geflüster, Gedanken an die Nacht drängelten in die Überlegungen, die dem Fall galten.

Zweimal verlief er sich, zweimal half ihm jemand weiter, dann fand er die richtige Tür, dann eine Wand mit zwei Plakaten, eins zeigte ein Tanzpaar.

Ohne Zweifel Fernando, der eine Frau im Arm hielt. Die Tänzerin hob den Arm über den Kopf, straff spannte sich das Kleid über dem Gesäß und der einen Hüfte, das zugehörige Bein war leicht gewinkelt, die Ferse angehoben. Schwarzes Haar, in einem schweren Nackenknoten geschlungen.

»Ja bitte?« Die Frau, die die Fräcke entgegengenommen hatte, tauchte hinter ihm auf. Sie betrachtete ihn fragend. »Haben Sie etwas vergessen abzugeben, als Sie heute da waren? Ich hab nichts vermißt.«

Rohleff deutete auf das Plakat. »Wer sind die? Kennen Sie die?«

Nicht sehr viel später, wie ihm schien, befand er sich auf dem Rückweg, schritt über die Schwelle, die die dämmrige Unterwelt von der Welt festlichen Lichts trennte, die Musik wehte ihn durch geschlossene Türen an. Verlassen lagen die Wandelgänge, ihm gelang es trotzdem, vor Gedanken beinahe blind, in den einzigen Menschen hineinzulaufen, der ebenfalls unterwegs war.

Glitzernder silbriger Stoff, etwas Nachgiebigkeit darunter; blondes Haar streifte seine Wange, er hörte ein verwundertes, halb belustigtes »Oh!«, aber da hatte sich sein Mund bereits an die zierliche Schnecke eines Ohrs verirrt. Warum nicht, im Karneval? Sanft, aber entschieden drückte ihn Sibylle Overesch zurück.

»Kommissar Rohleff? Wenn Sie nicht ganz beieinander sind, müssen Sie leider etwas warten, erst muß ich zu einem mutmaßlichen Herzinfarkt.«

Er hielt ihre Hand fest. »Was …?« Dann fiel sein Blick auf die Arzttasche.

Sie lächelte noch immer amüsiert, aber schon ungeduldig. »Einmal im Monat bin ich Theaterarzt.«

Er ließ sie gehen und rief ihr nach, als die Biegung des Ganges sie fast aufgesogen hatte: »Wo sitzen Sie?«

»Parkett, zweite Reihe, links außen.« Der Ton kam um die Biegung herum zu ihm.

Der Wahnwitz auf der Bühne nahm seinen Fortgang, nur daß er auf einmal doch glaubhaft schien. Warum auch nicht? Er brauchte nur an Sabine-Aische-Isabel zu denken, nicht Sabine, eventuell Aische, vielleicht Isabel, wahrscheinlich sogar. Zu den Dingen, die sich in seiner Jackentasche befanden, gehörte ein Foto, das ihm nun das Gegenbild zu dem Plakat mit dem Tanzpaar zu sein schien. Es zeigte die Tänzerin von vorn, wobei nur ein paar unwichtige Details verändert worden waren, wie zum Beispiel die Frisur. Der Baumstamm vertrat mehr schlecht als recht den Tanzpartner.

»Ja, das ist Isabel«, hatte die Frau aus dem Kostümfundus gesagt – Irene Meyer mit Y –, als er ihr das Foto zeigte. »Die sind inzwischen alle wieder abgereist, Ramon und Fernando waren etwas länger da, weil der eine, Ramon, krank geworden war.«

»Und Isabel?« warf Rohleff ausreichend behutsam ein, um den Gedankenfluß zu lenken, aber nicht zu stören.

»Ja, die ist etwa zwei Tage vorher weg. Fernando war nicht gerade begeistert, daß er sich allein um Ramon kümmern mußte, aber das verstand sich von selbst, die beiden waren, na Sie wissen schon, ein Paar, hat mir Isabel erzählt.«

Einer der Sänger intonierte seine Arien mit einem Sprung in der Stimme, an dem sich die Töne selbst für Rohleffs ungeübte Ohren rieben, so daß der Gesang recht schartig klang. Wie waren solche Irrtümer und Verwechslungen möglich, fragte sein Verstand nun wieder trotzig. Auf der Bühne schäkerte der Gatte Gabriel unerkannt mit der ihm angetrauten Rosalinde, die vorgab, eine ungarische Gräfin zu sein. Wann hatten die beiden zum letztenmal zusammen im Bett gelegen und jene Intimität erzeugt, die ein Wiedererkennen selbst im Dunkeln garantierte? Rohleffs Hand tastete sich zum Nebensitz, einen nackten Arm empor bis zur Schulter, zur Halsgrube, umfaßte den Nacken, zog den Kopf dicht heran, er mußte Vertrautes riechen und fühlen, wogegen seine Augen nach einer schwach silbrig leuchtenden Silhouette in der Parkettiefe suchten, zweite Reihe links außen. Auf der Bühne ergab sich unterdesssen eine allgemeine Konfusion.

»Wissen Sie«, hatte Frau Meyer gesagt und ihm weitere Fragen erspart, »wenn man mit den Kostümen zu tun hat, bekommt man zwangsläufig alles mit, was sich im Theater ereignet, obwohl in diesem Fall die drei ihre Kostüme mitgebracht haben. Aber der Isabel ist eine Naht am Kleid geplatzt, und da kam sie zu mir. Und wenn erst einmal der erste Kontakt geknüpft ist, ergibt sich alles andere. Eine Schachtel Pralinen hat sie mir gebracht, das war am Freitag, bevor sie mit dem Zug weg ist, die beiden andern sind heute morgen mit dem Auto nachgefahren. Aber sagen Sie, wieso steht sie mit bloßen Füßen an dem Baum? Ist das wieder so eine neumodische Idee? Open air im Winter?«

Die ganze Ballgesellschaft auf der Bühne traf sich im Gefängnis wieder, dem Gatten Gabriel drohten wegen eines nicht näher definierten Vergehens ein paar Tage Arrest, immerhin hatten sich die Identitäten geklärt.

»Nein, die drei sind hier nicht im Dauerengagement angestellt, sondern im Rahmen eines Kulturaustausches hergereist. Wir hatten hier eine Woche lang ein allgemeines Tanzfestival. Ich hab mir alles angeschaut; früher, als Kind, habe ich von einer Ballettkarriere phantasiert.«

Rohleff hatte mitfühlend die kleine, rundliche, nicht mehr junge Frau Meyer betrachtet. Sie hob ein Bein.

»Ich hab Plattfüße. Da blieb nur das Träumen. Ins Theater hab ich's, wie Sie sehen, trotzdem geschafft, und ich muß nicht mit vierzig, längstens fünfzig aufhören.«

Tosender Beifall klang auf, auf einmal standen alle, und bevor die Lichter wieder in voller Stärke strahlten, war ihm Sabine, noch immer restlos entzückt, um den Hals gefallen. Rohleff erlaubte sich, den Fall für eine kurze Frist zu vergessen und nur an die kommende Nacht zu denken. Bereitwillig öffnete Sabine ihre Lippen, tief drang seine Zunge in ihre warme feuchte Mundhöhle ein, die noch säuerlich nach Sekt schmeckte.

Wenn nur nicht die Unterhaltung mit Frau Meyer weitergegangen wäre und sich die Notwendigkeit ergeben hätte, mit Groß zu sprechen, möglichst noch vor dem Morgen, um der schon jetzt schwer erträglichen Ungewißheit ein Ende zu setzen. Von unten winkte jemand herauf. Rohleff trat an die Balkonbrüstung und erspähte ein silbriges Kleid, blondes Haar und dicht daneben einen selbst auf die Entfernung eleganten Anzug. Lahm winkte er zurück.

## 23. Februar, Rosenmontag

Berni ging sehr folgsam neben ihm. Erst im matten Schein der Straßenbeleuchtung bemerkte Rohleff, daß sich das Wetter gründlich geändert hatte. In den Lichtkreisen der Laternen schimmerte das Gras der Vorgärten sehr grün, dick und prall hingen Knospen an den Zweigen von Bäumen und Büschen. Der Frühling hatte sich in den letzten zwei Wochen als Winter getarnt, um die Menschen zu verwirren. Rohleff fühlte Ärger über die Wetterkapriolen aufkommen. Im Mantel wurde es ihm plötzlich zu warm, die Temperatur mußte innerhalb von zwölf Stunden um bald zehn Grad gestiegen sein. Wo einen Tag zuvor noch Eis geglitzert hatte, glänzte jetzt Nässe. Die Wärme draußen traf auf eine Überhitzung in ihm selbst, ihm machte das bevorstehende Gespräch mehr als nur gelindes Kopfzerbrechen.

Noch eine Stunde hatte er nach dem Theater bei Knolles ausharren müssen, nachdem es ihm bereits gelungen war, einen Kneipenbesuch mit einem fürsorglich geäußerten Gedanken an den kleinen Thomas abzuwenden. Bei Patrick und Maike saßen sie dann doch fest. Er plauderte scheinbar entspannt mit den beiden, knetete aber unablässig die Hände dabei, Sabine schaute gelegentlich irritiert, wenn seine Fingergelenke knackten.

Im Hintergrund seines Hirns lief unterdessen ein weiteres Gespräch ab, das immer wieder von neuem einsetzte, Variationen zu Stichworten wie Zurückhaltung von Informationen,

Dienstvergehen bis hin zu persönlicher Verstrickung, hart und schwer spulten sich die Gedanken ab, von massiven Zweifeln durchsetzt, die durch die Wiederholungen teilweise abgeschliffen wurden.

Ganz einfach war es nicht gewesen, noch aus dem Haus zu kommen. Berni zeigte nur mäßiges Interesse an einem derart späten Ausgang, auch Rohleff lag eigentlich viel mehr daran, neben Sabine ins Bett zu kriechen, darauf zu warten, daß der Kleine von der Brust der Mutter genug bekam, um sich dann seinerseits ihrer zu bemächtigen. Streng mußte er sich mahnen, sich nicht ihre warme, nachgiebige Haut vorzustellen, die großen, dunklen Höfe und die prallen Brustwarzen, noch leicht feucht.

Bevor Sabine die Treppe hinauf verschwand, beugte sie sich über das Geländer.

»Könntet ihr zwei euch beeilen? Ich hab heute nacht noch was vor mit dir.«

Beinahe wäre er doch zu Hause geblieben, er war aber schon damit beschäftigt, eine Telefonnummer in die Tasten des Handys einzutippen.

Es war ein Zugeständnis an die alte Kollegentreue gewesen, sich anzukündigen, weniger wichtig erschien ihm, sich nebenbei zu vergewissern, daß er Groß überhaupt antreffen würde. Berni band er unten an der Eisentreppe fest. Als er oben auf dem kleinen Podest vor der Tür stand, blickte er noch einmal zu ihm hinunter. Nur an der Haltung des Hundes war zu erkennen, daß er zu ihm aufschaute, denn durch den Behang waren die Augen nicht zu sehen. Berni seufzte verhalten. Rohleff lief die Treppe wieder hinab, die Asche knischte unter seinen Sohlen, mit dem Hund hinter sich kehrte er nach oben zurück. Groß öffnete auf das Läuten, als hätte er hinter der Tür gelauert.

»Darf der Hund mit rein?«

Stumm winkte Groß sein Einverständnis. Rohleff hörte Bernis Krallen ein Staccato auf das Parkett klopfen, ein Dielenboden in seidig schimmerndem Fischgrätmuster, das die Leere eines großen Raumes dehnte.

Groß war barfuß, über der unbehaarten Brust klaffte der nur nachlässig zugebundene Kimono. Ohne sich nach seinem Besucher umzuschauen, ging Groß zu dem sehr niedrigen Tisch, der ein Stück aus der Mitte des Zimmers gerückt war, hockte sich im Schneidersitz dahinter und gerann in seinem dunklen Seidengewand zu einer Buddhafigur. Rohleff stellte sich vor, wie der Stoff, bis zum Hintern glattgespannt, oben in den Specknacken einschnitt.

Berni hatte bereits den Kopf auf die Vorderpfoten gelegt, als Rohleff noch dabei war, sich Groß gegenüber auf einem flachen Kissen zu installieren. Er bevorzugte Stühle zum Sitzen. Umständlich kramte er ein Foto aus der Manteltasche und legte es auf den Tisch, beugte sich noch einmal vor und rückte es parallel zu den Tischkanten aus. Ein kleines Hochrechteck auf einem großen Querrechteck.

»Isabel, nicht Aische.«

Groß rührte sich nicht, zog nur leicht fragend die Augenbrauen hoch. An einer Ecke des Tisches glimmte, in einer Tonkugel festgesteckt, ein Räucherstäbchen. Rohleff schnupperte in die Rauchkringel, ein herber Sandelholzduft füllte seine Nase, sein Blick glitt über Groß, der nun weniger starr wirkte, sondern eher locker, in dieser Lockerheit witterte Rohleff einen Anflug von Ironie, als mache sich der andere heimlich über ihn lustig. Eine weiße Fußspitze ragte aus der Seide. Rohleff deutete darauf.

»Tango muß man in den Füßen haben, nicht? Ich hab's nicht.«

Flüchtig zeigte Groß ein geringschätziges Lächeln. »Den Rhythmus, du sprichst vom Rhythmus. Und den hast du, wenn du ihn hast, nicht in den Füßen, sondern hier, im Bauch. Von da breitet er sich bis in den Kopf und in die Füße aus und reißt alles mit, was dazwischen liegt. Sonst hoppelst du nur mehr oder weniger herum, wie die meisten, wie du. Sabine hat's.«

»Rhythmus im Blut?« fiel Rohleff hastig ein, um zu verhindern, daß Groß Sabine noch mehr ins Spiel brachte.

Harrys Lächeln wurde breiter, jovialer. »Im Bauchraum sammelt sich die größte Blutmenge, da verläuft eine der wichtigsten Adern. Solltest du wissen.«

Rohleff griff den Plauderton auf. »Danke für die Belehrung. Wär allerdings nützlicher gewesen, wenn du mich rechtzeitig über was anderes belehrt hättest, die Identität der Toten am Bagnosee zum Beispiel. Hätt uns Umwege erspart.«

»Ich wüßte nicht, wie.« Groß winkte knapp ab, als Rohleff auffahren wollte. »Du hast ›Sabine‹ geschrien, als du die Tote gesehen hast.«

»Ich soll geschrien haben?«

Groß nickte nachdrücklich. »Hat mir einen schönen Schock versetzt. Mir wurde gleich noch übler. Im ersten Moment hab ich dasselbe wie du geglaubt, dann hab ich gedacht, das kann ja wohl nicht wahr sein.«

»Und dann kam dir nicht flüchtig der Gedanke, es könnte sich um eine Tangotänzerin handeln, eine gewisse Isabel?«

»Wie du weißt, kam mir was ganz anderes, und das hat mich ja eine Weile beschäftigt, wenn du dich erinnerst. Und als Torkelt von seiner Perle anfing, fand ich die Idee nur noch absurd, daß eine Ähnlichkeit mit Isabel nicht ganz von der Hand zu weisen war. So besonders gut bin ich bei komplexen

Systemen nicht in Ähnlichkeiten, nicht mit bloßem Auge, ich hab's halt mehr mit den Details.«

Rohleffs Unsicherheit erhöhte sich proportional zu der zunehmenden Ruhe, die von Groß abstrahlte. Hätte der andere zu lässig gewirkt, wäre das ein Hinweis auf eine Maskerade, ein Sich-Verstellen gewesen, aber Groß zeigte verhaltene Schläfrigkeit und ein deutliches Bemühen, die Sache ernst zu nehmen, es war schwer, mit Anschuldigungen, wie er sie bei Knolles insgeheim formuliert hatte, dagegenzuhalten.

»Scheint so, als hätte ich einen Fehler gemacht«, fuhr Groß fort und kratzte sich ungeniert, »wenn ich auch nicht ganz begreife, welchen. Oder kannst du mir sagen, was es für einen Sinn macht, mit vagen Vermutungen rauszurücken, wie die tausend Leute, die sich auf die Veröffentlichung von Phantombildern melden?«

»Da möchte ich doch auf den kleinen, aber feinen Unterschied hinweisen, daß du ein ausgebildeter Polizeibeamter bist. Fest steht, du kanntest Isabel.«

»Nicht so gut wie Sabine, was natürlich auch nichts heißen muß. Also, ich hasse Ungenauigkeiten.«

»Ich auch«, schnappte Rohleff, »deshalb erzählst du mir jetzt haarklein alles über deine Bekanntschaft mit dieser Tangotänzerin.«

»Gott, ja.« Groß wedelte müde mit der Hand.

Freundschaftlich nett bot er an, einen Tee zu kochen, und wirkte auf keine Weise von den inquisitorisch vorgebrachten Fragen beunruhigt. Die Vorgesetzten- und Polizistenstrenge glitt an ihm ab wie Öl, er gähnte mehrfach herzhaft, und Rohleff gingen die Ideen aus, wie auf noch vertretbare Art der Druck bei der Aussprache zu erhöhen wäre, ohne ganz grob zu werden. Erschöpft nippte er an einem Tee, der nach Blüten duftete, aber nach nichts schmeckte.

Am Theaterfestival hatten sich noch andere auswärtige Tanztruppen beteiligt, Fernando und Co. waren keineswegs die beste. Groß maß ihnen kaum mehr als einen gehobenen Amateurstatus zu. Unüblich war, daß zwei Männer sich mit nur einer Frau als Partnerin begnügten, ungewöhnlich so lange, bis man dahinterkam, daß der zarte Ramon meistens den Frauenpart übernahm, überraschend gut und überzeugend und mit einem gewissen Prickeln der Verunsicherung bei ahnungslosen Zuschauern, die nicht wußten, daß ein Mann das typische Körperprofil einer Frau und ihre Bewegungen nur bis zu einer gewissen Grenze nachzuahmen imstande ist.

Aha, dachte Rohleff, Ramon also.

Isabel war erst vor ein paar Monaten zu den beiden Männern gestoßen, sie war eingesprungen, als Ramon sich den Fuß verstaucht hatte – der Tänzer kränkelte beinahe ständig an irgend etwas –, und war dann als zweite Besetzung bei den beiden hängengeblieben. Nicht ganz unbegabt, das Mädchen, mit mehr Training und Disziplin hätte es Chancen, größer rauszukommen. Groß klang leicht väterlich wohlwollend.

Rohleff hatte ihm ins Gesicht sagen wollen, daß er das Gerede um den alten barocken Bagnopark für ein Ablenkungsmanöver hielte, jetzt dachte er anders darüber, sah doch eine Spur, die sich allerdings noch in ziemlichem Dunkel verlor.

»Hältst du es für denkbar, daß sich die Mutter, die Özdemir, gleich zweimal bei der Identifizierung ihrer Tochter geirrt haben könnte?« fragte Groß.

Rohleff mußte sich die Frage wiederholen lassen, so sehr war er in Gedanken gewesen. Synchron mit Berni seufzte er auf.

Groß betrachtete nachdenklich den Hund. »Was ich dich

schon immer hatte fragen wollen, wieso hast du behauptet, daß das ein Berner Sennenhund ist? Hast du mal einen gesehen?«

»Sabine wollte, wenn überhaupt, was Rassereines, Eindeutiges, um mehr Sicherheit hinsichtlich des Charakters zu haben.«

»Und du liebst mehr die Unsicherheiten?«

»Will ich nicht sagen, aber die Hündin auf dem Hof von Knolles Vater hatte gerade geworfen, und das war eine günstige Gelegenheit. Weißt du, was so ein rassereiner Köter kostet? Und bei der Überzüchtung heutzutage darfst du auf gar nichts mehr vertrauen, sondern mußt damit rechnen, daß du ein kreuzlahmes Vieh erwischst, das zum Ausgleich für seine körperlichen Beschränkungen in alles beißt, was sich bewegt.«

»Da komm ich aber noch immer nicht klar mit Berni als Berner Sennenhund.«

»Zur Hälfte stimmt der Sennenhund, die andere Hälfte ist nach dem Zeugungsakt unerkannt im Dunkeln verschwunden, und als die Nachkommen noch klein und niedlich waren, sah man denen die Rassereinheit oder besser -unreinheit noch nicht so an.«

»Da hast du also bewußt oder unbewußt Sabine zur Hälfte angelogen.«

Es war drei Uhr früh durch, als Rohleff nach Hause kam, Sabine schlief schon fest, und ohnehin waren ihm unbemerkt die erotischen Ambitionen für diese Nacht vergangen.

»Was hat die alte Wachtel, die Meyersche, denn erzählt?« hatte Groß gefragt.

»Daß sie dich mit den dreien gesehen hat, mit Isabel und den beiden Kollegen, du hast mit ihnen gesprochen, oben im

Übungssaal, als sie das Kleid gebracht hat, das mit der ausgebesserten Naht. Sie hat Isabel auf dem Foto sofort erkannt.«

»Ist doch klar, die Meyer kennt Sabine nicht und Aische ebensowenig, die hat nur das eine Modell vor Augen, wie soll die drauf kommen, daß es mehr Möglichkeiten gibt?«

Darauf hatte Rohleff nichts zu sagen gewußt, Groß trank seinen Tee und feixte auf einmal.

»Was ich ja nun gar nicht begreife, ist, daß du mitten in der Nacht mit dieser Geschichte von Isabel hier angetapert kommst, als wär's dein erster Fall, wirklich, wie ein Anfänger. War wohl ein bißchen viel, der Karneval gestern, dann mußt du neuerdings Vater spielen und obendrein noch Kulturprogramm am Abend, wo du lieber in der Kneipe hockst, du gerätst völlig aus deinem Trott.«

Rohleff war ungelenk auf die Füße gekommen, die Knie taten ihm vom Kauern weh. »Morgen früh«, hatte er geknurrt, »fahren wir ins Theater und horchen uns noch mal um, da möchte ich dir raten, daß du so richtig mit deiner Sachkenntnis vom Innenleben dieser Einrichtung glänzt.«

»Das wird schwierig. Morgen ist Rosenmontag, und da triffst du im Theater wahrscheinlich keinen Arsch an, das sag ich dir ganz ohne genaue Kenntnis der innerbetrieblichen Abläufe.«

»Das werden wir sehen.«

Groß saß unbeweglich auf dem Kissen. Über das blankpolierte Holz des Bodens zog sich eine Spur schmutziger Tapfen in einer schrägen Linie, die von der Tür bis zum Tisch reichte und das Fischgrätparkett so durchschnitt, daß sich eine empfindliche Störung des Musters ergab. Je länger er starrte, desto mehr hoben sich die dunklen Flecke ab, bis sie gleichsam über dem Holz schwebten, er kniff die Augen zusammen und ließ sie tanzen.

Rohleff hatte ihn die ganze Zeit scharf beobachtet, auf der Suche nach Geheimnissen, die sein stumpfer Geist doch nicht hätte fassen können, es war daher auch nicht schwierig gewesen, die Zudringlichkeiten abzuwehren, indem er eine der vielen für solche Gelegenheiten zur Verfügung stehenden Masken aufsetzte. Trotzdem hatte sich sein Herzschlag beschleunigt, was aber ein amusischer Mensch wie Rohleff ebenfalls nicht mitbekam. Sogar in die Küche war er ihm nachgegangen, um sich nichts entgehen zu lassen, um selbst die einfachsten Handbewegungen zu studieren, als könne er in ihnen lesen.

Die Tür zur Dunkelkammer hatte er wieder nicht bemerkt, Groß fragte sich mit müder Belustigung, was Rohleff zu den Fotos an den Wänden gesagt hätte. Isabel im Großformat, Isabel neben Fernando und Ramon. Ramon im Kostüm.

Das Prinzip der Schönheit, der vollendeten Linie, dem er auf all diesen Abbildern nachjagte, hätte er Rohleff vergeblich begreiflich zu machen versucht, Schönheit, die Gegensätze aufhob, Schweres leicht machte, Masse in Bewegung umsetzte, in Rhythmus und Tanz.

Die Pfotenabdrücke verschwammen vor seinen Augen. Flach lagen die Hände auf seinen Schenkeln, spürten die Körperwärme, den glatten Stoff, eine Hand tastete nach etwas, was es nicht gab, einer kleinen Unregelmäßigkeit.

Auf dem Tisch, einem anderen als diesem, hatten Mokkatassen gestanden, aus seiner dampfte der bittere Geruch des Kaffeesatzes empor. Er hatte sich mehr Zeit gewünscht, hätte auch Tee bevorzugt, der schwarze, höllisch starke Kaffee fachte die Unruhe, die im Raum hing, noch stärker an.

Für das, was er sich erhoffte, brauchte er keine Unrast, nur in der Trägheit gedieh Sinnlichkeit, Laszivität. Am besten wäre ein samtiger, dunkelroter Wein gewesen, eventuell mit einem nicht ganz eindeutigen, zwischen Herbe und Süße changierenden Abgang.

Zwischen den Fingern hatte er in der Tasche die kleine blaue Pille gedreht, eine Verrücktheit, auf die er eventuell zurückgreifen würde, wenn alles andere versagte. Eine Pille mit ungewisser Wirkung. Später fiel sie ihm wieder ein, da war er bereits zu Hause gewesen. Die Pille hatte sich nicht mehr finden lassen, sie blieb verschwunden, und sein Gedächtnis gab nichts preis. Lücken in der Erinnerung, am deutlichsten blieb die Hand, die die Pille spürte.

Es war acht Uhr durch, als Rohleff zum Frühstück die Treppe herunterkam. Sabine briet Spiegeleier mit Speck, hielt dabei den Kleinen auf dem Arm und hantierte mit dem Pfannenwender. Wegen des Kindes schob sie die eine Hüfte ein wenig vor, das gab ihrer Gestalt, von hinten gesehen, etwas unvorteilhaft Schiefes, dazu trug sie ihren ältesten Bademantel, ein übel verwaschenes Ding. Strähnig hingen ihr die Haare ins Gesicht, als sie sich mit dem Teller für Rohleff umwandte. Ihre Wangen glühten fleckig, ansonsten wirkte sie eher totenbleich, dunkle Ringe ließen die Augen wie Löcher erscheinen. Rohleff mochte sie kaum anschauen und damit das Bild vom Abend trüben, auch wärmte ihn noch angenehm das Nachwehen eines Traums, in dem es wollüstig zugegangen war, an Genaueres konnte er sich nicht mehr erinnern. Trotz der Kürze des Schlafs fühlte er sich erfrischt.

Sabine mußte seine Mißbilligung bemerkt haben, verlegen strich sie sich eine Strähne zurück, als sie eine Hand wieder frei hatte.

»Ich habe miserabel geschlafen. Von fünf Uhr an hat Thomas nur noch gequengelt, ich weiß nicht, was er hatte. Du hast natürlich gar nichts gehört und geschlafen wie ein Bär.«

Überrascht ließ Rohleff Messer und Gabel sinken. »Das tut mir aber leid mit der Nacht.« Das Bedauern klang für seine Ohren nicht ganz echt, tatsächlich spürte er auch kaum etwas davon, viel zu sehr erfreute ihn die Entdeckung, daß er über die Störungen diesmal glatt hinweggeschlafen hatte. Liebevoll betrachtete er das Kind, das glucksend am Daumen lutschte. Eine Welle warmer Sympathie, ja Zärtlichkeit überflutete ihn.

»Kannst du dir vorstellen, daß es eine Mutter fertigbringt, bei einer Leichenschau ihre Tochter mit einer unbekannten Toten zu verwechseln?«

»Was?« Sabine hatte wohl zu heftig reagiert, der Kleine verzog das Gesicht, sofort wandte sie sich ihm zu, streichelte ihn und gurrte dazu.

Rohleff hing unterdessen seinen Gedanken nach und ergänzte für sich die erste Frage durch eine zweite. Handelte es sich womöglich nicht um eine Verwechslung, sondern um eine Täuschung, eventuell sogar um eine bewußte? Flüchtig dachte er an Belgin, Knolle hatte vielleicht richtig erkannt, daß das Mädchen bei der Sache auch eine Rolle spielte.

Hatte Frau Özdemir gezögert, geschwankt, war ihr Unsicherheit anzumerken gewesen, als er ihr zum erstenmal das Foto zeigte? Betroffenheit und Verstörung rekapitulierte er. Es konnte doch keine normale Atmosphäre gewesen sein, in die sie bei ihrem Besuch geraten waren, schließlich war den Özdemirs zwei Tage zuvor eine Tochter abhanden gekommen. Vermutlich wären sie aufgeregter gewesen, wenn es sich um einen Sohn gehandelt hätte, mutmaßte er, in orientalischen Ländern war das so.

Dann sah er die Frau wieder, wie sie den nackten Körper betrachtete, voll verhaltener Trauer die Wange streichelte. Eine Trauer, die sich nicht enthemmt gebärdete, mußte deshalb nicht weniger echt oder tief sein. Er selbst konnte sich nicht vorstellen, in einem solchen Augenblick zu schreien. Hatte es aber offensichtlich doch getan, am Samstagmorgen beim Anblick der Toten.

Bevor er sich mit weiteren Unwägbarkeiten zermürbte, hielt er es für vorteilhafter, die Befragungen erneut aufzurollen und dabei mit Tegeler anzufangen. Vorher rief er Lilli an.

»Wie gut kennst du deinen Nachbarn Tegeler?«

»Deinem Ton nach muß er zumindest was geklaut haben oder anders straffällig geworden sein. Kann ich mir bei dem aber beim besten Willen nicht denken.«

»Und lügen?«

»Wer lügt nicht dann und wann?«

Rohleff sah ein, daß er so nicht weiterkam, und informierte Lilli über die Entdeckung im Theater.

»Da scheint mir die Aussage einer Mutter bei einer Leichenschau aber sehr viel beweiskräftiger als die so einer Theatertante, die sich lediglich auf ein Foto beruft. Und was Tegeler betrifft, ich wüßt nicht, warum der was behaupten sollte, was nicht stimmt. Wenn diese Isabel nach Berlin abgereist ist, müßte festzustellen sein, ob sie dort angekommen ist.«

»Genau daran hab ich schon gedacht, ich fahr mit Harry noch mal zum Theater.«

»Warum mit Harry?«

Rohleff zog es vor, Lilli die Antwort schuldig zu bleiben.

Die Spiegeleier waren kalt geworden, das Fett geronnen, das Gelbei schielte blind zu ihm herauf. Angewidert schob er den Teller beiseite und griff nach Marmelade und Toastbrot.

Sabine hatte der Unterhaltung mit Lilli zugehört. »Eine

Tangotänzerin? Davon hättest du mir gestern was sagen können. Weißt du, was mir Harry Samstagabend erzählt hat? Daß Tango ursprünglich ein Hurentanz in den Hafenvierteln von Buenos Aires war, der die Beziehung zwischen den Mädchen und ihren Zuhältern widerspiegelte. Abhängigkeit, erotisches Knistern, Haßliebe. Hilft dir das vielleicht weiter?«

Rohleff hielt den Toast in der Hand, ohne abzubeißen. Sabine hatte ihre Ausführung mit einem kleinen, vielleicht unbewußten Hüftwackeln gewürzt, ein Rest von Karnevalsanimiertheit, die nicht nur seine vergeblichen Hoffnungen vom Abend zuvor hochspülte, sondern auch Widerwillen, wegen der Erwähnung von Groß und der Erinnerung an das Tangopaar. Geradezu obszön kam ihm der Tanz in der Rückbesinnung vor, tatsächlich hurenhaft. Und jetzt glich Sabine mehr einer abgetakelten Hure, mit dem fettigen Haar und den übernächtigten Augen, dachte er gehässig.

Es war Stachelbeermarmelade, die er sich aufs Brot geschmiert hatte, in das er nun endlich biß, dabei sperrte er den Mund ziemlich weit auf und klappte unnötig heftig die Kiefer zusammen. Einer der vielen kleinen Stachelbeerkerne – ein Grund, warum er diese Sorte Marmelade nicht mochte, Sabine hatte sie trotzdem gekauft – geriet ungünstig zwischen zwei Zähne. Es knirschte fatal.

Später, im Nacherleben, stellte er sich den Schmerz als einen Blitzstrahl vor oder einen Laser, um es moderner zu fassen, der ihm durch den Rest des Zahns senkrecht über die Wangenknochen bis ins Hirn fuhr und am Schädel wieder austrat. Jedenfalls riß ihn der Schmerz vom Stuhl, er ließ das Brot fallen, hielt sich die Wange, tanzte auf einem Bein und heulte schrecklich. Sabine preßte das schreiende Baby an sich und rannte damit ins Wohnzimmer, wo ein Stubenwagen stand.

Rohleff wunderte sich, wie schnell sie wieder da war, ein in kaltes Wasser getauchtes Handtuch in der Hand, mit dem sie ihm sehr vorsichtig das Kinn betupfte. Korallenrote Blutflecken färbten das Handtuch, Rohleff zogen die weich werdenden Knie auf den Stuhl zurück. Aus dem Wohnzimmer klang das Gebrüll des Kleinen herüber.

Eine halbe Stunde nach dem Unglück saß er im Wartezimmer eines ihm nicht persönlich bekannten Zahnarztes, voll banger Erwartungen und der Hoffnung, daß der Schmerz nach erfolgter Behandlung nachließe. Sabine hatte mitfühlend angeboten, ihn zu begleiten, das hatte ihm die Fassung zurückgegeben und das Bewußtsein geschärft, zumindest nach außen hin kein kleiner Junge mehr zu sein, der sich vor dem Zahnarzt fürchtet. Tatsächlich war er diese kindische Angst nie losgeworden, schon der Gedanke an blinkende Instrumente und surrende Bohrköpfe ließ seine Hände feucht werden und führte zu einem Druck auf die Blase, der ihn zwang, in der fremden Praxis nach der Toilette zu suchen.

Als er wieder zurückkam, fiel sein Blick auf eine aufgeschlagene Illustrierte, die der Patient, der vor ihm an der Reihe war, zurückgelassen hatte. Eine Abbildung zeigte ein paar fellbehangene, ungeschlachte Gestalten mit derben Gesichtszügen. Der Artikel, in den er sich vertiefte, hieß: »Neues aus dem Neandertal?«

Die grelle Lampe über ihm blendete, Hilflosigkeit breitete sich aus, als der Behandlungsstuhl in die Horizontale kippte. Die kräftige Hand des Arztes tauchte in Rohleffs Blickfeld mit der verhaßten Betäubungsspritze auf, dem ersten Teil der anstehenden Tortur. Rohleff schickte seiner freundlichen und geduldigen Zahnärztin einen Gedanken in den Urlaub nach, einen stummen Hilfeschrei. Die Hand des Arztes wies auf Neandertalerqualitäten hin, ein richtiger Handwerker. Der Einstich ins Zahnfleisch fiel entsprechend nachdrücklich aus, Rohleff jaulte nicht nur innerlich auf.

Konzentrier dich auf etwas anderes, befahl sein Geist, laß dich nicht davon ablenken, ignorier Saug- und Bohrgeräusche, denk nach. Zwischendurch spuckte er Blut.

Letztlich dachte er doch nicht nach, sondern ließ eine Bilderflut an sich vorbeiziehen, achtete nur auf das Gefühl im Bauch, ob es flauer wurde, wenn er sich Isabel oder Aische vorstellte, sein Bauch konnte sich nicht entscheiden, eine Pattsituation.

Wasser sprühte in einer kleinen Fontäne in seinem Mund auf und lief in Tropfen über das Kinn, er versuchte, das Papiertuch an seinem Hals zu erreichen, ohne der Hand des Zahnarztes ins Gehege zu kommen. Der Stuhl unter ihm war so konstruiert, daß sich eine bequeme Lage ergab, trotzdem fühlte er jeden Muskel angespannt, vor allem im Magenbereich. Ähnlich stellte er sich die Situation auf dem gynäkologischen Stuhl vor, nur daß dort für Sabine zu den Schmerzen noch die Verlegenheit dazukam, wenn nicht Peinlichkeit, auf alle Fälle eine höllische Ungemütlichkeit, wenn mit kalten Instrumenten in ihr herumgefuhrwerkt wurde.

Er hatte Sabine nicht danach fragen mögen, wie es gewesen war, als ihr ein Gallertklümpchen eingeführt wurde, aus dem ein Kind wachsen sollte. Noch schwieriger gestaltete sich die Frage, was dieser Schleimklumpen mit ihm zu tun hatte, wie sich daraus Verwandtschaft ergeben sollte, Vaterschaft ab einem fixen Datum. Bisher hatte so ziemlich jeder die Ähnlichkeit des Kindes mit Sabine, der zweifelsfrei feststehenden Mutter, gesehen, mit ihm noch nie. Und er fragte sich, ob ihm eine Ähnlichkeit das Kind vertrauter machen würde.

Wieder zurück zu Hause, fühlte sich sein Oberkiefer weiterhin vollständig taub an. Er nuschelte beim Sprechen. »Hat Harry angerufen?«

»Er wartet auf dich im Büro, hat er gesagt, er hat jemanden vom Theater erreicht, einen, der mit dem Ballett zu tun hat.«

Vorsichtig tastete er über die Oberlippe, er hatte das Gefühl, daß sich bei jedem Wort der Mund seltsam schief zog.

»Hast du noch Schmerzen?«

Er beschränkte sich darauf, leicht den Kopf zu schütteln, dabei kam ihm der Gedanke, daß er die bisherigen Schmerzen verdient hatte, daß sie dazu dasein sollten, ihm etwas bewußt zu machen. Das Baby schlief in seinem Wagen, er beugte sich darüber.

»Was hat er heute nacht gehabt? Er kriegt doch noch keine Zähne?«

Sabine trat neben ihn. »Bestimmt nicht. Es war halt irgend etwas, was ihn gequält hat, vielleicht der Magen.«

Ihre Stimme klang sachlich, nicht besorgt, nicht zärtlich, dafür spürte er selbst jetzt das Bedürfnis, dieses kleine Kind, das sein Sohn sein sollte, zu behüten, vor Kummer und Schmerz zu bewahren, es war ein recht heftiges Gefühl, das er voller Staunen wahrnahm, er merkte sogar, daß er all die Wochen seit Weihnachten auf dieses Gefühl gewartet hatte.

»Es geht ihm doch wieder gut, ja?«

»Mach, daß du ins Büro kommst, bevor Harry ungeduldig wird, wenn du ihn schon zwingst, am Rosenmontag zu arbeiten.«

»Und du?«

»Ich geh mir mit Maike und den Kindern den Karnevalszug anschauen.«

Er deutete auf das Kind. »Ist Thomas nicht zu klein für so was?«

»Ich paß auch auf, daß keiner in den Wagen guckt und Thomas ein Bonbon in den Mund steckt.«

Der Kleine schaute wach zu ihm herauf. Er beugte sich hinunter, kraulte ihn am Kinn, bis er zu krähen und zu strampeln begann. »So«, sagte er nur.

»Ich geb dir auch mein hohes und heiliges Ehrenwort, daß ich deinen Sohn nicht aus den Augen lasse.« Sie hob die Hand und streckte zwei Finger gerade in die Höhe.

Es befriedigte ihn, zu sehen, daß sie sich über seine väterliche Besorgnis lustig machte.

In der Wache am Eingang der Kreispolizei herrschte jene halbernste Stimmung, wie sie im Karneval in Münsterländer Büros, die überhaupt geöffnet hatten, üblich war. Ein paar Luftschlangen hingen etwas verloren von den Neonröhren herab, die aufgeräumt blickenden Beamten hielten den Rahmen der Korrektheit peinlich genau ein. Eine allzu nüchterne Szenerie, fand Rohleff, ohne sich etwas anderes, etwa eine schunkelige Fröhlichkeit, wie sie vermutlich in Köln gerade um sich griff, vorstellen zu können. Ob sie in Berlin richtig Karneval feierten?

Vor seinem Büro war ein Streit im Gang, die lauten Stimmen schallten ihm bereits aus einiger Entfernung entgegen. Bei dem einen Streithahn handelte es sich um Knolle. Einen Moment hatte er geglaubt, Groß vor sich zu haben, aber der war ja kleiner als Knolle, sogar kleiner als er selbst. Dagegen überragte dieser Feuerkopf ganz beträchtlich einen schwarzhaarigen, untersetzten Mann, der mit beiden Händen wild herumfuchtelte. Rohleff hörte überhaupt nicht hin und war im Begriff, sich an den beiden vorbei in sein Büro zu schlängeln, als ihm der kleine Mann unversehens in den Weg trat und ihn sogar am Ärmel ergriff.

Ein Ausländer mit vor Erregung funkelnden dunklen Augen und unkontrollierter Stimme mit allzu deutlichem Akzent.

Grob schüttelte Rohleff die Hand ab. »Was soll das?« schnauzte er, ungebremst seinen Widerwillen herauslassend.

»Was ist mit meiner Tochter, mit Aische?«

Jetzt erst erkannte Rohleff den Mann, der sich am Tag zuvor in der Pathologie schon nicht sonderlich ruhig, aber doch gemäßigter aufgeführt hatte, offenkundig fehlte nun der besänftigende Einfluß der Ehefrau.

»Was soll damit sein?« Unangenehm wurde sich Rohleff der Oberlippe bewußt, die auf der rechten Seite die Sprechbewegungen nicht richtig mitmachte.

»Herr Özdemir beschuldigt uns, im Fall seiner Tochter nur oberflächlich zu ermitteln und vor allem die Familie nicht ausreichend zu informieren, ist doch richtig, nicht?« mischte sich Knolle ein, seine Stimme klang scharf, aber beherrscht, als er sich mit der letzten Bemerkung Özdemir zuwandte.

Der Mann schaute verunsichert von einem Beamten zum anderen, das Mißtrauen in die deutsche Gerechtigkeit Ausländern gegenüber flackerte in seinem Blick, bevor die Erregung wieder überhandnahm.

»Ist ganz richtig. Ich bin Türke, bin seit fünfzehn Jahren in Deutschland, zahl Steuern, viel Steuern, aber jetzt ist meine Tochter tot, und keiner kümmert hier. Ich will wissen, wer sie getötet hat, statt dessen kommt Tegeler und stellt blöde Fragen nach Freunden von Aische. Aische hat keine Freunde, ist anständiges Mädchen.«

Er fuchtelte wieder, und dabei trieb Knoblauchgeruch auf Rohleff zu. Nicht der von frischem, sondern von Knoblauch, der durch die Eingeweide gegangen war und über die Haut ausgeschieden wurde, es stank schlimmer als sehr alte, käsige Socken. Der Knoblauchmief vergrößerte den Raum, den Özdemir mit seinem stämmigen Körper einnahm, eine unerwünschte Ausweitung, eine Besetzung.

Angewidert trat Rohleff einen Schritt zurück, währenddessen glitt seine Zunge über den behandelten Zahn, und gleichzeitig konnte er es nicht lassen, mit den Fingern die Lippe abzutasten. Es pochte im Oberkiefer am Rand der betäubten Zone, dagegen hatte die Haut noch nichts von ihrer Empfindungslosigkeit verloren. Rohleff kam sich für diese Auseinandersetzung sehr unzulänglich gerüstet vor.

Ganz abrupt änderte sich Özdemirs Gesichtsausdruck. »Zahnweh?« fragte er mitfühlend.

Hinterher löste die eigene Reaktion bei Rohleff eine sachte Verlegenheit aus, aber in dem Augenblick, da Özdemir an ihn herankam, öffnete er bereitwillig den Mund und deutete auf den kranken Zahn. Özdemir ging leicht in die Hocke, um nach oben in die Mundhöhle zu schielen.

»Nehmen Sie Nelken. Eine Nelke flachklopfen und dann auf kranken Zahn legen, hilft immer, besser als Medizin aus Apotheke. Gesünder.«

Etwas wie Trost überkam Rohleff, auch Dankbarkeit, als er in die dunklen, mitleidigen Augen blickte. »Mit Nelken, ja? Ein türkisches Geheimmittel? Werd ich versuchen. Hab mir den Zahn abgebrochen, war gerade beim Zahnarzt.«

Erst als er Knolles starren, betont unbeteiligten Blick bemerkte, meldete sich die Verlegenheit.

»Tat höllisch weh«, nuschelte er abschließend. »Also

kommen Sie rein, reden wir wegen Ihrer Tochter, aber nur kurz, ich muß gleich weg.«

Mit Schwung riß er die Tür zum Büro auf. Hinten im Gang tauchte Groß auf, gefolgt von Tegeler. Er wartete, bis die beiden heran waren.

»Tut mir leid«, sagte Tegeler hastig. »Ich hab gerade eben erst erfahren, daß Herr Özdemir mit Ihnen sprechen wollte.«

»Und da meinten Sie gleich, daß ohne Ihre Hilfe kein vernünftiges Gespräch zustande kommt?« Rohleff tastete nach der Lippe. »Und da könnten Sie sogar recht haben.«

Özdemir sagte etwas auf türkisch, das wie ein Fluch klang, zumindest wie eine Grobheit. Es war alles wie vorher, das Mißtrauen, die Erregung, das Unverständnis und die geheime Ablehnung, als hätte es keinen Moment der Annäherung gegeben.

»Heiliger Strohsack«, sagte Knolle.

Rohleff kramte aus seinen Unterlagen die Fotos der Toten hervor und wählte eins aus, das sie den Özdemirs vorenthalten hatten; es zeigte die Tote vollständig, im schwarzen dünnen Unterkleid am Baum lehnend.

»Herr Özdemir, sind Sie ganz sicher, daß das Ihre Tochter ist? Betrachten Sie das Foto genau, lassen Sie sich Zeit.«

Tegeler wollte protestieren, Rohleff wandte sich an ihn. »Es könnte sein, daß es sich nicht um Aische Özdemir handelt, sondern um jemand Fremden, wir verfolgen da noch eine andere Spur.«

Tegeler starrte ihn sprachlos an, Rohleff deutete auf seine Oberlippe.

»War beim Zahnarzt«, erklärte er gedämpft, auf jedem Wort kaute er herum, »ist noch alles gelähmt, sieht wahrscheinlich komisch aus, achten Sie nicht drauf.«

Özdemir sprach halblaut mit sich selbst auf türkisch, Tegeler trat dicht neben ihn.

»Ich hab gehört«, sagte Özdemir, »es ist vielleicht nicht Aische. Könnte sein, ist möglich, sehr sogar.«

Rohleff las nur noch Schmerz in den Augen des türkischen Vaters und war mehr als zuvor davon überzeugt, daß es sich doch um Aische handelte. So schaute nur ein persönlich Betroffener, der um sein Kind litt und nicht nur um die Gewaltsamkeit des Todes. Ihn trafen auch die Umstände, wie sie sich auf dem Foto darstellten, und das alles wollte er nicht wahrhaben – eine sehr verständliche Reaktion. Rohleff mußte sich ermahnen, sich nicht vom Schmerz des anderen vereinnahmen zu lassen.

»Können Sie sich einen Grund denken«, er fragte Tegeler, nicht Özdemir, »warum Frau Özdemir die Tote als ihre Tochter identifiziert hat? Ohne den kleinsten Zweifel?«

Tegeler nahm das Foto an sich und streckte es Rohleff hin. »Überhaupt nicht. Die Sache ist mir schleierhaft. Ganz und gar. Ich werde noch einmal mit Frau Özdemir sprechen.«

»Werden Sie nicht«, sagte Rohleff ruhig, »sondern Kommissarin Gärtner wird das übernehmen. Aber ich habe nichts dagegen, wenn Sie dabei sind.«

Er winkte Groß. »Harry, wir fahren. Patrick, setz dich sofort mit Lilli in Verbindung wegen der Befragung.«

Özdemir trat ihm wieder in den Weg. »Wo ist meine Tochter?«

»Das wissen wir nicht. Es könnte aber nicht schaden, wenn Sie überlegten, wer Ihrer Familie oder besser noch Ihrer Tochter übelwill oder -wollte.«

»Hier in Deutschland? Viele, viele tausend, Herr Kommissar«, schrie Özdemir auf dem Flur.

Der Hintereingang zum Theater war abgeschlossen, Groß gab sich gelassen. »Hab dir doch gleich gesagt, heute ist hier nichts los.«

»Aber du hast dich doch mit einem vom Theater verabredet?«

»Der kommt, dauert vielleicht noch ein bißchen.«

Rohleff gab sich ungehemmt genervt. Es war schwierig gewesen, mit dem Auto überhaupt bis in die Nähe des Theaters vorzudringen, in Münster tobte der Karneval, und der hatte Vorrang vor dem Autoverkehr, zumindest in der Innenstadt. Mehrfach hatten sie ihre Dienstausweise zücken müssen, einige Male wurden sie trotzdem vor Straßensperren zurückgewiesen, bis sie endlich jemand durchwinkte, da hatten sie Münster auf Nebenstraßen im Zickzackkurs bereits halb umrundet. Immer ungnädiger ruhten Rohleffs Blicke auf Pulks von bierseligen oder nur fröhlichen Pappnasen, die sich schunkelnd quer über die Straßen schoben. Von weitem war das Helaugegröle zu hören, das dem Nahen des Karnevalszugs vorausging. Als sich ein Trupp Jugendlicher in Rempellaune an ihnen vorbeidrängte und sie dabei mit Konfetti bewarf, hatte Rohleffs schlechte Laune einen kleinen Höhepunkt erreicht.

»Ruf deinen Kumpel an. Für wann hast du dich mit ihm verabredet?« Im Zahn begann wieder der Schmerz zu ticken, obwohl sich noch immer nicht alle Gesichtsmuskeln steuern ließen und die häßliche Verzerrrung beim Sprechen anhielt. »Wie der Glöckner von Notre-Dame«, teilte er Groß mit.

»Was?« Groß mußte recht laut werden, um gegen den Krach anzuschreien, der von der nahen Kreuzung herüberbrandete.

»Ich komm mir vor wie Quasimodo, der Glöckner von Notre-Dame.«

Groß musterte ihn. »Spart dir heute die Maske. Er hat gesagt, er ist gegen Mittag da. Jetzt ist es zwölf Uhr durch«, fügte er nach einem Blick auf die Uhr hinzu.

»Das ist aber weit gefaßt, mittags«, nörgelte Rohleff. »Das kann zwölf Uhr sein, aber auch halb zwei. Ruf noch mal an.«

»Wozu, der kommt schon.«

Rohleff hatte damit begonnen, unruhig auf und ab zu gehen, gelegentlich faßte er sich an die Wange, schließlich strebte er auf die Kreuzung zu und winkte Groß, ihm zu folgen.

»Wir warten hier nicht eine Stunde oder länger. Du rufst an, und wir setzen uns, bis der Kerl kommt, in eine Kneipe.«

Knapp bevor der erste Karnevalswagen, von kostümierten Narren umgeben, heranschwankte, überquerten sie die Kreuzung, vorbei an zwei heftig gestikulierenden Ordnungshütern, die sie aufhalten wollten. Eine Tröte bellte Rohleff schmerzhaft ins Ohr, als sie die andere Straßenseite erreichten.

In der Kneipe drängelten sich mehr Menschen als am Vortag, hochrote und grell geschminkte Gesichter wandten sich ihnen auf dem mühseligen Weg zur Theke zu. Einige fluchten.

Rohleff hielt sich an der Kante fest, sobald er den Tresen erreicht hatte. Mit Groß neben sich wurde es so eng wie in der sprichwörtlichen Sardinendose.

»Jetzt kannst du anrufen«, sagte Rohleff und bestellte ungefragt Mineralwasser für sie beide.

»Zu laut.« Groß schrie beinahe.

Mit dem Glas in der Hand drehte sich Rohleff, bis er die Holzkante im Rücken spürte. Direkt vor ihm schafften es einige Leute, aneinandergeklammert zu tanzen.

»Verstehst du, warum die Özdemir so fest behauptet hat, daß das ihre Tochter ist?«

Groß rückte so dicht an ihn heran, daß die Nähe ungemütlich wurde. »Die regeln ihre Angelegenheiten lieber unter sich, ist doch klar. Die Kleine ist vielleicht abgehauen.«

Rohleff versuchte, etwas abzurücken, als sich unversehens ein Mädchen aus einem Knäuel von Tanzenden löste und auf Groß und Rohleff zuwirbelte.

»Wie wär's, wenn du mal wieder tanzen würdest? Nimm doch die hier, die ist grad frei«, sagte Rohleff.

»Die hat 'ne Nase wie'n Sektkorken, ganz ohne karnevalistische Umkleidung. So'n richtigen Knubbel vorne.« Groß faßte sich mit gekrümmten Fingern an die Nase, um zu demonstrieren, was er meinte.

Rohleff empfand die Bemerkung als unangemessen, vor allem von einem dicken Kerl wie Groß. Das Mädchen trug etwas sehr Enges und Ausgeschnittenes, das die Brüste hochquetschte und sehr freizügig darbot, allerdings erschwerte eine Art Stachelkranz den direkten Zugriff. Ohnehin wirkte das Kleid aus einem Stoff, der metallisch schimmernd an Weißblech erinnerte, wie eine Panzerung. Dicke, rechteckig geführte Nähte verstärkten den Eindruck.

»Hast du was über meine Nase gesagt?« erkundigte sich das Mädchen, während es mit einem erhobenen Finger ein Bier bestellte. Seine Haare strebten spiralig gedreht und grün gefärbt vom Kopf ab, wahrscheinlich lag es an der Frisur und dem Metallkostüm, daß Rohleff sie erst auf den zweiten Blick erkannte. Es war das am Vortag auf kindlich zurechtgemachte Mädchen mit den roten Schleifen.

»Wieder eine Beerdigung?« fragte sie und nickte zu Groß hinüber. »Beziehst du die Karottenköpfe im Doppelpack? Der andere gefiel mir besser, war aber auch ein Trauerkloß.«

Rohleff beobachtete amüsiert, daß Groß abrückte, um den minimalen Abstand zu dem Mädchen zu vergrößern, während er mürrisch an ihm vorbeisah, vielleicht zog er auch nur den Bauch ein.

»Wir führen ein Rückzüchtungsprogramm für Neandertaler durch, die beiden gehören zur ersten Modellserie, stimmungsmäßig machen sie noch nicht viel her.«

»Auf Neandertaler hätt ich jetzt nicht getippt.«

»Kurze Arme, kurze Beine.«

»Und dicke Wampe? Vielleicht läßt er sich strecken.«

»Würd ihn aber wahrscheinlich nicht fröhlicher machen.«

Groß schaute der Kleinen abschätzig ins Gesicht, und dabei fielen Rohleff seine langen, gebogenen Wimpern auf. Wie bei einer Frau, dachte er.

»Ich lach gleich, in einer Stunde etwa«, sagte Groß kühl, »wir Neandertaler haben eine verspätete Reaktion.«

Das Mädchen lachte, in Harrys Gesicht zuckte kein Muskel, auch nicht, als sich ein junger Mann von hinten an das Mädchen heranmachte, ihm die Arme um die Taille legte und es trotz der Blechverpackung an sich preßte. Rohleff hätte das auch ganz gern getan und wie der andere mit einer Hand sehr sachkundig durch die Stachelumrahmung getastet und sich ein bißchen an der Auslage vergriffen. Dagegen stieß sich Groß vom Tresen ab und schob sich wortlos durch das Gewühl zurück zur Tür. Der kann wohl nicht anders, dachte Rohleff.

Diesmal entdeckte er neben dem Theatereingang einen Klingelknopf, den er anhaltend betätigte. Es dauerte kaum zwei Minuten, da wurde ihnen geöffnet.

»Da seid ihr ja endlich«, sagte der Mann, mit dem sie verabredet waren, verdrossen. »Warum kommt ihr so spät, ich hab jetzt eigentlich gar keine Zeit mehr, wir haben Probe. Am besten stellt ihr mir zwischendurch eure Fragen.«

»Wir dachten, es wäre gar keiner im Theater, die Tür war

nämlich abgeschlossen«, sagte Rohleff und warf Groß einen mahnenden Blick zu, der ihn wohl an seine Behauptungen über den Rosenmontagsbetrieb im Theater erinnern sollte.

»Wir schließen heute nur ab, damit uns die Deppen nicht reinlaufen. Karneval gilt bei uns nicht. Da scheiß ich drauf, auf den ganzen Schmus. Sind doch bekloppt, die Leute, sich einmal im Jahr in Kostüme zu schmeißen und auf lustig zu machen.«

Rohleff musterte den Mann erstaunt.

Groß lachte auf, das heißt, er gab ein mißliches Gemecker von sich, im übrigen erstickte er beinahe an der Wut, die sich unter den lauernden Blicken des Kollegen in der Kneipe gebildet hatte und bei dem plumpen Versuch, dieses Mädchen auf ihn zu hetzen, eine kleine Schlampe, die komisch sein wollte.

Beiläufig, während sie zum Übungssaal gingen, erledigte er die Vorstellung. Herbert Meier mit I, Choreograph, nicht verwandt mit Frau Meyer.

»Wolltet ihr Irene nicht sprechen? Die kennt doch jeden hier, auch die Gastspieler, die sitzt unten bei ihren Kostümen.«

Rohleff kam einer Ablehnung zuvor. »Wollen wir, auch zu Irene, einmal mehr kann nicht schaden.« Groß hatte ihm schon vorher erzählt, daß sich hinter der Bühne alle duzten, die sich mehr als einmal gesehen hatten, da wollte er nicht durch normal steifes Verhalten den Fluß der Verhandlungen stören.

Auf dem Weg zum Übungssaal wappnete sich Groß gegen Fragen und Vermutungen, die er von Rohleff erwartete, und erwog, eventuell einzugreifen und zu steuern, wußte aber noch nicht, wie er das bewerkstelligen sollte, ohne Rohleffs Argwohn zu wecken.

Zu seiner Überraschung glitt Rohleff nach einem Blick auf die Gruppe von Tänzern, die ohne Musik ihre Übungen absolvierten, an der Wand entlang langsam nach unten und setzte sich mit angezogenen Beinen auf den Boden. Mit einer Handbewegung machte er begreiflich, daß er zunächst zuschauen wollte. Den Choreographen schien das Verhalten nicht zu verwundern, oder er schenkte es sich, darüber nachzudenken. Mit einem kurzen scharfen Händeklatschen übernahm er das Kommando über die Truppe.

Groß blieb an der Wand stehen. Er wußte nicht, was Rohleff sah oder zu sehen hoffte. Er hätte ihm erklären können, daß ihn selbst der Tanz faszinierte und vor allem die Tänzer, weil sie es fertigbrachten, die Schranke zwischen Hirn und Körper zu durchbrechen, die die Bewegungen der meisten Menschen wie die von Marionetten wirken ließ, hölzernen Puppen an Fäden. Auch Artisten und Hochleistungssportler verfügten über eine bessere Koordination, aber nur bei Tänzern gehorchte jeder Muskel und jedes Gelenk dem Vorstellungsbild von Bewegung, formte es mit, dachte es mit. Das Bauchhirn, das in einem ständigen Fluß vollständig mit dem Kopfhirn zusammenging. Wahrscheinlich hatte Rohleff noch nie vom Bauchhirn gehört. Er hatte die Hände auf die Knie gelegt und klopfte hölzern den Takt mit, in dem die Tänzer ihre Figuren übten, sein Gesicht zeugte von grenzenloser Konzentration, Selbstvergessenheit. Meier schielte gelegentlich zu ihnen herüber. Erst als die Tänzer eine kleine Verschnaufpause einlegten, kam Rohleff auf die Füße.

»Es ist die Tänzerin«, sagte er, »nicht das türkische Mädchen.«

Rasch zog er ein Foto aus der Tasche, das der Toten am Baum. »Isabel.« Er tippte darauf.

Groß ließ ihn weiterreden.

»Ein türkisches Mädchen, meinetwegen ein x-beliebiges anderes, aber nicht sonderlich tanzerfahrenes Mädchen, könnte nicht in dieser Weise diese Position einnehmen, da steht eine echte Tänzerin, eine Tangotänzerin.«

»Und die hat sich derart an den Baum gestellt, um in Schönheit zu sterben, Berufsethos bis zuletzt?« Groß konnte den Einwurf nicht zurückhalten.

Rohleff schaute ihn verwirrt an und wurde dann wieder eifrig. Sein Fingernagel klopfte auf das Foto. »Aber du stimmst mir doch zu bei dem, was ich gerade gesagt habe? Über den Habitus der Tänzerin. Du bist doch der Experte, deshalb bist du hier.«

»Hast du schon mal von Balanchine gehört?«

»Geh mir nicht mit rhetorischen Fragen auf die Nerven, hat das was mit dem Fall zu tun?«

»Balanchine«, fuhr Groß ungerührt fort, »war einer der bedeutendsten Choreographen des zwanzigsten Jahrhunderts. Er hat es fertiggebracht, durch seine Art des Tanztrainings die Körper der Tänzer umzumodellieren. Die kompakten Muskelmassen an Waden und Schenkeln, diese Pakete, wie sie Sportler entwickeln, hat er gestreckt und gedehnt, bis die Körper nur noch fließende elegante Linien aufwiesen.«

»Sie wurden leicht wie Federn?« Rohleffs Blick streifte Harrys Wampe. Die Tänzer nahmen ihre Übungen wieder auf, Rohleff wies mit dem Kinn auf sie. »Das ist etwas, was ich mir so nicht vorgestellt hab. Daß sie derart trapsen, es sieht wie Schweben und Gleiten aus, und man vergißt, daß auch diese Körper noch ein Gewicht haben, das beim Aufsetzen auf den Boden ein Geräusch erzeugt. Bißchen desillusionierend. Seh ich das richtig, daß du mir mit deiner Ausführung über den Ballettexperten nur bestätigen wolltest, was ich vorhin sagte?«

»Isabel«, wiederholte Groß zuvorkommend und mit einer äußerlichen Ruhe, die der inneren Anspannung nicht entsprach. Rohleff hatte den Fuchs herausgekehrt, und es war damit zu rechnen, daß er die Identitätsfrage noch einmal von Anfang an abspulte und die Rolle, die er, Groß, dabei einnahm. »... die Tänzerin.«

»Nein«, fiel ihm Rohleff lebhaft ins Wort, »die Tangotänzerin. Damit kommen wir auf den Mord. Ist dir klar, daß sie sich nicht selbst in diese Tanzpose geschmissen hat, um darin zu sterben? Das hat einer gemacht, der sie vor allem als Tangotänzerin darstellen wollte, dem das sehr wichtig war.«

»Und der demnach über sehr genaue Kenntnisse verfügte, über den Tanz und über Tänzerinnen.«

Rohleff winkte heftig zu Meier hinüber, der nach ein paar weiteren Kommandos, die die Truppe in Bewegung hielten, herankam. Rohleff zeigte ihm das Foto.

»Isabel?« fragte Meier. »Was wollen Sie mit der, die ist nicht mehr hier, das habe ich Harry doch schon erzählt, als er angerufen hat.«

»Wo ist sie jetzt?«

»Soweit ich weiß, in Berlin.«

»Das wissen Sie genau?«

Meier schaute ein wenig ratlos, aber auch aufgebracht. »Kommen noch mehr so dämliche Fragen? Ich kann nur sagen, was ich gehört habe, ich habe sie nicht zum Zug gebracht.«

»Was haben Sie gehört?«

»Wann hast du zuletzt was von ihr gehört?« präzisierte Groß, er hielt es für nötig einzugreifen, bevor Meier aufbrauste und jegliche Zusammenarbeit verweigerte, was ihm bei der sturen Art Rohleffs nicht zu verdenken war.

»Um was geht es überhaupt? Hat sie was ausgefressen?«

»Die frißt gar nichts mehr, die ist aller Wahrscheinlichkeit nach tot. Deshalb interessiert uns das letzte Lebenszeichen von ihr.«

Meier pfiff laut durch die Zähne, und sofort stand die ganze Truppe stockstill, mitten in der Bewegung erstarrt, als wäre die Zeit angehalten worden. Wie es der Zufall wollte, hoben alle den Arm über den Kopf, ein Bein war leicht angewinkelt, Ausgangsposition für eine rasche Drehung. In der Spiegelfläche hinter ihnen wiederholte sich gespentisch das Bewegungsbild. Lauter Isabels, sie hätte ohne weiteres aus dem Foto heraustreten und sich dazugesellen können, vielleicht hätte ihr Unterkleid ein bißchen albern gewirkt, denn die Tänzer trugen bis zur Taille derb Gestricktes über engen Trikots.

»Mein Gott«, sagte Groß in die Stille, die nicht länger auszuhalten war. Meier klatschte in die Hände, die Tänzer bewegten sich wieder.

Wie eine Truppe von Aufziehpuppen, dachte Rohleff. »Also«, griff er energisch den Faden auf, »können Sie uns sagen, wann Sie die Tänzerin zuletzt gesehen oder von ihr gehört haben?«

Eine Menge Fragen standen jetzt in Meiers Augen. Er mußte sich erst räuspern, bevor er sprechen konnte. »Also, Sie müssen schon entschuldigen, aber mit plötzlichen Todesfällen hab ich's nicht so. Zu dem Foto hätte ich auch noch gern was gewußt.«

Rohleff schaute ziemlich unerbittlich drein.

»Am Donnerstagmorgen ist sie noch hier gewesen und sagte, sie fahre abends mit dem Zug.«

»Nicht am Freitag?« hakte Rohleff ein.

»Ich meine, es war Donnerstag, ja sicher, am Freitag hat Fernando doch mit ihr telefoniert, daran kann ich mich erinnern, das war hier im Übungssaal. Er hat mit seinem Gebrüll die Probe gestört.«

»Sie haben am Telefon gestritten?«

»Nicht nur am Telefon, das war ein Dauerzustand bei denen, eine Temperamentsfrage.«

»Südamerikaner? Latinos mit Feuer im Blut?« fragte Rohleff.

Meier zuckte die Schultern. »Was weiß ich, wo die ursprünglich herkamen. Fernando und Isabel hatten jedenfalls eine Menge Zoff miteinander, Ramon war mehr ein ruhiger Kumpel, dafür aber wehleidig.« Meier schaute sich unruhig nach seiner Tanztruppe um und gab weitere Anweisungen, bevor er fortfuhr. »Mehr kann ich aber wirklich nicht sagen, die waren ja nur eine Woche hier, und es gab auch noch andere Trupps, übrigens bessere als die drei.«

»Meinen Sie, die Zankereien wirkten sich auf ihre Tanzdarbietungen aus?«

Meier lachte.

»Bei Tango«, sagte Groß, »gibt ein bißchen Zoff extra Schwung.«

»Wie zwischen Zuhälter und Hure? Woher wußten Sie, daß Fernando mit Isabel in Berlin telefonierte?« fragte Rohleff.

»Daran kann ich mich nicht mehr erinnern. Wahrscheinlich hat er ihren Namen genannt und Berlin erwähnt, und er schrie wegen Ramon herum, der krank war.«

»Wir brauchen die Adressen von den dreien, Telefonnummern und so weiter«, sagte Groß.

»Und die vollständigen Namen bitte, mit Vornamen allein können wir nichts anfangen«, ergänzte Rohleff.

Meier konnte ihnen nicht weiterhelfen, weil ihn Nachnamen bei Eintagsfliegen wie den dreien nicht interessierten und Adressen Angelegenheit der Verwaltung waren, die auch für die Organisation des Tanzfestivals verantwortlich war. Meier hatte nur die Truppenbetreuung übernommen, die Koordination der Übungsstunden. Nachdem ihm Rohleff etwas widerwillig von der Toten am See erzählt hatte, versprach er aber, die fehlenden Informationen zu beschaffen, da das Büro am Rosenmontag nicht besetzt war.

Sie hätten jetzt gehen können, Rohleff bestand jedoch darauf, noch einmal zum Kostümfundus hinabzusteigen. Vor dem Plakat mit dem Tanzpaar blieb er stehen.

»Das da«, sagte er, »hat mich darauf gebracht, daß die Tote nicht Aische ist.«

Groß lachte so laut auf, daß der Bauch sichtbar wackelte. »Du triffst mit deinem Scharfsinn doch immer ins Ziel.« Es klang nur eine Spur gehässig. »Das da ist Ramon.«

Rohleff begriff nicht. »Nein, Fernando.«

»Fernando ist der Mann. Aber die Partnerin, das ist Ramon.«

Irene Meyer mischte sich ein. »Das hätte ich aber auch nicht gedacht.«

Groß ereiferte sich mehr, als er wollte, er konnte sich aber nicht bremsen, selbst dann nicht, als ihm Rohleffs allzu neugierige, ihn wieder ausforschende Blicke zusetzten.

»Schau dir die Schultern und die Hüften an. Die Beine sind bei einem Mann anders ins Becken geschraubt, das Bewegungsspiel einer Frau kann ein Mann nie hundertprozentig nachahmen, das habe ich dir schon mal erläutert. Die Aussage so eines Bewegungsbildes ist immer eine andere. Darin liegt der Witz.«

Rohleff hatte inzwischen einen richtigen Haß auf den Karneval entwickelt und auf blödsinnige Verwirrspiele. Um etwas Klarheit in seinem Kopf zu erzeugen, bestand er darauf, zur Pathologie zu fahren und sich davon zu überzeugen, daß es sich bei der Toten eindeutig und unmißverständlich um eine Frau handelte. Groß war auf eine Art einverstanden, daß er ihn mitnehmen mußte, obwohl er ihn gern direkt nach Steinfurt zurückgeschickt hätte. Der Kerl schien Dinge über Frauen und Männer zu wissen, die ihn immer unschärfer erscheinen ließen. Er steckte voller Ungereimtheiten, auch in seiner Arbeit, und zwar erst seit kurzem, so daß es ihm vorkam, als bahnte sich eine persönliche Krise an, die er mit Knolle bei ihrem Besuch eventuell unwissentlich angeschoben hatte.

Rohleff sah nur den gebeugten Rücken im weißen Kittel. Als sich die Gestalt aufrichtete, setzte sein Herz, kurz bevor er das blonde Haar bewußt wahrnehmen konnte, für einen Schlag aus. Dr. Overesch wandte sich um und betrachtete die beiden Männer mit einem ironischen Lächeln.

»Da hat mein Kollege doch recht gehabt, daß Ihre Ungeduld Sie auch heute hierhertreibt.«

»Der Lahm…?« setzte Groß an.

»Dr. Lamash, ja, er war den Vormittag über hier, aber jetzt ist er mit seinen Kindern zum Rosenmontagszug gegangen.«

»Freiwillig?« hakte Rohleff ein.

»Er ist ein Vater, der seinen Kindern gern eine Freude macht, auch wenn er den Spaß vielleicht nicht ganz teilt.«

Es klang sehr moralisch, den Ton war Rohleff von Dr. Overesch nicht gewöhnt, er schaute sie daher genauer an und lauschte dem Klang der Stimme nach, dann ging er auf den Ton ein.

»Und damit er seinen Vaterpflichten korrekt nachkommen konnte, halten Sie hier die Stellung?«

»Vor allem, weil wir jederzeit mit Überfällen aus dem

Steinfurter Kommissariat rechnen müssen. Sonntags wie feiertags und nach Dienstschluß sowieso. Dr. Lamash hat mich über den Fall informiert, damit bei Ihnen keinen Moment die Ermittlung stockt, ich kann Ihnen also das Neueste sagen.«

Groß war an eine Bahre herangetreten, auf der ein Körper lag, der eines alten Mannes. Dr. Overesch war Groß mit den Augen gefolgt. »Ihre Leiche wollen Sie aber doch nicht schon wieder sehen?«

»Wenn es sich machen ließe«, sagte Groß geschmeidig, »meinem Chef sind ein paar Zweifel hinsichtlich des Geschlechts gekommen.«

Die Ärztin hatte eine Akte von einem Tisch aufgenommen. »Für gröbere Karnevalsscherze bin ich im Dienst nicht aufgelegt, da müssen Sie auf den Kollegen Lamash warten, der ist geduldiger als ich.« Sie schaute von ihrer Akte auf. »Fest steht, daß die Frau kurz vor ihrem Tod Geschlechtsverkehr hatte.«

»Vergewaltigung?« fragte Rohleff.

Dr. Overesch schüttelte langsam den Kopf und starrte auf die Notizen in ihrer Hand. »Eher das Gegenteil. Muß wirklich eine ganz heiße Nummer gewesen sein. Oral, rektal, sie hat nichts ausgelassen.«

Sie schaute auf, schaute Rohleff an, der sich selbst sehr blöd vorkam, so starr, wie er sich hielt, er tastete wieder nach der Oberlippe, ihm fehlten die Worte.

»Hab ich mich irgendwie unklar ausgedrückt?«

»Nein, gar nicht«, schaltete sich Groß ein, »war sehr deutlich, nur der Kollege ist kürzlich ins Vaterfach übergewechselt, das hat Auswirkungen auf den Sprachgebrauch, auf den ganz sicher.«

Dr. Overesch klang belustigt. »Sagt man das nicht so? Heiße Nummer? Scheint mir menschlicher und netter als mehrfacher Geschlechtsverkehr unter Einbeziehung sämtlicher dafür in Frage kommender Körperöffnungen, auch der etwas ungebräuchlicheren.«

Rohleff fand die Sprache wieder, leider hörte sich seine Stimme spröde an, unangenehm stoffelig. »Also bestimmt keine Gewaltanwendung, kein Zwang? An Hand der Spuren haben Sie etwas durch und durch Einvernehmliches zweifelsfrei festgestellt? Wie lange vor dem Tod war das?«

Dr. Overesch wirkte auf einmal leicht unsicher. »Wir haben keine blauen Flecken gefunden, zumindest keine frischen, wohl schon sehr verblaßte an einem Schienbein und der rechten Hüfte, aber die Frau war ja Tänzerin. Steht hier wenigstens, da sind blaue Flecken nichts Außergewöhnliches. Der Tod muß sehr rasch danach erfolgt sein, wobei man den Zeitpunkt immer noch nicht genau bestimmen kann, wir müssen ja die Tiefkühlung berücksichtigen.«

»Was ist mit der Blutanalyse?«

»Noch kein zufriedenstellendes Ergebnis. Es muß sich um eine sehr unübliche Substanz gehandelt haben.«

»Vielleicht was Aufmunterndes?« Die Frage hatte Groß gestellt, er stand wieder an der Bahre mit dem alten Mann und kehrte den beiden anderen den Rücken zu.

»Was auch immer, aber um selbst mal eine Frage zu stellen, was ist mit der Waffe?« fragte die Ärztin. »Ich habe den Bericht über diese Nägel gelesen.«

»Ja, die Waffe«, sagte Rohleff lahm, er wand sich bei der Erkenntnis, etwas versäumt zu haben.

»Schon gecheckt.« Groß drehte sich um, er sah blaß aus. »Keine herkömmliche Waffe, etwas auf dem kriminalistischen Sektor eher Ungebräuchliches, auch die Stahlstifte. Ich kenne einen Experten in Berlin, mit dem werde ich mich kurzschließen.«

Sie hatten sich schon von Dr. Overesch verabschiedet und standen in der Eingangshalle der Pathologie, als Rohleff aufbrauste. »Verdammt noch mal, ich habe doch gesagt, daß sich einer speziell um die Waffenangelegenheit kümmern sollte. Wer war das?«

»Du«, antwortete Groß höflich.

Rohleff kratzte sich ausgiebig am Kopf, bevor er sich flüchtig über die Wange strich und dann sehr gründlich die Oberlippe betastete. »Die Betäubung ist weg.« Er zog ein paar Grimassen. »Muß mir aufs Hirn geschlagen sein. Wenn ich die ganze Sache schnell mal Revue passieren lasse, drängt sich die Erkenntnis auf, daß die Lösung des Falles in Berlin zu suchen ist.«

Groß verhielt sich ganz still, er wirkte unbeteiligt. Rohleff blickte prüfend in das immer noch blasse Gesicht. »Und du kennst einen Waffenexperten in Berlin? Dem du diese Bolzen zeigen könntest?«

Groß blieb neben dem Auto stehen. Statt einzusteigen, knallte er die bereits geöffnete Tür wieder zu und lief um das Auto herum zur Fahrerseite, auf der sich Rohleff hinter das Steuer geschwungen hatte.

»Ich hab hier in Münster noch was zu besorgen. Ein, zwei Stunden.«

»Was?« fragte Rohleff und trommelte mit den Fingern aufs Lenkrad.

»Geht dich nichts an, ist privat.«

»Na, schön.« Rohleff startete den Motor. »Dann nimmst du wohl den Zug zurück nach Steinfurt. Wenn du am Bahnhof bist, erkundige dich nach Zugverbindungen nach Berlin, und zwar für heute noch, sagen wir in vier oder fünf Stunden, und wenn du Geld dabei hast oder eine Scheckkarte, kauf zwei Fahrkarten. Gegen Quittung.«

»Du vertraust der Bundesbahn?«

Rohleff nickte. »Ich bin ein pflichtbewußter Beamter, und das solltest du auch sein. Komm gleich ins Büro, wenn du zurück bist.«

Die Frau, die Groß die Tür öffnete, wirkte sympathisch. Um die Sechzig, mit wachen, aber freundlich blickenden Augen, nicht teuer, aber mit Sinn für Wirkung, für Farben und Formen gekleidet, registrierte er, und es wunderte ihn nicht, daß sie ihn ebenso unverhohlen musterte, auf eine nette Art, nicht aufdringlich.

»Sie hatten gerade wegen des Zimmers angerufen?« fragte sie. »Für wie lange brauchen Sie es?«

Er müsse da ein Mißverständnis aufklären, er brauche es nicht für sich, aber für einen Freund und Gastkollegen im Institut – Institut klang akademisch bieder und vertrauenerweckend –, der ihn mit einer Vorbesichtigung beauftragt habe.

Ihre Wachsamkeit erhöhte sich nur um eine Spur bei gleichbleibender Freundlichkeit. »Für eine Woche wäre mir zu kurz, das bringt zuviel Unruhe ins Haus, das habe ich gerade erst gehabt.«

»Ach ja?« sagte Groß mit einem kleinen, aufmunternden Heben der Stimme, das er sich genausogut hätte sparen können, die Pensionswirtin – er fragte sich, ob diese Bezeichnung überhaupt für eine derart distinguierte Person angemessen sei – befand sich in einer recht mitteilsamen Laune. Vielleicht waren ihre anderen Gäste auch zu ruhig; graue Mäuse, die ungehört und ungesehen raus- und reinhuschten.

»Jemand vom Theater. Lassen Sie mich vorgehen, es ist im ersten Stock. Sie haben natürlich Glück, daß das Zimmer gerade wieder frei ist.«

Sie stieß die Tür zu einem recht großen Raum auf. Möblierung und Ausstattung folgten einer Vorstellung von »Gemütlichkeit«, die mit zuviel von allem einherging, von Möbeln und Farben bis hin zu geblümten Vorhängen. Nachmittagslicht fiel durch ein großes Fenster, er steuerte direkt darauf zu und warf einen Blick nach draußen, der Blick verhakte sich an einem flachen Garagendach, das unterhalb des Fensters ans Haus stieß. Seitlich sah er in einen Hinterhof mit Mülltonnen und einem einzigen Baum. Nicht weit vom Fenster entfernt, ragten die Endholme einer Leiter über die Dachkante.

»Es gibt bestimmt schönere Ausblicke.« Groß zuckte zusammen, als die Stimme direkt hinter ihm wieder anhob: »Aber dafür ist das Zimmer absolut ruhig, den einzigen Lärm machen die Mieter selbst, hab ich ja grad erlebt. Die Leiter steht ja noch immer da.«

Vertraulich hatte sie ihm eine Hand auf die Schulter gelegt und an ihm vorbeigespäht, recht abrupt trat er einen Schritt zur Seite, die Bewegung war heftig genug gewesen, um eine Spur Verlegenheit aufkommen zu lassen.

Groß sprach hastig darüber hinweg. »Leute vom Theater?«

»Wissen Sie«, sie lachte verhalten, ihn im voraus in die Belustigung einbeziehend, »ich will nicht direkt sagen, unangenehme Leute. Wenn man Theater und Theaterleute hört, hat man gleich eine Vorstellung. Unsolide Menschen, die sich nicht an Regeln halten, flatterhaft, das macht wohl die Kreativität, unordentlich, spontan und temperamentvoll, und öfter eben laut, also eine ganze Reihe von Vorurteilen, und es ist schon komisch, wenn sie sich dann auch noch alle bestätigen.«

»War wohl ziemlich viel Verkehr in der einen Woche?«

»Muß so gewesen sein, ich weiß das nur von den anderen Mietern, ich lauere den Leuten nicht im Flur auf oder horch an Türen. Sehen Sie, es gibt hier nur diese vier Zimmer im ersten Stock, ich habe meine Wohnung im Erdgeschoß, und ich möchte, daß meine Gäste sich bei mir wohlfühlen.«

»Keine Meldepflicht bei Ausgängen und Besuchern?«

»Auch kein Guckloch an meiner Tür. Jedes Zimmer ist sogar mit einer kleinen Küche und einem Grundvorrat an Kaffee und Tee ausgestattet, das macht meine Mieter unabhängiger. Ich hätte sowieso keine Lust, ihnen das Frühstück zu servieren.«

Sie öffnete einen Schrank, in dem sich eine Blockküche verbarg. Groß nahm eine kleine braune Tasse von einem Regal über der Miniaturspüle.

»Echt italienisch«, sagte er versonnen.

Von unten aus dem Flur rief jemand herauf, die Wirtin eilte zur Zimmertür und wandte sich ein paar Augenblicke später an Groß. »Entschuldigen Sie mich? Schauen Sie sich in Muße die Teller an und das Besteck, wenn Sie mögen. Ich warte unten, da ist gerade ein Anruf für mich.«

Groß hatte sich mit der Tasse in der Hand ans Fenster zurückgezogen, das Bett stand genau gegenüber an der Wand. Er fragte sich, wieviel der Mieter rechts und der gegenüber wohl gehört haben könnten an jenem speziellen Tag. Das Licht war annähernd das gleiche gewesen, grau und dämmerig, durch Vorhänge weiter gedämpft, es verschliff die Farben und die Konturen und förderte dafür die Phantasie, das Loslassen, Sich-Einlassen. Auch so ließ sich die Trägheit der Masse überwinden, besser und nachhaltiger sogar als im Tango, der, so gesehen, nur wie ein kleines braves Vorspiel anmutete, bevor die Instinkte richtig in die Anderwelt von Gefühlen und Leidenschaft eintauchten. Kein Tanzrhythmus kam dem beschleunigten Herzrhythmus gleich, und doch war auch dies ein Tanz gewesen, zu dem man selbst die Musik erzeugen konnte. Man konnte sich Gitarren und Geigen denken, Flöten und Oboen, ein ganzes Orchester an Formen, das der menschliche Körper problemlos in sich vereinte, vervielfachte, mit einem andern austauschte, Sinnenlust als Formenlust, etwas anderes als man selbst zu sein. Wichtig dabei war, die Grenzen der eigenen Person so weit als möglich in die der andern hineinzutreiben. Das war der eigentliche Rausch.

Mit einer raschen Bewegung rettete Groß die Tasse, die ihm beinahe aus der Hand gefallen war, als draußen zwei Katzen bei einem Liebesspiel zu kreischen begannen.

»Es ist aber doch klar«, sagte die Wirtin unten an der Treppe, als er etwas benommen herabkam, »daß ich nur an eine Person vermiete?«

»Zwei machen mehr Lärm?«

»Auf Dauer bestimmt. Wenn ich zwei von den Theaterleuten aufgenommen hätte, die Zimmer haben ja alle Doppelbetten, wären meine restlichen Mieter vielleicht ausgezogen. Die andern beiden sind aber in der Nähe untergekommen, habe ich gehört.« Sie stockte einen Augenblick. »Ich hätte das Apartment eigentlich an alle drei vermieten können, so oft, wie die beiden übrigen da waren, zumindest einer der beiden. Wenn sie nicht gerade im Theater zu tun hatten.«

Groß klopfte in der Art zerstreuter Professoren seine Taschen auf der Suche nach einer nicht existierenden Visitenkarte ab und versprach dann lediglich, wegen des Zimmers anzurufen.

Ob es vielleicht nicht sauber genug wäre, fragte sie besorgt. Sie habe alles und jedes, Bett, Schrank, Fußboden und Badewanne, gründlichst säubern lassen, es sei nicht ein Stäubchen von der letzten Belegung zurückgeblieben.

Das sei ihm aufgefallen, sagte Groß müde.

Rohleff steuerte sein Büro in der Hoffnung an, dort ein, zwei Momente in Ruhe nachdenken zu können. Einerseits machte ihm der spontane, aber noch unklare Entschluß, nach Berlin zu reisen, zu schaffen, andererseits Groß. Groß nicht als Ermittler, sondern als Person, die er, wie ihm schien, trotz jahrelanger Bekanntschaft erst jetzt begann wahrzunehmen.

Ihn ärgerte der übereilte Auftrag, die Fahrkarten nach Berlin zu kaufen, weil er damit festschrieb, was für ihn so noch gar nicht feststand und sogar die Frage der Begleitung. Rohleff war keineswegs davon überzeugt, daß er Groß in Berlin dabeihaben wollte. Es kam ihm so vor, als dränge sich der andere ganz behutsam und hinterhältig in Bereiche der Ermittlung, die außerhalb seiner normalen Aufgaben lagen. So betrachtet, könnte es allerdings Sinn machen, ihn gewähren zu lassen, um dabei die neue Sicht auf die Person wie den Ermittler zu erweitern. Rohleff fluchte innerlich über ein Dilemma, das tatsächlich längst gelöst war.

In Chefmanier riß er die Tür zu Knolles Büro auf, als ob er prüfen wollte, ob seine Truppe unermüdlich bei der Arbeit wäre, gelegentlich machte ihm so ein idiotisches Verhalten Spaß, und es verblüffte ihn, daß Knolle tatsächlich an seinem Schreibtisch saß und schrieb, sehr ernst und konzentriert, ganz fleißiger, nüchterner Beamter, ein Eindruck, den er sonst zu vermeiden suchte. Als er aufblickte, ließ er sofort den Stift fallen, fuhr mit dem Drehstuhl zurück und legte die Beine auf den Schreibtisch.

»Hat's Spaß gemacht in Münster beim Karneval?« Er bleckte die Zähne. »Auch dem Dicken?«

Vom Gang her näherte sich ein Mitarbeiter der Spurensicherung, eine aufgeschlagene Mappe in der Hand, in die er starrte, auch er geschäftsmäßig ernst, eine emsige Wühlmaus.

»Du, Patrick …« Er stockte, weil Rohleff den Zutritt in Knolles Raum versperrte und verspätet freigab.

»Nur herein mit den Sachen«, rief Rohleff leutselig, der Mann sah erstaunt von einem zum anderen, Rohleff ergab sich kurzfristig dem Eindruck, als Kind direkt vom Spielen in die Erwachsenenwelt getappt zu sein. Er zog sich einen Stuhl heran und legte wie Knolle die Beine hoch.

»Spuckt's einfach aus«, sagte er gemütlich.

Mit einer raschen Bewegung nahm Knolle den Kugelschreiber vom Tisch und klopfte gegen seine Zähne.

»Ich habe mir Torkelts Aussage noch mal vorgenommen, mir war so, als hätten wir eine Kleinigkeit übersehen.«

Rohleff wartete auf die Fortsetzung, den Blick auf den Kugelschreiber geheftet, er nahm sich vor, diesmal nichts gegen Knolles schlechte Gewohnheit zu sagen, der ohnehin wußte, daß ihm das Geräusch auf die Nerven ging.

»Torkelt sagte aus, daß die Tür zu diesem Fledermauskeller nicht so zugefroren war, wie er erwartet hatte. Das ist an sich schon bemerkenswert. Außerdem, ich hab noch mal nachgefragt, war die Tür nicht abgeschlossen. Abgeschlossen hat er sie, hat er mir heute morgen erzählt, erst gestern.«

»Und normalerweise wird die Tür verschlossen gehalten?«

»Wird sie, sonst könnte so ein Kleinkrimineller auf die Idee verfallen, ein paar Fledermäuse zu klauen.«

»Die seltenen«, half Rohleff weiter, er hatte die Hände über dem Bauch gefaltet und bemühte sich, an Knolle vorbeizusehen. Der Mann von der Spurensicherung seufzte auf.

Knolle wies mit dem Stift auf ihn. »Du bist sofort an der Reihe. Torkelts Kumpel, der, den die Grippe übermannt hat, hat bei seinem letzten Kontrollgang vergessen, die Tür zu verriegeln, weil ihm da schon die Grippe das Hirn vernebelte, und Torkelt hat die Tür unversperrt gelassen, weil er dachte, aus irgendwelchen Gründen müßte das so sein. Er ist ja nur Aushilfswächter ohne Berechtigung zu eigenständigem Denken in Fledermausangelegenheiten.«

Knolle klopfte wieder gegen die Zähne, Rohleff streckte einen Finger aus, deutete damit auf den Stift, holte tief Luft und sagte: »Komm auf den Punkt, ja?«

»Der Punkt ist«, antwortete Knolle grinsend und legte den Stift beiseite, »daß du gleich große Lust hast, dir diesen Keller von innen anzusehen. Und du«, er wandte sich an den Kollegen von der Spurensicherung, »bist gleich dran, wenn wir dort sind.«

Den Hügel, unter dem der ehemalige Eiskeller des Schlosses lag, eine durch und durch künstliche Anlage, hatte Rohleff noch nie bewußt wahrgenommen, so perfekt fügte er sich in seine Umgebung ein, sogar die Tür fiel nicht auf den ersten Blick ins Auge, weil sie zurückgesetzt in einem kleinen offenen Stollen lag. Einige mit Laub zugewehte Stufen führten zu ihr hinab, sorgfältig drapierte, wintergrüne Brombeerranken hingen von oben herab, eine recht nette Tarnung. Sehr vorsichtig hob Knolle die Ranken an.

»Ich habe versprochen, nichts zu verändern«, erklärte er.

Vor der Tür wartete ein Beamter, Langeweile trübte sichtlich seine Laune. Ohne ein Wort wandte er sich der dunklen Metalltür zu und schloß auf. Knolle schaltete eine Taschenlampe ein. Ihr Licht glitt über gemauerte Wände und einen kurzen, etwas ansteigenden Gang.

»Paß auf, wo du hintrittst, es ist gleich hier«, mahnte Knolle und beleuchtete den Grund.

Rohleff hatte unter seinen Schuhen nur etwas Weiches gespürt. Ein Geruch nach verrottendem Laub stieg ihm in die

Nase, vermischt mit etwas Schärferem, das von den Fledermäusen stammen mochte.

»Schau!«

Rohleff ging in die Hocke. Laub bedeckte den Boden und türmte sich an der einen Seite des Ganges zu einer Wehe. Der Laubhaufen war eine Wehe gewesen, bevor jemand etwas darauf abgelegt hatte, eine schwere Last, größer als ein Kartoffelsack oder ein Sack mit Tierfutter. Müssen Fledermäuse im Winter gefüttert werden? fragte er sich unsinnigerweise.

Der Mann von der Spurensicherung hockte sich neben ihn, die aufgeschlagene Akte in der Hand, eine zweite Lampe beleuchtete außer den Unterlagen auch den Boden.

»Körpermaß einssiebzig, ziemlich exakt das der Leiche«, erklärte er.

Rohleff konnte mit einemmal den Körper sehen, hier hatte der Kopf gelegen, dort hatte ein Ellbogen eine Vertiefung hinterlassen, er folgte den Formen im zusammengepreßten Laub bis zu den kleinen Kuhlen der Fersen. Ein leeres Grab oder ein leeres Bett. Hier hatte sie ganz still gelegen, ohne große Geste, ohne Theatralik vor ihrem letzten Auftritt.

»Ich vermute mal, daß sie schon tot gewesen ist«, sagte Knolle leise.

»Woher wissen wir, daß sie hier gelegen hat?«

»Wissen ist vielleicht etwas zuviel gesagt, das wäre verfrüht, im Augenblick sollte uns das als Anhaltspunkt genügen.« Der Kollege mit der Akte legte Rohleff eine Plastiktüte aufs Knie, die ein paar zusammengeringelte lange Haare enthielt. »Die Haarlänge kommt hin, die Farbe auch«, fuhr der Mann fort. »Fehlt noch eine Analyse wegen der Sicherheit.«

»Also ist noch alles ungewiß.«

Knolle beugte sich zu Rohleff hinab und legte ihm nachdrücklich die Hand auf die Schulter. »Setz lieber deine Brille auf. Dann würde dir die kleine Delle da oben auffallen.« Er wies oberhalb der Kuhle vom Kopf auf eine Vertiefung, die aussah, als hätte sich ein Vogel ein Nest gegraben. »Da hat die eine Hand gelegen. Die Frau hat hier bereits genau die gleiche Haltung eingenommen wie am Baum. Ist schon eigenartig.«

Also doch Theatralik, Rohleff ergriff die Tüte mit den Haaren, hielt sie ins Licht und erhob sich dabei. »Wenn wir jetzt noch wüßten, wann und wie lange sie hier gelegen hat, kämen wir weiter.«

»Haben wir schon geklärt«, sagte Knolle, »Torkelt hat, als er Samstag morgen hereinsah, natürlich keine Leiche gesehen, weil die schon am See stand, auf den Laubhaufen hat er nicht weiter geachtet. Er wollte bloß schnell wieder nach Hause.«

»Das heißt, die Frau ist am Freitag erst hier abgelegt worden, die Stelle war dem Täter aber aus unbekannten Gründen zu unauffällig, daher hat er sie an den See geschleppt.«

»Abgelegt worden ist die Tote mutmaßlich am Donnerstag«, sagte der Mann von der Spurensicherung und ging wieder in die Knie. »Dies Laubbett besteht nicht nur aus Laub sondern auch aus etwas Moos und Erde, und darauf lag der Körper längere Zeit, mindestens vierundzwanzig Stunden, sonst hätte sich das Material nicht so verfestigen können.«

»Also am Donnerstag.«

»Und damit kommt Aische Özdemir nicht mehr in Frage, die ist nämlich am Freitag noch putzmunter von der Schule heimgekehrt und erst am Nachmittag verschwunden.«

»Dann möchte ich wissen, mit wem Fernando am Freitag telefoniert hat, wenn es nicht Isabel war.«

»Und die Meyer muß an Halluzinationen gelitten haben, denn der hat Isabel am Freitag noch Pralinen geschenkt.«

»Hat sie nicht, die Meyer hat sich vertan, die Pralinenspende hat am Donnerstag stattgefunden. Gegen Mittag.«

»Dann kriegen wir die Sache doch zeitmäßig ganz gut auf die Reihe und dürften Aische endgültig abhaken.«

»Stimmt. Zu einer braven Oberstufenschülerin hätte eine Sexorgie auch schlecht gepaßt. Der Vater und Belgin sagten ja, sie hätte keinen Freund.«

»Sexorgie?« hakte Knolle ein.

Groß betrat das Büro, als sich Rohleff und Knolle gerade in den Haaren lagen. Lilli Gärtner hielt sich noch aus den Streitigkeiten heraus.

»Ich begreif's nicht, ich begreif's wirklich nicht.« Knolle gefiel sich in einem milden Tobsuchtsanfall und schlug mit der geballten Faust in die geöffnete Hand.

»Du fährst nicht mit nach Berlin, weil du nichts von Balanchine verstehst.« Rohleff nahm den gerade Eintretenden ins Visier. »Hast du die Fahrkarten?«

Groß zog zwei schmale Umschläge aus der Tasche und wedelte damit in der Luft.

»Balanchine«, legte Rohleff nach, »war ein bedeutender Choreograph, der sich mit Körperästhetik befaßt hat.«

»Du willst mir weismachen«, fauchte Knolle, »daß Harry mitkommen soll, weil er außer von Tango auch noch was von Ballettgehopse versteht? So ein Schwachsinn. Ein Schmarrn ist das. Als ob es bei diesem Fall um ein bißchen Hinternwackeln geht.«

»Moment mal«, Groß hob mit autoritärer Geste die Hand, »bleib du bei deinen Kastratengesängen, das liegt dir. Und bevor du noch mehr Abfälliges über das Ballett und die Tanzkunst äußerst, laß dir gesagt sein, daß Ludwig XIV., der weiß

Gott kein Grüßaugust wie die gekrönten Häupter von heute war, auch Ballett getanzt hat. Sehr gut sogar.«

»Laß die Vorlesungen, Harry«, fiel Lilli scharf ein, »Ludwig hin oder her, ich kann da keine Zusammenhänge erkennen.«

»Darf ich auch was sagen?« fragte Rohleff bescheiden und wartete, bis die anderen still waren. »Erst einmal, das war gerade hervorragend, Patrick, du hast uns einen wichtigen Schritt vorwärtsgebracht, und schon deshalb hättest du die Berlinreise verdient.« Rohleff schaute aber nicht Knolle an, sondern an ihm vorbei zum Fenster, weil ihm ein bestimmtes Bild vor Augen stand, das einer rundlichen, untersetzten Gestalt, die sich vom Bagnosee geradeaus in Richtung Wald entfernte und nicht nach rechts zum Parkplatz. »Alles deutet bisher darauf hin, daß wir uns im Theatermilieu umtun müssen, vor allem bei den Partnern von Isabel, und dafür ist Harry der Geeignetere, es genügt nicht, daß du einen Abend in einem Theaterfrack gesteckt hast.«

Die weitere Erörterung hatten sie einvernehmlich in ein Speiselokal verlegt, weil den drei Männern der Magen in den Kniekehlen hing, Lilli hatte mittags zu Hause gegessen, aber nichts gegen einen Nachschlag einzuwenden. Knolle bestellte ein Putenschnitzel Hawai und ein Pils dazu.

»Kein Pils zu dem Vogel. Helle Fleischsorten harmonieren am besten mit dunklem Bier, mit Altbier etwa, das ist nicht wie beim Wein«, wandte Groß ein.

Rohleffs Stimme klang angespannt. »Harry, du solltest ...«

»Ach, laß ihn doch«, fiel Lilli ein, »was würdest du mir denn zum Lammragout empfehlen?«

Groß musterte abschätzend, fast schon beleidigend Lillis kompakten kräftigen Körper. »Mineralwasser paßt immer.«

Lilli beugte sich über den Tisch. »Dazu könnte ich dir auch raten.«

Groß fuhr sich mit der flachen Hand über Brust und Bauch. »Würd aber auf Dauer meine Linie verderben. Hab lange genug daran gearbeitet. – Die gebackene Forelle für mich und ein Weizenbier«, trug er dem Kellner auf.

»Eh ich's vergesse«, warf Rohleff ein, als der Kellner den Tisch verlassen hatte, »wenn du in Berlin penetrant auf fein machen willst, bleibst du hier, Harry.«

»Aber im Theater«, antwortete Groß gelassen und entfaltete die Serviette, »hast du es mit Kultur zu tun.«

Lilli hatte mit Tegeler die Özdemirs aufgesucht. Im Licht der neuesten Erkenntnisse erschien es noch unglaublicher, daß Frau Özdemir hartnäckig bei ihrer Aussage blieb, die Tote wäre ihre Tochter. Lilli berichtete von ihren Zweifeln, die ihr bei diesem Steingesicht gekommen waren, ohne daß sie von dem letzten Befund aus der Pathologie etwas wußte. Intuition einer Mutter, die eine andere beim Lügen für ihr Kind beobachtete, rätselhaft war, wofür das gut sein sollte.

»Haben wir eine Vermißtenmeldung von Özdemir?« fragte Rohleff.

»Haben wir, deshalb können wir auch der Sache offiziell nachgehen, ich mach das, während ihr in Berlin seid, ich will wissen, was aus dem Mädchen geworden ist.« Lilli kramte ein Foto heraus, es zeigte Aisches hübsches Gesicht, das sich vor allem deshalb nicht mit dem von Isabel verwechseln ließ, weil es von einem Kopftuch umrahmt wurde.

»Und der Vater?«

»Ist außer sich, der versteht sowenig wie wir. Sagt er jedenfalls.«

»Und Tegeler?«

»Nimmt die klassische Position zwischen zwei Stühlen ein. Er ist sich mittlerweile sicher, daß etwas hinterm Busch gehalten wird, rät aber davon ab, den Leuten hart auf die Zehen zu treten. Er hat aber gesagt, daß es nützlich sein könnte, sich einmal unter den Klassenkameradinnen umzuhören. Aische mag keinen Freund haben, aber eine Freundin allemal.«

»In der Klasse?« fragte Rohleff und starrte zweifelnd auf das Foto.

»Wieso nicht? Weil sie Türkin ist? Also, den Kindern ist so etwas egal, nur wir haben die Probleme.«

Rohleff wühlte in den Schubläden einer Kommode, Sabine hatte sich aufs Bett gesetzt und sah ihm dabei zu.

»Kannst du mir erklären, warum du ausgerechnet Harry nach Berlin mitnimmst und nicht Patrick? Dem muß das doch stinken.«

»Ich mußte ihm lang und breit auseinandersetzen, daß ich seine Spürnase hier brauche.« Rohleff schenkte es sich, zu erwähnen, daß ihm das verspätet, gegen Ende des Essens, eingefallen war, als sich der Tanzheini noch nicht, wie abgemacht, gemeldet hatte, dabei hätte er mit derartigen Unzuverlässigkeiten bei einem vom halbseidenen Theatervolk rechnen müssen. »Patrick wird morgen in Münster nachfassen, eine Kartei werden die bei der Thearterverwaltung ja wohl führen, ganz ohne Schriftkram kommen die nicht aus. Er soll uns die Adressen der Tangotruppe durchgeben, sich aber auch die anderen Teilnehmer des Tanztreffens vornehmen und überhaupt alle, mit denen Isabel, Fernando und Ramon in Kontakt getreten sind. Möglicherweise darf er deshalb sogar auf Staatskosten verreisen, die anderen Tanztrupps sind ja auch nicht mehr da. Ich hatte doch ein paar hellgraue Socken, wo sind die?«

»Bist du noch ganz gescheit? Ihr fahrt auf nichts als blauen Dunst nach Berlin? Sag mir nicht, du wirst mit Harry die gesamte Theaterszene von Berlin durchleuchten auf der Suche nach den Tangotänzern. Und überhaupt Harry, der doch sonst so ungern sein Labor verläßt, hast du nicht neuerdings was gegen den?«

Rohleff hielt anklagend eine graue Socke hoch. »Wo ist die andere?«

»Vermutlich in der Wäsche. Ich hab dir schon tausendmal gesagt, du mußt die dreckigen Socken ineinanderstecken, bevor du sie in die Wäsche gibst.«

»Und ich hab dir gesagt, die werden nicht sauber, wenn du sie so wäschst.«

Sabines Augen funkelten. »Belehre du mich übers Wäschewaschen. Ich nehm sie natürlich auseinander, bevor ich sie in die Maschine stopfe. So weiß ich nämlich, daß beide mitgewaschen werden und nicht nur einer.«

Er machte Streitlust in ihren Augen aus, er hatte sich schon gewundert, daß sie auf die Ankündigung der Berlinreise so ruhig geblieben war, normalerweise wäre ein Aufschrei fällig gewesen, daß er sie mit dem Kind und dem Hund ohne vorherige Absprache allein ließe, und ein Vortrag über partnerschaftliches Verhalten wäre noch gefolgt, statt dessen stritten sie über Socken.

»Und Harry, was hast du gegen den?«

Er ließ sich mit der Socke auf einen Stuhl sinken. »Mit dem stimmt was nicht.«

»Homos sind ganz normale Menschen, das dürftest du inzwischen begriffen haben, abgesehen davon, daß ich Harry den Homo nicht so recht glaube.«

»Du müßtest mal die Kühlschrankatmosphäre seines Wohnzimmers auf dich wirken lassen, der ist doch in mehr als einer Hinsicht nicht richtig beieinander. Ich habe übrigens Patrick gebeten, daß er auf dich und Thomas ein Auge hält.«

»Von mir aus könnte Patrick auch zwei Augen auf mich werfen, wenn du schon nicht da bist.«

»Wäre es dir noch lieber, wenn's Harry täte?«

»In der Kommode müßten dunkelblaue Socken sein, zwei Paar, habe ich gestern eingeräumt. Wo schlaft ihr in Berlin?«

Rohleff schlug sich mit der flachen Hand an die Stirn. »Ich wußte doch, daß da noch was zu erledigen war. Wo ist der Hotelführer hingekommen?«

Sabine stand auf. »Laß nur, ich erledige das für euch. Wenn du jetzt nicht fertigpackst, versäumt ihr euren Zug.«

Rohleffs Diensthandy meldete sich. Als Sabine zurückkehrte, hielt er es noch in der Hand.

»Der Ballettmensch vom Theater hat angerufen. Er hat den ganzen Tag versucht, jemanden aus der Verwaltung zu erreichen, dann fiel ihm ein, in seinem Notizbuch nachzusehen, und da stand tatsächlich die Rufnummer von diesem Fernando drin. Ich hab grad versucht, uns bei ihm anzukündigen, er ist aber nicht da.«

»Also seid ihr auch nicht weiter.«

»Doch. Offensichtlich haust er in einer Wohngemeinschaft, und ich konnte mit einem seiner Mitbewohner sprechen. Ich habe jetzt die Adresse. Was ist mit dem Hotel?«

»Kein Hotel, ich hab was Besseres für euch arrangiert, und nun mach aber zu und komm zum Abendessen runter, ich glaube nicht, daß ihr in Berlin auf die Schnelle noch ein Lokal mit offener Küche findet. Vor zwölf Uhr seid ihr nicht da.«

Bei der hastigen Mahlzeit in der Küche – er nahm nur Sabine zuliebe etwas zu sich, denn das Essen im Restaurant sättigte ihn noch – geriet ihm ein Korn, hart wie ein Sandkorn, aus dem Brot zwischen die Zähne, diesmal biß er vorsichtiger zu, es knirschte trotzdem. Mit der Zunge befühlte er danach den reparierten Zahn. Sabine musterte ihn über den Tisch hinweg. »Tut es wieder weh?«

»Eigentlich nicht. Dabei fällt mir etwas Komisches von heute morgen ein. Özdemir, der Vater des vermißten türkischen Mädchens, hatte sich lauthals über die schleppende Ermittlung beschwert, drehte richtig aggressiv auf, und auf einmal gab er sich sehr freundlich, weil er mitbekam, daß ich von der Zahnbehandlung so mitgenommen war.«

»Und weiter?«

»Das Komische war, daß ich ihm meinen Zahn gezeigt habe, und er hat ihn genau betrachtet und mir einen Ratschlag erteilt, als würd's ihn wirklich interessieren. Hinterher fand ich das alles sehr bizarr. Warum hab ich dem meinen Zahn gezeigt, und warum hat er den beguckt, nicht etwa hämisch, sondern mitfühlend, als wären wir die dicksten Freunde?«

»Soll ich dir etwas Tiefsinnig-Philosophisches vom allgemeinen menschlichen Mitleiden darauf erwidern, von so einer Art globaler urtümlicher Seelenverwandtschaft, oder nur rassistisch auf die primitiveren und distanzloseren Umgangsformen nahöstlicher Völker eingehen?«

»Haben wir Nelken im Haus?«

Als letztes hatte er den Hund ermahnt, schön brav auf Sabine und das Baby aufzupassen, da hatte er sich schon von Thomas verabschiedet.

Obwohl der Kleine schlief, nahm er ihn aus dem Gitterbett, legte sich sein Köpfchen an die Schulter. Er konnte das leise Atmen hören und schloß die Augen dabei, damit sich das Gefühl besser einprägte, diesen noch recht hilflosen kleinen Körper im Arm zu halten, ein Seelchen, auf ihn angewiesen, auf Fürsorge, Liebe und sehr viel Verständnis und Mitgefühl. Özdemirs spontane Anteilnahme hatte ihm gutgetan, ihn getröstet, wie er sich erinnerte, mit seiner schlaffen Backe war er sich den anderen gegenüber weniger ausgesetzt vorgekommen. Er küßte den Kleinen behutsam auf die Wange, bevor er ihn zurücklegte und sehr sorgfältig und umständlich zudeckte.

## 24. Februar, Dienstag

0.05 Uhr

In einer Viertelstunde sollte der Zug am Bahnhof Zoo in Berlin einfahren. Groß spähte in die Dunkelheit jenseits der Scheibe. Es war ihm doch recht gewesen, mit dem Zug zu fahren statt mit dem Auto, das hatte eine Menge Unterhaltung mit Rohleff erspart, wichtigere, intimere, die sich durch die Mitreisenden verbat, nur ab und zu waren sie eine Strecke allein im Abteil gewesen. In Münster stiegen in letzter Minute zwei Frauen und ein Kleinkind zu, wohl Mutter, Tochter und Enkelkind, alle drei hochblond und blauäugig, die herben Gesichtszüge der ältesten ließen auf keinen allzu angenehmen Charakter schließen, was sich nur zu bald bestätigte, denn die junge Mutter hatte gegenüber der kleinen, quengeligen Tochter nichts zu melden. Was es zu regeln gab, regelte die Großmutter. Die Stimmen der beiden Frauen klangen überdreht, von zu vielen Kämpfen gezeichnet.

Groß bemerkte, daß Rohleff von der älteren Frau auf seiner Seite abrückte und zum Fenster hinausstarrte, und das tat auch er. Die drei stiegen in Osnabrück wieder aus, Stille senkte sich sehr wohltuend über das Abteil. Groß lauschte aufatmend dem typischen Geratter von Rädern auf Schienen, das bald schon in einen Takt überging und in Erinnerungen.

Er hatte nur kurz ins Theater springen wollen, zwischen zwei Besorgungen, die mit dem Job zu tun hatten, er redete sich ein, daß es wegen der Karnevalsfräcke sei und nicht wegen der Ankündigung des Tanzfestivals, die er am Morgen in der Zeitung gelesen hatte. Indem er aufklingender Musik nachging, landete er aber fast sofort im Saal der kleinen Bühne. Im sogenannten »Kleinen Haus« des Stadttheaters fanden eher Tanzveranstaltungen statt als im Großen, wo die Zuschauer durch den Orchestergraben von der Bühne getrennt wurden. Im »Kleinen Haus« verwischten sich mitunter die Grenzen zwischen Akteuren und Zuschauern, letztere befanden sich dichter am Geschehen, was auch Auswirkungen auf die Atmosphäre der Veranstaltungen hatte, der Funke sprang leichter über.

Die Musik setzte aus, bevor er sich, den Kopf neugierig zur Bühne gewandt, mit der Hand über die Lehnen der ersten Stuhlreihe tastend, bis zu einem Platz in der Mitte vorgearbeitet hatte und sich in den Sitz fallen ließ. Enttäuschung überkam ihn, das Gefühl, etwas verpaßt zu haben.

Die Leute standen auf der Bühne in Gruppen zusammen, sie diskutierten, erregten sich, mitunter recht gestenreich. Ein scharfes Klacken lenkte seine Aufmerksamkeit ab. Ein Staccato, von Schuhen mit plumpen, aber hohen Absätzen auf die Dielen getreten, Doppelklatschen, Kastagnetten, ein Rocksaum, ein flatternder Volant, der schmale Knie umspielte, schlanke Waden berührte. Wild, beinahe wütend wurde eine Gitarre geschlagen, von Fernando, wie Groß dann später feststellte. Ringsum gingen die Auseinandersetzungen weiter, die beiden in der Mitte leisteten sich ein privates Intermezzo.

Groß war von Anfang an dabei, spielte den fehlenden Flamencopartner. Mühelos dachte er sich in eine taillenkurze enge Jacke, lange Hosen, die eine breite Schärpe hielt. Seine Füße in den typischen Schuhen stampften den Boden, ließen ihn schwingen, daß das Echo der Schritte zurück bis unter die Schädeldecke fuhr. Er zog Kreise, Achten und Spiralen um die Tänzerin, deren Körper aus lauter glatten, gespannten Bogenlinien bestand, Balanchinelinien. Muskeln als reine Energie, aber eine kraftvolle, heftige, die ihn, den anderen, den Gegner in diesem Tanzduell, zu bezwingen suchte. Eine Tänzerin von raubkatzenhafter Anmut und Eleganz, die ihn auf Distanz hielt, aber mit den Blicken anzog. Blicke von animalischer Gier, unverhülltem Begehren, das nach ihm schlug. Sich von diesen Carmenaugen gefangennehmen zu lassen hieß, sich auf alles einzulassen, es in Gedanken und Gefühlen zu vollziehen, während das Umkreisen weiterging.

Diesen Nacken umfassen, einen auch in der Raserei nicht nachgiebigen, Zähne spüren, die sich voller Haßliebe ins Fleisch gruben. Beinahe überkam ihn Panik bei dieser Wildheit, die nur noch der Zwang des Taktes, des Rhythmus in Schach hielt und gleichzeitig weiter anfachte. Zwischendurch hatte er hin und wieder den Blick des Gitarristen gespürt, der ihn unwirsch musterte, als Eindringling.

Kaum hatte der Tanz geendet, da griff sich die Tänzerin ins Haar, mitten hinein in die glatte Fülle, die in einem Nackenknoten zusammenlief, und riß sie sich vom Kopf. Es war Ramon.

Und dann trat Isabel auf und jagte ihm Nägel unter die Haut. Isabel im Tango.

Als er schon halb irre geworden war durch die neue Existenz, in die sein Leben trieb, hörte er Fernandos kalte Stimme von der Bühne schallen. »Wer ist der zappelnde Dicke in der ersten Reihe?«

Das Bild vor seinen Augen gerann zu einer Dunkelheit, in der ein paar Lichter vorbeischwammen, Fernandos Stimme klang in der Wiederholung tiefer, es dauerte, bis sich die Worte neu zusammensetzten.

»Wer ist dein spezieller Waffenkundler in Berlin?«

Rohleff betrachtete das Gesicht des Mannes vor ihm und wunderte sich über die grundlegende Veränderung des Ausdrucks. Wie eine zugeschnappte Auster, dachte er belustigt, aber auch beunruhigt, gerade eben noch hatte dieses Gesicht ein Gefühlsleben verraten, das er von seinem Kollegen Groß nicht gewohnt war, von dem jovialen Kerl, den nichts so leicht erschüttern konnte, der mit seinem Mundwerk beinahe immer die Oberhand behielt.

Groß fuhr sich mit beiden Händen über das Gesicht und rieb sich ausgiebig die Augen, Rohleff verstand diese Gesten als Zeitgewinnen, als Zurechtrücken der bürgerlichen Alltagsmaske. Jetzt gähnte Groß ungeniert.

»Wahrscheinlich haben die Neandertaler im Februar zu dieser Uhrzeit in ihren Höhlen längst fest geschlafen.«

Groß kniff die Augen zusammen. »Wie war das noch heute morgen? Etwas kurz geratene Leute, ziemlich schwerfällig, aber stark? Leitest du deine Kenntnisse von Neandertalern nur von deinen Mitarbeitern ab, oder schürfst du noch aus anderen ergiebigen Quellen?«

»Beim Zahnarzt«, Rohleff tippte kurz an die Oberlippe, »hab ich einen Artikel im Wartezimmer gefunden, bin direkt darauf gestoßen. Schon der Mann vor mir schien sich damit befaßt zu haben. Anscheinend bist du nicht der einzige, der sich in die alten Zeiten zurücksehnt, als noch klar war, wer zu uns gehört und wer nicht.«

»Und dieser Gedanke treibt dich jetzt auch um?«

»Könnte schon sein. Warst du nicht heute morgen dabei? Ich habe Özdemir meinen kranken Zahn gezeigt wie ein Kind der Mutter das aufgeschlagene Knie.«

»Und da hat er dir mütterlich die Backe gestreichelt?«

»So in etwa. Aber warum habe ich dem den Zahn gezeigt? Weil er dazugehört, zu uns? Und warum hab ich mich über mich und über ihn gewundert? Weil er nicht dazugehört?«

»Ecce homo.«

»Was?«

»Johannes 19, Vers 5, ›ecce homo‹ oder ›seht, welch ein Mensch‹, sagte Pilatus, als er den Juden den gegeißelten Jesus vorführte, einen leidenden Menschen, den leidenden Menschen schlechthin. Im Krankenhaus entblößen sich die Leute ungeniert und zeigen einander ihre OP-Narben. Der gleiche, atavistische Zug des homo sapiens, der in bestimmten Momenten immer wieder durchkommt. Da tun sich die Grenzen der Zivilisation auf.«

»Die Neandertaler haben sich wahrscheinlich gegenseitig die Wunden geleckt.«

»Die hatten noch intakte Instinkte.«

»Und Sinn für Schönheit, die haben schon Schmuck angefertigt. Du hast es doch auch mit der Schönheit und der Linie. Balanchinelinien bei Körpern. Sind nun die von Männern perfekter oder die von Frauen?«

Groß lächelte süffisant, legte die Fingerspitzen aneinander und rückte sich im Sitz zurecht. Rohleff nahm eine leichte Bewegung in der Hüftgegend wahr und kam nicht gleich darauf, was er sich dabei denken sollte. Harrys Stimme klang wenigstens zwei bis drei Töne höher als sonst, er flötete direkt.

»Schon Michelangelo hat gewußt, daß der männliche Körper den Kanon für die Schönheit vorgibt.«

Jetzt trägt er zu dick auf, dachte Rohleff.

»Aber ich finde, Frauen sind auch nicht ohne«, fuhr Groß mit normaler Stimme fort. »Nimm doch deine. Wenn die sich bewegt, stimmt alles. Wenn sie gut drauf ist.« Er grinste breit und entspannt.

»Ach ja, Sabine«, sagte Rohleff gedehnt und starrte an die Waggondecke. »Ihr habt das Tangotanzen heimlich geübt, um uns zu überraschen. Ist euch gelungen.«

»War das eine Ermittlungsfrage?« fragte Groß und machte keinerlei Hehl aus seiner Belustigung. Er schlug Rohleff aufs Knie. »Steht dir gut, so ein bißchen Eifersucht. Zeigt, daß du doch noch kein alter Sack bist.«

Der Zug fuhr kreischend in den Bahnhof Lehrte ein. Neue Reisende stiegen zu, zwei junge Männer mit Aktentaschen kamen den Gang herunter, einer riß die Schiebetür auf und wandte sich an den zweiten. »Hier ist was frei.«

Groß nahm wieder Kontakt zu der Dunkelheit draußen auf, zu den vorbeiwirbelnden Lichtern und zu sich selbst.

An jenem Abend hatte er sich die erste Vorstellung angesehen und war danach ganz selbstverständlich geblieben. Als die Lampen im Zuschauerraum beinahe alle verlöscht waren, hatte er sich hinter der Bühne eingefunden. Ziemlich viele der Akteure beendeten den Abend in einer Münsteraner Kneipe und dehnten ihn in die Nacht hinein aus. Groß war unter ihnen, der smarte Fernando fehlte.

Die Tänzer hatten einen Wolfshunger. Groß dagegen glaubte nicht, daß etwas Festeres als Bier die Enge im Hals passieren könnte.

Ramon und Isabel saßen zwar nebeneinander, sprachen aber mit anderen, es war, selbst aus einer gewissen Entfernung, nicht sehr schwer, Frostigkeit zwischen den beiden auszumachen. Auch auf der Bühne hatten sie nicht zusammen getanzt, sondern Fernando hatte bei Isabels Auftritt den Part des Tangotänzers übernommen.

Eine Kneipe später konnte Groß näher an die beiden

heranrücken. Isabel zeigte unter einem pelzgefütterten Mantel, einem schon etwas räudigen Ding, nackte Arme, und Groß hätte liebend gern über diese Arme gestrichen, statt dessen mußte er sich damit begnügen, sich vorzustellen, wie seine Hand mit leichtem Druck über ihre Haut glitte, über sicher seidenglatte, kühle Haut.

Nur einmal nahm Isabel ihn flüchtig wahr. Da fuhr ihr Blick über ihn und zeichnete in einer raschen Bestandsaufnahme Schultern, Brust und Bauch nach. Groß zitterte innerlich, weil er sich bemühte, dem Reflex zu widerstehen, durch heftiges Baucheinziehen seine Konturen für einen Atemzug zu verschlanken.

Eine etwas längere Aufmerksamkeit konnte er für sich verbuchen, als er sich umständlich mit der Weinkarte befaßte und halblaut, aber deutlich in Kennermanier seine Kommentare zu den Angeboten gab. Es war ein bißchen wie in einem Lustspiel. Offiziell befand er sich in Begleitung des Theaterinspizienten, der mit Einzelheiten über Beleuchtungsprobleme langweilte, die sich aus raschen Positionswechseln der Tänzer ergaben. Er sprach zu dem Theatermann, meinte aber Isabel und vielleicht noch Ramon, der über Eck an seiner anderen Seite saß.

»Ich mag auch lieber Rotwein.« Isabel lächelte auffordernd.

Groß beging nicht den Fehler, den teuersten zu bestellen. Ramon legte ihm die Hand auf die Schulter und flüsterte ihm ins Ohr: »In die kannst du hineinspritzen, was du willst, das versickert wie in einem großen schwarzen Loch.«

Nicht so sehr von der Stimme und der unterschwelligen Obszönität, sondern mehr von der Haltung Ramons ging Vertraulichkeit aus, wie ein anhänglicher junger Hund suchte er körperliche Nähe, Groß wußte sofort, woran er mit ihm war.

Isabels Blick vertiefte sich dagegen über das Weinglas hinweg in den eines anderen Tänzers, für alle sichtbar fand eine Absprache statt. Groß schenkte es sich, die Figur des anderen mit seiner zu vergleichen, er wußte, daß seine Aussichten schlecht standen.

Die ganze Nacht lang sagte er sich, daß Isabel ziemlich viel von einer Hure an sich hatte, deshalb paßte der Tango so gut zu ihr, leider kümmerte sich sein Bauchhirn keinen Deut um die moralischen Ansichten des Kopfes, bis zum Morgen lagen die beiden in einem unsinnigen Streit, während sein Körper nur das vielbeschworene Eine wollte.

Draußen flog Potsdam vorbei, danach wurde es nicht mehr dunkel jenseits des Fensters. Rohleff schaute zu seiner Reisetasche in der Gepäckablage hoch, Groß vermutete, daß er zu denen gehörte, die bereits fünf Minuten, bevor der Zug hielt, an der Tür standen, um ja nicht das Aussteigen zu verpassen. Bis der Zug in den Bahnhof Zoo einlief, zankten sie sich wegen der Unterkunft.

Auf dem Bahnsteig standen sie etwas ratlos herum und noch erschöpft von der lautstarken Auseinandersetzung, bei der sie keine Rücksicht auf die Mitreisenden genommen hatten.

»Der Mann spielt auch Saxophon«, hatte Rohleff zuletzt zu beschwichtigen versucht, an die Vorliebe von Groß für schräge und auf jeden Fall rhythmische Töne appellierend.

»Ich geh ins Hotel«, hatte Groß kategorisch geschnauzt und war dann doch Rohleff zur U-Bahn gefolgt.

»Ihr müßt die U2 nehmen, hat mir Detlev gesagt«, hatte Sabine noch einmal wiederholt, als das Taxi bereits vor der Tür stand, mit Groß auf dem Rücksitz. Pure Feigheit hatte Rohleff bewogen, erst recht spät mit der Nachricht herauszurücken, daß Sabine sie bei ihrem Vetter Detlev einquartiert hatte, einem Computerexperten und Hobbysaxophonisten, der am Prenzlauer Berg in einem Altbau wohnte. Rohleff konnte die Frage nicht beantworten, ob es sich um sanierten oder nicht sanierten Altbau handelte. Auch darum war es in dem Streit gegangen, um Etagenklos vor allem, außerdem sprach sich Groß vehement gegen aufgezwungene Familienkontakte aus.

Auf dem U-Bahnsteig stimmte der Fahrkartenautomat noch zusätzlich pessimistisch. Rohleffs letzte Berlinreise lag zehn Jahre zurück, der zeitliche Abstand trübte in wesentlichen Punkten seine Erinnerungen an die Tücken des öffentlichen Berliner Nahverkehrs, und Groß war noch nie in Berlin gewesen. Wie zwei Dorfdeppen stehen wir hier und wissen nicht weiter, dachte Rohleff.

»Kann ick Sie helfen?« fragte eine rauhe Stimme, die zu einer ebenso rauhen Erscheinung gehörte.

Zwischen Fünfzig und Sechzig schätzte Rohleff den Mann, dem ein Vorderzahn fehlte und dessen übrige Zähne auch nicht gerade gesund und vorwiegend tabakbraun aussahen.

Groß rückte zur Seite, während sich Rohleff auf den freundlichen Blick des Mannes einließ. »Ja, wenn Sie uns erklären könnten, wie wir zu zwei Fahrkarten kommen, wir müssen nämlich zum Prenzlauer Berg.«

»Dit kann ick Ihnen sagen. Zunächst mal brauchen Sie vier Mark für 'ne eenfache Fahrt oder acht Mark achtzig, det wär dann 'ne Tageskarte, die gilt vierundzwanzig Stunden. Falls Sie morgen noch wat vorhaben, sparen Se uff jeden Fall. Und hätten Sie vielleicht 'ne Mark übrig für mir?«

Zwei Beamte in Uniform näherten sich, wirkten ausgesprochen amtlich und damit vorsätzlich ungemütlich. Bevor sie ganz heran waren, erhob Groß die Stimme.

»Ist aber schon vorbildlich, diese Hilfsbereitschaft auf U-Bahnhöfen zu nachtschlafener Zeit, da sind wir Ihnen unendlich dankbar.«

»Wissen Sie«, legte Rohleff in gleicher Lautstärke nach, »wir Provinzler sind ja geradezu auf Hilfe angewiesen.«

Die Beamten passierten, ohne anzuhalten, ohne die Miene zu verziehen oder die Drohgebärde, die in ihr lag, zurückzunehmen.

»Willkommen in der charmanten Hauptstadt«, sagte Rohleff leise.

Groß zückte ein Zweimarkstück. »Die sind noch von gestern, die wissen noch nichts vom Dienstleistungsgewerbe der Neuzeit, das sich auf mehr als zwei Spezies einrichten muß, die kennen nur Mit- und Gegenläufer.«

Das Geldstück animierte ihren freundlichen Helfer, sie zum richtigen Bahnsteig zu begleiten und sie in Fahrtrichtung zu stellen. Dafür, daß es auf ein Uhr zuging, herrschte noch ein ziemlicher Betrieb in den langen Gängen und an den Gleisen. Von den Zeitungskiosken und kleinen Läden mit appetitlichen Backwaren und bunter, teurer Konditorware hatten noch ein paar geöffnet und gaben der Unterwelt der Züge einen Schimmer von Weltstadtflair.

Rohleff suchte in seinen Taschen nach der Adresse von Cousin Detlev, war daher einen Augenblick abgelenkt, als die U-Bahn einfuhr, und sah gerade auf, als Groß der Bahnsteigkante zu nah kam, sich vorbeugte und auf einmal mit den Armen zu rudern begann. Schneller noch als Rohleff und buchstäblich in letzter Sekunde griff ihre fürsorgliche Bekanntschaft ein. Zuerst sah es ganz danach aus, als sollten beide Männer dem heranrasenden Zug entgegenfallen, dann aber setzte eine Rückwärtsbewegung ein, die beiden landeten eng umschlungen auf dem Bahnsteig.

Groß kam als erster auf die Füße, leichenblaß zog er den anderen hoch. »Wir sind in Steinfurt mehr an Fahrrad und Taxi gewöhnt.« Ganz sauber kamen die Worte nicht heraus.

Rohleff schnappte sich die zweite Reisetasche, die neben Groß gestanden hatte, und bugsierte den Kollegen eilig in die U-Bahn, bevor ihr Berliner Helfer etwas zu dem Vorfall sagen konnte und bevor sich die Türen automatisch schlossen.

Als sie saßen, die Taschen vor sich auf dem Boden, fragte Rohleff leise: »Was war los?«

Groß strich sich durch die Haare und starrte mit leerem Blick an ihm vorbei. »Kleiner Übermüdungsunfall. Du weißt ja, Neandertaler gehen früh zu Bett.«

»Du bist mir in letzter Zeit etwas zu fallsüchtig. Dir hat nicht etwa der Penner eins ins Kreuz gegeben? Vielleicht macht er das ja beruflich für ein kleines Nebeneinkommen als Lebensretter.«

»Nee, der nicht ...« Die Stimme verlor sich im Quietschen der Bremsen.

»Was hast du gesagt? Red deutlicher.«

Groß wandte den Kopf und fixierte seinen Nachbarn. »Der Mann hat mich nicht gestoßen. Ich bin ein bißchen zu hastig vorgeprescht, und nun gib Ruhe. Man wird doch noch mal fallen dürfen oder auch zweimal.«

Cousin Detlev öffnete die Tür im Schlafanzug und machte nicht viel Federlesens mit den Gästen.

»Der eine schläft im Wohnzimmer auf der Couch, der andere im Gästezimmer, das Bad ist rechts neben der Eingangstür, und jetzt schlaft gut bis morgen. Ich muß vor sieben raus. Frühstück gibt's um sieben, aber das seid ihr auf dem Land ja gewöhnt.«

Rohleff wagte trotzdem noch eine Frage. »Was sind wir gewöhnt?«

»Mit den Hühnern aufzustehen, oder krähen bei euch die Hähne nicht mehr?«

»Wir suchen uns morgen ein Hotel«, drohte Groß, bevor er sich ins Gästezimmer verzog.

7.00 Uhr

Morgens beim Frühstück zeigte sich Detlev umgänglicher. Rohleff tauchte als letzter in der Küche auf, wo bereits die beiden anderen bei einer ersten Tasse Kaffee saßen, zwischen sich ein messingblinkendes Saxophon, und sich sehr friedlich unterhielten. Rohleff sog aufatmend das Kaffeearoma ein und die besinnliche Atmosphäre, die eine ruhige Nacht schafft und das Gefühl, sich nicht sofort dem Tag stellen zu müssen, eine Art Schwebezustand.

Groß zeigte sich vom Schlaf verstrubbelt, er trug einen hellen, unauffälligen Schlafanzug, dessen auch nach einer Nacht noch vorhandene scharfe Knicke darauf schließen ließen, daß er unbenutzt längere Zeit, eventuell Jahre, im Schrank verbracht hatte. Flüchtig kam Rohleff der Gedanke, daß Sabine den Kollegen bereits vor ihrer Abfahrt über die Einquartierung bei Detlev informiert haben könnte und er deshalb das ehrbare, um nicht zu sagen spießige Kleidungsstück herausgekramt hatte, dann fiel ihm aber der Auftritt im Zug ein, die Entrüstung konnte nicht gespielt gewesen sein, oder doch?

Kritisch beäugte er den anderen, der, die Ellbogen aufgestützt, die große dunkelbraune Tasse mit beiden Händen hielt und über ihren Rand hinweg Detlev etwas dösig zulächelte. Mit den rotblonden Locken sah Groß wie ein Cherub aus. Das engelhafte, entspannte Lächeln war schon wegen der Flocken verdächtig, die Rohleff nicht nur unter dem Waschbecken im Badezimmer vorgefunden hatte, er selbst hatte sich genötigt gesehen, mit einem Lappen durch das angegraute Becken zu fahren, bevor er die Kräne weiter aufdrehte. Bei Groß hatte jede Fläche spiegelblank geglänzt, und Rohleff wußte genau, Groß haßte Dreck, wenn er nicht als Spurensucher daran interessiert war. Der Kaffee schmeckte ihm bitter, er bat um Milch zum Verdünnen.

Kurz vor acht meldete sich Knolle, um mitzuteilen, daß er sich auf dem Weg zum Stadttheater in Münster befinde, es sah danach aus, als wollte er die beiden Kollegen aus der Ferne an allen seinen Unternehmungen teilhaben lassen. In dieser Art ständiger aufdringlicher Kommunikation lag für Rohleff einer der Nachteile des Handys.

In Detlevs Küche fand noch eine Beratung statt. »Wir müssen«, erklärte Rohleff, »uns baldigst bei den hiesigen Kollegen melden, wir können nicht ungefragt in ihrem Bereich herumermitteln, danach müssen wir uns Ramon und Fernando vorknöpfen und außerdem deinen Waffenexperten aufsuchen. Hast du die Bolzen dabei?« Er fuhr fort, ohne eine Antwort abzuwarten: »Dann wird sich ja Patrick bald mit Neuigkeiten melden, zumindest mit vollständigen Namen, Adressen, Telefonnummern. Und falls bei ihm Leerlauf aufkommen sollte, hat er von mir die Genehmigung, dem Lahmarsch ins Hemd zu treten. Wird Zeit, daß der die Tote aufschneidet.«

Groß verzog angewidert das Gesicht. »Mußt du das beim Frühstück erwähnen? Und darf ich jetzt auch was sagen? Während du bei den Berliner Kollegen deinen Antrittsbesuch machst und die Großwetterlage prüfst, wende ich mich mit meinem Kram an den Waffenspezi. Klar hab ich alles dabei: die Bolzen und Fotos von den Schußkanälen im Holz der Birke mit allen Berechnungen, die der Computer dazu ausgespuckt hat.«

Rohleff winkte ab. »Wir machen zunächst alles gemeinsam, aufteilen können wir uns, wenn es brenzlig werden sollte.«

»Erwartest du etwas in der Richtung?« fragte Groß bedächtig.

Rohleff ging nicht darauf ein. Er hatte noch eine Weile wach gelegen, der Schock über den Beinahe-Unfall auf dem Bahnsteig wirkte nach, blähte sich sogar weiter auf bis zu einer undefinierbaren Bedrohung aus einem Hinterhalt, der sich nur ahnen, aber nicht lokalisieren ließ. Auf alle Fälle hatten sie aus Steinfurt etwas mitgeschleppt, das sich in Berlin eventuell entfalten würde, er meinte, die Gefahr regelrecht riechen zu können. Das Schlimme an ihr war, daß sie offenkundig mit Groß zusammenhing, der hier scheinbar ahnungslos und zunehmend verdrießlich beim Kaffee saß.

»Hast du gedacht, daß ich wie ein Depp neben dir hertrabe, Chef?«

»Ich will, daß wir uns ständig austauschen, denn es ist ja wohl klar, wonach wir suchen, nämlich nach einem mutmaßlichen Mörder, wenn wir davon ausgehen, daß Isabel nicht freiwillig aus dem Leben geschieden ist. Ich muß dir nicht sagen, daß man, der Statistik und der Wahrscheinlichkeit nach, Mörder in erster Linie im direkten Umfeld der Ermordeten suchen muß, und das heißt Ramon und Fernando recht kräftig auf den Zahn fühlen.«

»Zwei Homos, die sich einer Frau entledigen, die ihnen doch ganz nützlich war?«

»Warten wir's ab«, sagte Rohleff grimmig und griff nach

dem Handy. »Mal sehen, ob wir sie aus den Federn scheuchen können.«

In der Wohnung von Fernando meldete sich niemand. »Ist egal, auf alle Fälle fahren wir jetzt dort vorbei, die Adresse haben wir ja.« Rohleff trug seine Tasse zur Spüle.

Detlev hatte ihnen, bevor er die Wohnung verließ, einen Stadtplan und eine Übersicht über das U- und S-Bahnnetz herausgelegt.

8.30 Uhr

Groß haßte den Gestank der Bahnschächte, der den Kopf dumpf machte und die Nase reizte. Ablenkung suchte er in seinen Erinnerungen, die sich fast sofort beim Blick durch die Wagenfenster einstellten, die vorbeisausenden Bilder nahm sein Hirn nicht wahr.

Er war auf eine etwas altmodische Idee verfallen, eine operettenhafte Altherrenattitüde, auf die er sich aber hartnäckig versteift hatte, weil er sich darüber klar war, daß ihn nur ungewöhnliche Maßnahmen voranbringen konnten. Von Ramon, der ihn dabei wissend betrachtete, hatte er Isabels Pension in Münster erfahren.

Er hatte der Frau im Blumenladen sehr genaue Anweisungen gegeben, die diese gewissenhaft auf einem Auftragszettel notierte, um sie später an die Kollegen in Münster telefonisch durchzugeben. Nicht dunkelrot sollten die zwanzig Rosen sein, sondern leuchtendrot mit einem gelben Herzen oder einem hellen Rand, so daß die Blüten wie Flammen wirkten, als ob sie ein Feuer der Leidenschaft in sich trügen.

Die Verkäuferin musterte Groß einen Augenblick ungläubig, aber davon ließ er sich nicht beirren. Und keinesfalls in diesem knisternden Cellophanpapier verpackt, sondern ganz schlicht in Papier gehüllt, fügte er hinzu, während er im Laden herumlief und aus einem Gefäß eine Rose zupfte, die seiner Vorstellung nahekam. Überraschenderweise duftete sie ein wenig, eine Seltenheit bei Treibhauspflanzen. Genauso wie diese Blüte sollten die bestellten Rosen sein, die äußeren Blütenblätter noch wenig von der knospenhaften Mitte abgehoben, das Geheimnis sollte sich erst nach und nach offenbaren, die Fülle der Seidenblätter, der berauschende Duft, von dem sich eine Kostprobe mitteilen würde, wenn Isabel langsam das Papier entfernte.

Groß schwelgte in seiner Vorstellung, und das wenige, was er davon mitteilte, ließ die Augen der jungen Verkäuferin glitzern. Es konnte natürlich sein, daß sich Isabel nur königlich amüsieren würde, er beließ es daher dabei, lediglich einen kurzen schriftlichen Gruß beizufügen statt einer romantischen oder vielleicht auch leicht schwülstigen Gedichtzeile. An sich war ihm nach Schwulst zumute gewesen.

Gitarrenklänge störten ihn aus der Versunkenheit auf. Ein junger Mann mit fettigen Rastalocken war zugestiegen und klimperte auf seinem Instrument, Groß verfolgte mit bösen Blicken seine Annäherung, von der die meisten Mitfahrenden keine Notiz nahmen.

Offenkundig waren die Berliner diese Art von Zumutung gewöhnt, konstatierte Rohleff. Aber er war ganz dankbar, daß der Schmuddelkerl Groß aus seiner Trance erlöste, er selbst war drauf und dran gewesen, ihn zu fragen, woran er so intensiv dachte. Es tat ihm leid, daß er Knolle nicht dabei hatte, mit ihm hätte er sich über den Fall gestritten, ihn aus allen möglichen und schwer denkbaren Perspektiven beleuchtet, und das hätte ihnen Schwung verliehen, statt dessen hockte neben ihm dieser stumme Fleischkloß.

Es paßte zu Rohleffs Enttäuschung, daß sie in der falschen Straße landeten, auch das wäre ihm mit Knolle nicht so leicht passiert, nörgelte er in Gedanken. Durch die Wiedervereinigung trugen eine Reihe von Straßen denselben Namen, sie mußten daher noch einmal durch die Stadt, diesmal von Kreuzberg nach Friedrichshain.

Wieder fuhr der Rastajüngling mit ihnen und hielt ihnen, nicht allzu aufdringlich, nach seiner Musikdarbietung ein Blechkästchen mit einigen klappernden Münzen hin.

»Zisch ab«, raunzte Groß.

Der Junge zog lediglich die Brauen hoch. »Einen schönen Tag noch«, wünschte er ungerührt, bevor er weiterging.

»Siehst du, der Knabe hat Stil«, sagte Rohleff, »der läßt sich nicht so einfach von Fremden anpöbeln, denen es mißfällt, daß er durch etwas Kulturarbeit seine Sozialhilfe aufbessert.«

»Bleib mir weg mit diesen Stinkern«, blaffte Groß.

Ramon öffnete ihnen im Schlafanzug, einem schwarz, blau und weiß gestreiften, der ihn bereits wie ein Sträfling aussehen ließ. Die Wohnung lag in einem Altbau, einem unsanierten, und den ganzen Weg die Treppen hinauf in den vierten Stock, vorbei an abblätterndem Putz und begleitet von unverkennbarem Uringeruch, äußerte sich Groß in abfälligster Weise über die baulichen Reste des jetzt vergangenen realexistierenden Sozialismus, bis Rohleff die Galle hochkam.

»Wenn du jetzt nicht das Maul hältst, wirst du in Zukunft nur noch Büroarbeit schieben und allenfalls Fliegenbeine auf madigen Leichen zählen, an solchen sturen, überheblichen Hunden wie dir krankt die ganze Wiedervereinigung. Ich kann verstehen, daß die hier im Osten gern auf die im Westen scheißen.«

Ramon glotzte die beiden Besucher aus verklebten Augen an, sein Mund bewegte sich kaum beim Sprechen.

»Was gibt's?«

Merkwürdigerweise schien in Ramons Blick, wie schon im Münsterschen Theater, kaum ein Schimmer des Wiedererkennens auf, dabei wußte Rohleff von Groß, daß es doch einige, wenn auch oberflächliche Kontakte zwischen den beiden Männern gegeben hatte. Seine eigene kurze Begegnung mit ihm im Übungssaal hielt er nicht für bedeutend genug, um auf Bekanntschaft pochen zu können. Sehr förmlich stellte er sich daher vor, wies danach auf Groß, nannte dessen Namen und Polizeirang, aber auch diesmal blieb Ramons Gesicht vollkommen unbewegt. Wahrscheinlich, dachte Rohleff, wacht der nur auf der Bühne richtig auf.

»Wir hatten Ihren Kollegen Fernando erwartet, der hier wohnen soll. Gestern habe ich mit einem Mitbewohner telefoniert und unser Erscheinen für heute angekündigt. Ist Ihr Partner denn nicht da?«

Es war schon mehr eine Feststellung als eine Frage, Ramons etwas belebterer Blick ließ auf vollständige Überrumpelung schließen. Wie sich schnell herausstellte, teilte sich Ramon mit Fernando und einem weiteren, im Augenblick ebenfalls abwesenden Mieter die düstere, verwinkelte Wohnung, in der es nach ungelüfteten Betten und verwahrloster Junggesellenwirtschaft roch. Groß setzte sich nicht, als Ramon sie in die Wohnküche geführt hatte, den Gemeinschaftsraum, und für ein paar Minuten verschwand.

»Glaubst du, daß er wirklich nicht gewußt hat, daß wir kommen?«

Groß antwortete nicht, dafür meldete sich Knolle. Rohleff stellte einige knappe Fragen und notierte sich die Antworten in einer ungemütlichen Haltung: Er preßte das Handy ans Ohr, während er mit der anderen Hand gleichzeitig seinen Notizblock festhielt und schrieb.

»Ich hab jetzt, was wir brauchen, Knolle macht sich als nächstes zu der Adresse von Isabel«, er schielte auf das oberste Blatt, »Moravia in Münster auf.«

Groß war mit zwei Schritten am Tisch und starrte auf die Notizen. In diesem Moment kehrte Ramon zurück, ein zumindest äußerlich verwandelter, der Aftershave-Duft verströmte. Rohleff betrachtete eingehend das Gesicht und kam zu dem Schluß, daß der Mann außerordentlich gut aussah, er bewegte sich jetzt auch anders, wieder straffer, geschmeidiger, nur die Miene hatte sich nicht geändert. Mit dem gestriegelten, naßglänzenden Haar und in einer engsitzenden schwarzen Hose kam er für Rohleff der gängigen Vorstellung von einem Latino nahe, wie sie etwa Hochglanzwerbungen für exotische Lifestyle-Getränke präsentierten.

»Was wollen Sie von Fernando?« fragte Ramon, als er sich setzte.

Zum erstenmal fiel Rohleff der Akzent auf. »Herr Puntavista, wir sind auf der Suche nach Ihrer Kollegin und Tanzpartnerin Isabel Moravia, wann hatten Sie das letztemal Kontakt zu ihr?«

Ramon zog ein Taschentuch aus der Hosentasche und schneuzte sich ausgiebig, dabei rötete sich sein Gesicht, die Stimme klang danach belegt. Rohleff erinnerte sich daran, daß der Mann vor kurzem noch krank gewesen war, offensichtlich litt er an den Nachwehen.

»Die wohnt nicht bei uns, sondern in Dahlem.«

»Die Adresse haben wir, Sie aber haben meine Frage nicht beantwortet.«

»Wann hast du Isabel zuletzt gesehen?« fragte Groß barsch.

Ramon sah voller Verwunderung zu ihm auf, dann verschloß sich sein Gesicht wieder.

»Da muß ich nachdenken. Ich war krank, deshalb ist Isabel für mich aufgetreten, das war am Mittwoch, kann sein, daß sie vorher noch bei mir vorbeikam, ja, ich glaube schon. Sie brachte was aus der Apotheke mit, was das Fieber senken sollte. Das Fieber hat mir sehr zu schaffen gemacht. Sonst wäre ich aufgetreten.«

»Wann genau kam Isabel?«

Ramon zuckte die Schultern. »Am Nachmittag, vor der letzten Probe, Fernando war schon weg. Und am Donnerstagvormittag kam sie noch einmal. Fragte, wo Fernando sei, sie wollte was von ihm, sie fuhr ja zurück nach Berlin.«

»Geht es Ihnen jetzt besser?« fragte Rohleff freundlich. »War's eine Grippe?«

»Grippe mit Fieber, und übel war mir, ich hätte dauernd kotzen können.«

»Fernando hat sich um Sie gekümmert?«

Ramon nickte langsam. »Die ganze Nacht lang, als es richtig schlimm wurde, ich habe ihn auf Trab gehalten.«

»Fernando als treusorgende Krankenschwester, die nicht vom Bett des Kranken weicht, aber als Isabel kam, war er nicht da«, sagte Groß spöttisch.

Rohleff warf ihm einen ärgerlichen Blick zu. »Die Frage ist, war Fernando wirklich ununterbrochen in der Zeit, sagen wir, von Donnerstagnachmittag bis Freitagmorgen bei Ihnen?«

»Wenn Sie mir sagen, warum Sie die Fragen stellen, antworte ich«, sagte Ramon sehr langsam.

Groß hatte sich endlich auch hingesetzt und stützte die Arme auf den Tisch, beide Beamte schauten den Tänzer unverwandt an.

»Wir hatten ein Zimmer zusammen.« Es klang trotzig. »Am Mittwoch ging es mir noch nicht so schlecht wie am Donnerstag, da bekam Fernando Angst wegen des Fiebers, deshalb hat er sich nicht mehr weggerührt.«

Rohleff entschied, daß es Zeit für ein paar Informationen war, um die Lebensgeister von Ramon anzukurbeln, er hoffte, etwas mehr Reaktion hervorzurufen, als er, eins nach dem anderen, eine Reihe von Fotos auf dem Tisch auslegte. Die Tänzerin in der Totalen und in Ausschnitten, eins zeigte sie aus einer Entfernung von fünf, sechs Metern aufgenommen, so daß einiges vom Hintergrund, vom See und seinen Ufern, aufschien und das Bizarre der Szene deutlich herauskam. In bedächtigem Beamtendeutsch gab er die nötigsten Erklärungen, er beschränkte sich auf die Tatsache des Todes und den Fundort.

Je länger er redete, desto mehr zog sich Ramons Körper zusammen, der Kopf sank in die Schultern, der Rücken krümmte sich, Leere statt Verdrossenheit zeichnete die Züge. Längst hingen ihm die Haare wieder unordentlich in die Stirn.

Auch in der nachfolgenden Befragung zeigte er sich eher stumpf als abweisend oder betont störrisch. Immer häufiger benutzte er ein Taschentuch. Nur daran war zu erkennen, daß ihn der Besuch der zwei Beamten doch nicht kaltließ. Nicht eins der Fotos nahm er in die Hand, was Rohleff als normale Reaktion gewertet hätte, er starrte aber unentwegt darauf, und erst, als er endlich den Kopf hob, war zu sehen, daß seine Augen wie entzündet gerötet waren und tränenfeucht schimmerten.

»Haben Sie Isabel eigentlich gemocht?« fragte Rohleff.

Ramon wischte sich über die Augen. »Sie konnte eine ziemliche Kröte sein. Als Ersatzkraft war sie o.k.« Zum erstenmal klang so etwas wie Wärme in der Stimme auf, Anteilnahme, es war, als hätte der Wind plötzlich gedreht, oder Ramons Nerven gaben nach, der Schildkrötenpanzer, unter dem er sich verkrochen hatte, brach auf.

»Gab's nicht kleine Reibereien wegen der Auftritte?« fragte Groß sanft.

»Reibereien sind in unserem Gewerbe normal. Wenn Sie wollen, drehen Sie mir einen Strick daraus, Sie wollen uns doch an den Kragen.«

Rohleff begann, Sympathie für den Jungen zu entwickeln, er erkannte in ihm nun den Tänzer wieder, der ihm recht freundlich und offen im Übungssaal begegnet war – auf alle Fälle zugänglicher als Fernando.

Ramon erzählte schon beinahe aus eigenem Impuls heraus, wie er und sein Partner Isabel vor ein paar Monaten kennengelernt hatten und wie sich nach einigem Herumprobieren eine brüchige Zusammenarbeit auf Zeit entwickelt hatte. Es war allen Beteiligten klar gewesen, daß Isabel schon bald anderen Reizen nachjagen würde, ihr unsteter Sinn hatte sie um die halbe Welt getrieben.

»Woher stammen Sie und die beiden anderen, Ramon?« hakte Rohleff ein.

»Ich bin Argentinier und habe meine Ausbildung in Buenos Aires absolviert, am Teatro Colón.«

Groß zog scharf die Luft ein, Rohleff sah ihn fragend an.

Groß sprach über seinen Kopf hinweg zu Ramon. »Er weiß nichts. Nicht das geringste vom Tango Argentino und natürlich nicht, daß das Teatro Colón das größte der Welt ist. Wenn du dort getanzt hast …«

Das Ende des Satzes schwebte im Raum, verblüfft sah Rohleff, wie sich die Blicke der beiden trafen, ein unverhohlen bewundernder Blick von Groß, unter dem Ramon so aufblühte, daß er das Schniefen vergaß. Statt dessen straffte sich der Argentinier sichtlich, alles Mürrische verflog, und etwas von dem Feuer erschien, das Rohleff bisher vergeblich erwartet hatte. Wahrscheinlich ist er einer dieser verkannten Künstler, dachte er, deren Denken nur um sich selbst kreist, ein Egomane.

Sie begannen die Befragung noch einmal von vorn, diesmal erfolgten die Antworten schneller, eloquenter, aber es blieb bei der Aussage, daß Fernando sich nicht von seinem Bett fortbewegt habe. Er, Ramon, wäre zwar von den Medikamenten ziemlich hinüber gewesen, aber es hätte ihm auffallen müssen, wenn sich der Freund für längere Zeit entfernt hätte, denn selbst in seinen fiebrigen Dämmerschlaf sei das Gitarrengeklimper Fernandos gedrungen, der sich wahrscheinlich bei der öden Krankenwache beschäftigen wollte. Es klang glaubhaft.

Ramon erhob keine Einwände, als Rohleff die übrigen Wohnräume zu sehen wünschte, vor allem Fernandos Zimmer. Vollgestopft mit Möbeln, über die abgelegte Kleidung und Wäsche drapiert war, glich es einer Rumpelkammer. Überall lagen Musikkassetten in dem Durcheinander, eine Ecke des großen Raumes nahmen eine Musikanlage, einige andere technische Geräte und zwei Gitarren ein, deren Holz wie frisch poliert glänzte. Groß strich kreuz und quer an Tischen und Stühlen vorbei, eine Hand fuhr über Kanten, Lehnen und allerhand Nippeskram, verstohlen tastend und prüfend, Rohleff folgte ihm, es war klar, daß zu einer regelrechten Durchsuchung erstens eine offizielle Genehmigung fehlte und zweitens eine Menge Zeit.

Das einzige, was bei der flüchtigen Sichtung herauskam, war die offenkundige Tatsache, daß Fernando ein Schlamp war. In der Tür drehte sich Rohleff noch einmal um, seine Hand griff nach etwas, automatisch hielt er es Groß hin.

»Laß deine Taschentücher nicht überall herumliegen.«

Groß hatte das Tuch schon eingesteckt, als Rohleff es bewußter registrierte: weißes Tuch mit burgunderrotem Randstreifen. Groß riß bereits die Tür zu Ramons Zimmer auf. Hier herrschte weniger Durcheinander, wenn auch nicht gerade peinliche Ordnung. Auf einem Tisch standen diverse Medikamente und nach Apotheke aussehende Pflegemittel so dicht, daß einige heruntergefallen waren, ein Hauch von Krankenhausatmosphäre lag im Raum. Rohleff bückte sich und hob ein Fläschchen und zwei Schächtelchen auf, die daneben lagen. Auf dem Deckel des einen war ein Insekt abgebildet.

»Irgendwie hab ich im Ohr, daß du diese Tanztruppe als drittklassig eingestuft hast«, sagte Rohleff, als sie wieder draußen standen. Groß betrachtete die Notizen in seiner Hand.

Zu den Informationen, die sie von Ramon erhalten hatten, gehörten die Adresse eines Theaters, in dem die Tangotruppe noch am Abend auftreten sollte, und die einiger Bars, in denen Fernando allein Gitarre spielte.

Groß schaute auf. »Ramon hat Talent, aber das geht vor die Hunde, wenn es nicht richtig gefordert wird. Er hätte in Buenos Aires bleiben oder dorthin zurückkehren sollen, statt sich hier so einem halbseidenen Kerl an den Hals zu hängen. Mir ist aufgefallen, daß er keinen Augenblick daran gezweifelt hat, daß es sich bei der Toten um Isabel handelt.«

Bevor sie die Polizeidienststelle des Bezirks betraten, machte Groß noch einmal den Vorschlag, getrennt weiterzuermitteln, Rohleff lehnte ab. Kurz zuvor hatte Knolle einen weiteren telefonischen Bericht abgeliefert, demzufolge Isabel in der einen Woche in Münster ein recht flottes Leben geführt haben sollte.

Diese Auskunft hatte die redselige Pensionswirtin erteilt und vor allem einen üppigen Rosenstrauß hervorgehoben, der samt Karte geliefert worden war, offenkundig befand sich ein Kavalier alter Schule unter den Verehrern der Tänzerin.

Rohleff erteilte Knolle die Anweisung, sämtliche Münsteraner Blumenläden mit Kurierdienst zu überprüfen. Knolle gab unter der Bedingung sein Einverständnis, dafür Kollegen aus Steinfurt oder Münster hinzuziehen zu dürfen, da er nach Bochum fahren müsse, um dort einen anderen Tänzer, der am Festival teilgenommen habe, zu befragen. Der Mann sollte, wie Knolle im Theater erfahren hatte, etwas mehr Kontakt zu den Berlinern gepflegt haben.

»Die Wirtin sagte auch noch«, ergänzte Rohleff, als er die schwere Eisentür zur Wache aufstieß, »daß Isabel sang- und klanglos mit ihren Sachen verschwunden ist. Aber da sie ihre Rechnung schon Donnerstagmittag bezahlt und keine Handtücher oder Aschenbecher mitgenommen hat, war's der Wirtin letztlich egal.«

Die Berliner Kollegen ließen die Besucher auf einer Bank im Flur warten. Rohleffs Handy lag neben ihm, von Zeit zu Zeit schielte Groß darauf, seine Füße klopften einen zappeligen Takt auf den gefliesten Boden. Er dachte an den Blumenstrauß, an die flammenden Blüten, und spürte wieder die nervöse Erwartung, mit der er dem Abend entgegengesehen hatte. Isabel hatte sich nicht über ihn amüsiert, sondern zeigte sich entzückt. Gleich nach der Vorstellung hatte er mit ihr gesprochen, dabei kümmerte es ihn auch nicht, daß ihm Fernando einen schrägen Blick zuwarf und verächtlich grinste, als sie die exquisiten Rosen pries. Sie habe sich von der Wirtin eine Blumenvase leihen müssen.

Groß bekam endgültig Oberwasser, als sie auf eine Einladung zum Abendessen einging. Er wartete am Bühneneingang, weil sie sich noch umziehen und abschminken mußte, weniger amüsant war dann gewesen, daß sie mit den beiden Männern zusammen auf ihn zutrat. Ramon und Fernando fühlten sich gleichfalls eingeladen, und Groß sah keine Möglichkeit, die beiden abzuwimmeln. Reichlich verdrossen schleppte er sie ins nächstgelegene Lokal. Sie studierten noch die Speisekarte, da begann Ramon plötzlich zu husten und zu niesen, er sah auf einmal wie das Leiden Christi aus. Groß schwankte zwischen Mitleid und Schadenfreude, als die beiden Tänzer abzogen, ehe der Kellner die Bestellung aufgenommen hatte. Isabel lächelte ihren Partnern heiter und ungerührt hinterher.

»Mach dir keine Sorgen um den kleinen, süßen Ramon«, sagte sie und streichelte in einer freundschaftlichen Geste seine Hand. »Der erholt sich schnell wieder, wenn sich Fernando nur genug um ihn kümmert.«

Groß hatte das komische Gefühl beschlichen, ein Mißverständnis aufklären zu müssen.

»Du könntest mir noch mal etwas über das Verhältnis der drei zueinander erzählen, du scheinst sie ja öfter gesehen und gesprochen zu haben«, unterbrach Rohleff seine Erinnerungen.

Groß hörte einen gewissen Hintersinn heraus, eigentlich waren es zwei Fragen, die sich mit der Szene mischten, an die er gerade gedacht hatte.

»Das war soweit in Ordnung, die zankten sich und vertrugen sich wieder. So eine Zusammenarbeit funktioniert sonst auch nicht, die Arbeit ist schon stressig genug.«

Rohleff musterte ihn kritisch. »Keine besonderen Spannungen? Wenn du sie öfters gesehen hast, mußt du doch einige Male Zeuge von Streitigkeiten gewesen sein. Worum ging's dabei, und wann haben sie gestritten? Du weißt doch, worauf es uns ankommt.«

Groß besann sich auf das, was er selbst schon preisgegeben hatte. »Am Mittwoch war die letzte Aufführung. Früher, als die beiden noch allein das Programm bestritten, hatte Ramon natürlich komplett den weiblichen Part übernommen. Seit Isabel dabei war, durfte sie in einer kleinen Einlage auftreten, um das Verwirrspiel von Männlich und Weiblich weiter aufzuheizen. Ich nehme an, ihn wurmte es, daß er sich ausgerechnet an diesem Abend ganz von Isabel hat vertreten lassen müssen, andererseits konnte er froh sein, überhaupt ein Double zu haben, nicht?«

Einen Augenblick blieb Rohleff ruhig, als dächte er über die Antwort nach. »Kein Grund, wegen kleinerer Animositäten einen Mord zu begehen?« sagte er schließlich bedächtig. »Scheint überhaupt ein etwas stumpfer Bursche zu sein, dieser Ramon. Wir werden ihn uns heute abend ansehen, wenn die beiden tanzen.«

»Und wenn Fernando bis dahin nicht aufgekreuzt ist?«

»Lösen wir eine Großfahndung aus. Dann wissen wir, auf welcher Seite der Apfel faul ist.«

## 12.00 Uhr

Die Berliner Kollegen, die sich nach einer halben Stunde Wartezeit zu einem Gespräch bereitfanden, ließen sich zunächst einmal die Dienstausweise zeigen, prüften sie sorgfältig, als befürchteten sie eine Art Köpenickiade durch die Besucher aus dem Westen, und wollten dann wissen, warum sich die Herren nicht bereits von Steinfurt aus angemeldet hätten. Ein Fax hätte schon gereicht.

Als Rohleff ziemlich ausführlich vom Münsteraner und Steinfurter Karneval erzählte, verlor er unter den eisernen Blicken der Berliner beinahe den Faden. Nachdem er den Grund für die Nachforschungen und eine eventuelle Amtshilfe dargelegt hatte, sagte der eine: »Det ham wa gern, det Se hier einfach so uffkreuzen.«

»Um dem heimischen Amüsemang bei einer kleenen Jagd in unseren Gefilden auszuweichen«, ergänzte der zweite.

Rohleff schwankte, ob er sie in Gedanken mit Pat und Patachon oder mit Dick und Doof gleichsetzen sollte.

Der erste, Ribeck, fügte hinzu: »Drei Ausländer, die in eine komische Sache verwickelt sind.«

»Die nehmen wir uns besonders gern vor«, sagte Mürwitzer, der andere.

Rohleff entschied sich für Pat und Patachon.

»Wobei eine von den drei Personen«, bemerkte Groß, »das völlig kaltlassen wird, so kalt wie die schon ist.«

»Das wollen wir erst mal sehen«, sagte Pat, alias Ribeck, und winkte die beiden Steinfurter in ein anderes Büro durch.

»Zunächst überprüfen wir die Aufenthaltsgenehmigungen der drei, das machen wir immer so, geben Sie mir mal Namen und Adressen rüber.«

Rohleff bemerkte, während er der Aufforderung nachkam, wie Groß sehr intensiv zur Tür schielte, und stellte sich so, daß er den direkten Weg dorthin versperrte.

Ribeck und Mürwitzer setzten die Arbeitsteilung beim Sprechen bei der Bedienung eines Computers fort. Über den Bildschirm wechselten in rascher Folge Schriftzeilen. Das Geflimmer zog Groß an, so daß er sich schon bald mit gekrümmtem Rücken über die Sitzenden beugte. Das erste Ergebnis ließ nicht lange auf sich warten.

»Das ist er«, sagte Ribeck, »Ramon Puntavista, argentinischer Staatsbürger, Aufenthaltsgenehmigung befristet, aber schon mehrmals erneuert, der muß irgendwem regelmäßig in den Hintern kriechen. Sagten Sie nicht, der wär Tänzer? Scheiß Kulturszene.«

Über Fernando Rabélo gab der Computer nichts preis. Die Ermittlung stockte.

»Zapf das Adreßregister an«, forderte Mürwitzer.

Als die Berliner zu lachen begannen, schob sich auch Rohleff an den Bildschirm. Mürwitzer klopfte mit einem Stift auf die Scheibe. »Da haben Sie Ihren Fernando Rabélo. Heißt brav und bürgerlich Ferdinand Rabe. Das macht die Sache interessanter. Ein Künstlerpseudonym.«

Bei dem Wort Pseudonym flog Mürwitzer ein Sprühfilm von Spucke von den Lippen. Groß trat ein Stück zurück.

»Jetzt nehmen wir uns noch Isabel Dingsbums vor.«

Eine Weile war nur das Klacken der Tastatur zu hören, mit einer Pause dazwischen setzte es wieder ein.

»Tja«, sagte Ribeck, »diese Isabel ist hier nicht gemeldet, unter der Adresse ist eine Franziska Helm eingetragen, noch so ein Künstlername?« Ribeck blickte zu Rohleff auf.

»Der Name Helm ist uns bisher noch nicht untergekommen. Da müssen wir uns mal unter der Adresse umschauen, das machen wir als nächstes, Harry.« Rohleff drehte sich um, statt Groß stand eine junge Beamtin hinter ihm.

»Sind Sie Hauptkommissar Rohleff?« fügte sie eifrig hinzu, als er nickte. »Ihr Kollege läßt Ihnen ausrichten, er mache jetzt wie besprochen weiter, Sie würden sich dann später treffen, Sie wüßten ja, wo.« Zweifel malten sich auf ihrem hübschen, offenen Gesicht ab, ihr kam das Gesagte wohl selbst etwas fragwürdig vor.

»Wat soll dit denn nu wieder?« fragte Ribeck konsterniert.

Rohleff mühte sich, die Sache zu überspielen. »Uns brennt

ein bißchen die Zeit auf den Nägeln. Deshalb haben wir besprochen, parallel zu ermitteln. Mein Kollege sucht einen Waffenexperten auf.«

»So?« sagte Ribeck, und Mürwitzer fuhr für ihn fort: »Und was soll das für ein Experte sein? Hier in Berlin? Den sollten wir doch kennen.«

Die beiden betrachteten Rohleff, als erwarteten sie weitere Erklärungen, wie die beiden Kollegen aus der Provinz in ihren Gewässern zu wildern gedachten. Er fühlte sich in der Zwickmühle. Schon deshalb, weil er den Namen des Experten nicht kannte, geschweige denn wußte, wo dieser wohnte oder tätig war, und außerdem stiegen seine Sorgen um Groß ins uferlose. Beherzt griff er nach den Unterlagen, seinem Block, ein paar Blättern mit Zusammenfassungen der bisherigen Tatbestände und Laborberichten, die er in einen Schnellhefter schob, den er anschließend in einer Plastiktüte verstaute, er kam ohne Aktentasche aus.

Mit einem Blick prüfte er, wie gut seine Chancen standen, sich innerhalb der nächsten Minuten ohne weitere Komplikationen aus dem Staub zu machen und Pat und Patachon hinter sich zu lassen.

»Da wir in den Identitätsfragen mit Ihrer Hilfe ja jetzt einen Schritt weiter sind und Sie hinreichend über unser Hiersein informiert haben, will ich Ihnen nicht länger die Zeit stehlen.«

Die nette Beamtin hielt die Türklinke in der Hand und stellte damit ein Hindernis für einen raschen Abgang dar, und die beiden Komiker schienen sich ihre eigenen Gedanken über den Fortgang der Ermittlung gemacht zu haben. Ribeck griff zum Telefon.

»Einen Streifenwagen vor die Tür, aber dalli, und einen Schlosser nach Dahlem in die …« Er nannte Isabels Adresse.

Patachon grinste breit. »Wir werden Sie doch jetzt nicht allein rumwurschteln lassen, wo Ihnen der Kollege von der Fahne gegangen ist. Wir schauen uns die Bude der toten Dame an, und zwar mit einem Durchsuchungsbefehl, korrekt ist immer besser.«

Es kostete Rohleff wertvolle Zeit, sich mit den beiden auf ein unauffälligeres Auto zu einigen, und dann mußte er noch eine Dreiviertelstunde auf die amtsrichterliche Durchsuchungsgenehmigung warten. In dieser Zeit gelang es ihm immerhin, als die beiden Kollegen ihn ein paar Minuten allein gelassen hatten – eine Zeit, die er nicht zur Flucht zu nutzen wagte –, Knolle anzurufen.

»Hör zu«, flüsterte er ins Telefon, »ich brauch den Namen und, wenn's geht, noch die Adresse des Waffenexperten von Groß in Berlin.«

»Bist du jeck?« fragte Knolle. »Warum nuschelst du so? Frag Harry doch selbst, oder schläft der noch?«

Rohleff wand sich. »Sag Lilli, sie soll in seinen Dateien und sonstigen Unterlagen nachsehen. Sie soll sich beeilen.« Er beendete abrupt das Gespräch, als Ribeck zurückkam.

In Dahlem klingelte Mürwitzer korrekt an der Haustür, während der Schlosser bereits in seiner Werkzeugtasche nach den nötigen Einbruchsutensilien grub.

»Ja bitte?« fragte eine klare Frauenstimme aus der hochmodernen Gegensprechanlage.

»Kriminalpolizei, Frau Franziska Helm?« fragte Ribeck zurück, er drückte gegen die Tür, die sich aber nicht rührte.

Bevor noch über die weitere Vorgehensweise diskutiert werden konnte, öffnete ihnen eine junge Frau. Nicht einmal im Halbdunkeln mit Isabel zu verwechseln, konstatierte Rohleff und fingerte vorausschauend nach seinem Dienstausweis.

Erst die mit beeindruckenden Stempeln versehene Durchsuchungserlaubnis schüchterte Franziska Helm so weit ein, daß sie den Zutritt zu ihrer Wohnung im ersten Stock gestattete, insbesondere in das Zimmer, das tatsächlich Isabel bewohnt hatte.

Am Blick der jungen Frau sah er, daß sie auf ein Mißverständnis hoffte, eine Verwechslung. Er hätte jetzt liebend gern die beiden Berliner fortgeschickt, die sich aber sofort zwei Stühle in der Gemeinschaftsküche griffen und sich setzten.

»Sie teilen sich mit Isabel Moravia die Wohnung?« eröffnete Ribeck die Untersuchung.

»Moravia?« fragte Franziska irritiert zurück.

Während die Fragen weiter auf das arme Opfer prasselten, erhob sich Rohleff und wandelte einen kurzen Flur hinab. Für eine Universitätsstadt wie Berlin war es nicht ungewöhnlich, daß sich zwei Studentinnen eine Wohnung teilten. Die eine ging für ein Semester ins Ausland und vermietete ihr Zimmer für ein halbes Jahr weiter, einer Isabel, die nur für eine Spielzeit in Berlin war und einen Monat im voraus zahlte.

Rohleff nahm an, daß noch einige Zeit vergehen würde, bis die Kollegen geklärt hätten, warum weder die eine noch die andere Untermieterin im Melderegister zu finden war, etwas, das ihn persönlich nicht interessierte. Er öffnete eine Tür, registrierte einen Schreibtisch mit flimmerndem Computer und trat daher gar nicht erst ein. Im Nachbarraum stand ebenfalls ein Schreibtisch, aber der Computer fristete ein Dämmerdasein unter einer Plastikhaube, die eine Schicht Staub angesetzt hatte, wie er im Näherkommen feststellte.

Mit einem Kugelschreiber zog er die oberste Schublade des

Schreibtisches auf, der Paß lag gleich obenauf, ein Zufallsfund. Er schlug ihn auf, betrachtete das Bild, stutzte und ging, mit dem Paß in der Hand, in die Küche zurück.

Mürwitzer nahm ihm das Dokument sofort ab, schaute hinein und reichte es an den Kollegen weiter. Beide erhoben sich und traten auf den Flur hinaus.

»Das haben wir gleich gegengecheckt«, sagte Ribeck noch.

Rohleff setzte sich zu Franziska.

»Wie war das mit Isabel in der Wohnung?« fragte er freundlich.

Franziska schlug die Hände vors Gesicht. »Mein Gott, was habe ich mir da eingebrockt«, schluchzte sie auf.

»Aber wieso denn? Das war doch gescheit, das Zimmer für die paar Monate weiterzugeben.«

Franziskas Hände glitten am Gesicht herab, blaue Augen hefteten sich mit unsicherem Blick auf Rohleff.

»Meinen Sie wirklich? Und die Sache mit der Meldepflicht? Im Mietvertrag bin nur ich eingetragen.«

Rohleff konnte nur hoffen, daß sein Lächeln so wirkte, wie er es beabsichtigte: beruhigend. Franziska faltete die Hände im Schoß.

»Sehr vernünftig, das mit dem Mietvertrag. Erspart Ihnen Ärger, wenn Sie mal ausziehen wollen und kündigen müssen. Mich interessiert, ob Isabel Freunde hatte, die sie besuchten, wie steht's mit Anrufen, oder hatte sie ein eigenes Telefon?«

»Viel gesehen haben wir uns nicht, es war eigentlich ideal. Ich habe tagsüber an der Uni zu tun, ich studiere Chemie und hocke den ganzen Tag im Labor. Wenn ich abends nach Hause komme, ist Isabel schon weg. – War sie meist schon weg.«

»Hat sie Ihnen mitgeteilt, daß sie für eine Woche verreisen wollte?« Rohleff lauschte, ihm war, als hätte er die Klingel gehört, aber es schnarrte wohl nur das Telefon der Kollegen. An der nicht nachlassenden Spannung im Magen merkte er, daß seine Aufmerksamkeit zwiegespalten war, er wartete auf etwas anderes, während er sich mit dem Mädchen unterhielt.

»Ich habe den genauen Termin vergessen, ehrlich gesagt, weiß ich nicht, ob sie nicht jetzt schon wieder da sein wollte. Hat sie was angestellt? Etwas mit Drogen?«

»Wie kommen Sie auf Drogen?« fragte Rohleff schärfer als beabsichtigt.

Franziska wandte sich verschreckt ab und sah zum Fenster hinaus. »Naja, ich studiere doch Chemie, da kennt man sich ein bißchen mit Gerüchen aus, und manchmal hing so ein bestimmter Geruch in ihrem Zimmer.«

»Wonach genau roch es?« fragte Rohleff sachlich.

Franziska nahm den Ton auf. »Haschisch, Marihuana, weiche Drogen«, antwortete sie bestimmt. »Hab ich …?«

»Wenn Sie das Zeug weder brauchen noch damit handeln, müssen Sie sich nur keine Sorgen machen, Sie sind nicht für die Handlungen ihrer Mitbewohnerin verantwortlich.«

Ribeck und Mürwitzer traten wieder herein, Mürwitzer wedelte mit dem aufgeschlagenen Paß.

»Ein Fax nach Helsinki ist unterwegs, zur Meldebehörde, aber ich wette, die kennen keine Isobel Kaunajoki. Bei uns in Deutschland ist keine Person dieses Namens registriert.«

Rohleff hatte sich das schon gedacht, auch der Name Moravia mochte eine Erfindung sein und der Name Isabel, wenn er auch paßte. Eine Isobel, eine Ilsebill, ein Wahnsinnsmädchen.

Alles weitere entwickelte sich bereits über seinen Kopf hinweg. Die Berliner Spurensicherung sollte bald eintreffen und das Zimmer von Isabel gründlichst untersuchen.

»Und wie lange dauert das?« fragte Franziska mit leiser

Verzweiflung. »In vierzehn Tagen kommt Birgit zurück, die, der das Zimmer eigentlich gehört.«

Rohleff notierte sich das und hörte nur halb auf die Antwort von Ribeck, etwas Beschwichtigendes.

»Dann sind wir ja im Augenblick hier überflüssig. Kennen Sie in der Nähe ein Café, Frau Helm, ich muß auch dringend etwas essen.«

Franziska erhob sich hastig, sie war offensichtlich froh, das Feld räumen zu können. »Würde Ihnen die Imbißecke in der Uni reichen? Die liegt gleich gegenüber. Aber sagen Sie, wird mein Zimmer auch durchwühlt?«

Diesmal schellte es wirklich, und einen Moment hoffte er, daß es Groß wäre, der die Treppe heraufgestapft kam, aber am Trappeln vieler Füße erkannte er, daß es die Berliner Spurensicherung sein mußte.

Franziska führte Rohleff so rasch über die Straße in einen großen Glaskasten, daß ihm nicht einmal die Zeit blieb, auf einer Tafel davor nachzulesen, zu welcher Fakultät der Bau gehörte. Nahe der riesigen, vollverglasten Front standen in einer Ecke, durch ein paar Automaten vom Eingang abgeschirmt, Tische und Stühle. Die Automaten spuckten Getränke aus und aus Sicht von Gerontologen unbedenkliche Sandwiches, die ohne viel Kauarbeit geschluckt werden konnten. Rohleff verklebte das fade Weißbrot den Gaumen, es erzeugte nicht das geringste Sättigungsgefühl.

Das eigentliche Gespräch hatte noch nicht begonnen, da näherte sich eine andere Studentin.

»Hey!« sagte sie.

Franziska sah hilfesuchend Rohleff an, dann schweifte ihr Blick durch die Glasscheibe zum Haus gegenüber, vor dem zwei Streifenwagen parkten.

Das Universitätsgelände befand sich in einem Viertel mit gediegenen Häusern, die ordentliche Vorgärten und Schmiedeeisen an den Fenstern aufwiesen. Wer hier wohnte, fühlte sich womöglich bereits durch die grün-weißen Fahrzeuge vor dem Haus in seinem Ruf geschädigt. Franziska Helm paßte in Kleidung und Auftreten in diese seriöse Umgebung, und Rohleff vermutete, daß die angehende Naturwissenschaftlerin für ihr weiteres Leben keine besondere Vorliebe fürs Theater entwickeln würde.

Umständlich setzte er seine Lesebrille auf und musterte über die Gläser hinweg streng die Kommilitonin, die Franziska matt mit »Hey, Iris!« zurückgegrüßt hatte.

»Würden Sie uns bitte entschuldigen?« Mit einer Hand schob er Pappteller und Becher beiseite und zog seinen Schnellhefter aus der Plastiktasche. »Ich habe mit Frau Helm eine kleine Konferenz abzuhalten.«

Er sah der anderen nach, die sich verwirrt entfernte und noch einmal zurückblickte, daher rückte er die Brille auf der Nase zurecht, in der Hoffnung, mit so einer überflüssigen Geste ungefähr dem Bild eines Professors zu entsprechen.

Franziska stöhnte. »Iris ist eine Tratschtante.«

Wenig später beherrschten sie nur noch Trauer und Entsetzen, dabei hatte er ihr nur wenig von Isabels Tod erzählt, allzu vieles war ja auch vollkommen unklar, und es hatte keinen Sinn, eine Unbeteiligte mit bizarren Einzelheiten weiter zu verstören.

»Hatte sie Freunde?« wiederholte er eine bereits gestellte Frage.

»Ich glaube schon.«

Die Antwort war ihm zu vage. »Haben sich Ramon Puntavista und Fernando Rabélo oder Ferdinand Rabe telefonisch oder persönlich gemeldet?«

Der Schock über den Tod hielt noch an, Rohleff verzichtete daher einen Augenblick auf die Fragerei und erzählte ein wenig aus Isabels Leben, wobei er eine Beschreibung der beiden Tänzer einfließen ließ.

»Fernando«, hakte Franziska ein, »den hat sie erwähnt, und einmal verließ gerade jemand das Haus, als ich kam, aber ich kann mich überhaupt nicht mehr an ihn erinnern, ich hatte den Kopf voll mit meinen Analysen. Isabel und der Mann sind mir auf der Treppe begegnet. Er war schon an mir vorbei, und Isabel folgte erst etwas später, daher hatte ich nicht auf ihn geachtet, im Stockwerk über mir sind ja noch zwei Wohnungen und eine im Dach. Aber an der Tür wartete er auf sie, ich hörte ihre Stimmen. Verstanden habe ich allerdings nichts.«

Obwohl Isabel nur einige Wochen in der gleichen Wohnung wie Franziska verbracht und sich die Lebenskreise der beiden Frauen kaum berührt hatten, zeigte sich Franziska sehr betroffen von ihrem Tod. Viel mehr, sah er ein, war bei dem Gespräch nicht an Erkenntnissen zu gewinnen. Er trank den letzten, schon kalten Schluck Kaffee und war bereit aufzubrechen.

»Aftershave«, sagte Franziska plötzlich, ihr Gesicht erhellte sich. »Ich sagte Ihnen doch, daß ich eine gute Nase habe. Einige Male roch es im Badezimmer, wenn ich abends nach Hause kam, nach einem bestimmten Aftershave, viele Männer benutzen das Zeug ja wie Parfüm.« Sie schnupperte. »Sie nehmen eins, das mein Vater auch verwendet, genau das gleiche.« Rohleff fuhr sich verdutzt über das Kinn, seine Rasur am Morgen war nicht sehr gründlich gewesen. Das Mädchen wurde immer lebhafter. »Wollen Sie wissen, welches?«

»Nein«, unterbrach Rohleff, »Ich glaub's Ihnen auch so.«

Franziska war nicht mehr aufzuhalten. »Ich mach Studien

über Parfüms. Hasch und dieses Aftershave ergaben zusammen eine ganz bestimmmte, typische Geruchsmischung.« Eine gewisse Verlegenheit dämpfte ihre Stimme.

»Was schließen Sie daraus?«

Sie musterte ihn erst prüfend, bevor sie fortfuhr. »Ich hab an ihrem Bett gesehen, daß sie nicht still dagesessen und Musik gehört oder Tee getrunken haben. Mehr muß ich Ihnen doch nicht sagen.«

»Lassen Sie mich raten, Sie reden nicht etwa über Sex?« Es war albern, aber er konnte der Versuchung nicht widerstehen, das letzte Wort ziemlich laut zu sagen, wie er es in einem amerikanischen Film gesehen hatte. Aber anders als in Amerika zeigte das Wort bei den jungen Leuten an den anderen Tischen nicht die geringste Wirkung. Nur Franziska riß die Augen auf, schlug die Hand vor den Mund und prustete. Das befriedigte ihn dann doch.

Aus dem Haus gegenüber traten zwei Beamte und holten etwas aus dem Kofferraum eines Streifenwagens.

Rohleff wandte sich mit einer Bitte an das Mädchen: »Würden Sie mir einen Gefallen tun? Ich bin mit einem Kollegen in Berlin, um den Tod von Isabel zu untersuchen, wir haben uns getrennt, und eigentlich hatte ich gehofft, hier auf ihn zu stoßen. Wenn er auftaucht, richten Sie ihm bitte aus, daß er sich dringend telefonisch bei mir melden soll, er hat meine Nummer. Er heißt Groß, Harry Groß, er ist so ein rotblonder Dicker.«

Es hörte sich beinahe nach einer verschämten Liebesgeschichte an, nach Schmollen und Versöhnungsbereitschaft, und etwas von diesen Gefühlen war ja tatsächlich im Spiel. Er betrachtete das Mädchen nachdenklich. »Sagen Sie, würde Sie unter Umständen eine Tangovorführung interessieren?«

Franziska begleitete ihn noch zum Eingang der U-Bahnstation, einem netten, pittoresken Häuschen aus Fachwerk, das auf den ersten Blick nicht ahnen ließ, daß sich unter ihm, eine Treppe tiefer, die Untergrundbahn befand. Mit beinahe mütterlicher Fürsorge erklärte ihm die Studentin, wie er am günstigsten wieder nach Friedrichshain kam.

Die verzweifelte Suche nach Groß begann.

Auf der Fahrt gewann er den Eindruck, daß sich das wahre Berliner Leben in der U-Bahn abspielte. Drei Jugendliche in Schlabberhosen, deren Schritt zwischen den Knien hing, hörten Rap, einige Leute in ihrer Nähe begannen zu zucken. Ein Mann neben ihm öffnete eine Bierdose.

»Wo muß ich umsteigen, wenn ich mit der U-Bahn nach Friedrichshain will?« fragte Rohleff, plötzlich aufschrekkend, weil er inzwischen vergessen hatte, was ihm Franziska erklärt hatte.

Der Mann setzte das Bier ab. »Sie müssen bis Kottbusser Tor und dann in die U8 Richtung Wittenau bis Alex. Da steigen Sie in die U5 nach Hönow. Aber bleiben Se mal ganz ruhig, ick sach Ihnen, wenn Se raus müssen.«

Rohleff entspannte sich.

15.00 Uhr

Ramon schien nicht erstaunt, ihn so bald wiederzusehen. Als hätte er ihn erwartet, ging er voraus in die Küche und nahm einen Zettel vom Tisch.

»Ihr Kollege läßt ausrichten, Sie treffen sich noch, und Sie brauchen sich keine Sorgen zu machen. Sie arbeiten ohne Handy?«

»Wann war Harry hier, und was wollte er?«

Ramon sah auf seine Armbanduhr. »Er ist seit einer halben Stunde weg. Er hat sich noch einmal Fernandos Zimmer angesehen. Ich weiß nicht, was er dort gesucht hat, ich versteh das alles nicht.« Die Übellaunigkeit fiel wie ein mächtiger Schatten über die hübschen Züge, sogar die Bewegungen wirkten ungelenker.

»Dann geh ich mir das Zimmer auch noch mal anschauen, hat er was mitgenommen?«

Ramon antwortete nicht, sondern starrte ihn nur aus schwerlidrigen Augen an, folgte ihm aber, als er die Küche verließ.

Rohleff versuchte, den unordentlichen Raum mit dem Spurensucherblick von Groß zu inspizieren, aber es gelang ihm nicht, die Eindrücke in eine halbwegs oberflächliche Ordnung zu bringen. Ramon lehnte mit der Schulter am Türrahmen, ein beinahe desinteressierter Beobachter, dessen Teilnahmslosigkeit Rohleff reizte.

»Hat mein Kollege wirklich nichts mitgenommen? Wie oft haben Sie ihn in Münster gesehen?«

Ramon trat ins Zimmer und setzte sich aufs Bett, die Decke lag zurückgeschlagen am Fußende, eins der beiden Kissen zeigte den Abdruck eines Kopfes.

»Wie oft haben Sie sich mit Groß getroffen oder unterhalten?«

Es war, als müsse sich der Tänzer erst auf den Namen besinnen. »Harry? Er kam ein- oder zweimal zu den Proben, ich habe nicht viel mit ihm gesprochen. Nach der Vorstellung sind wir essen gegangen. Mit vollem Magen kann ich nicht tanzen, verstehen Sie? Einmal hat er uns alle eingeladen, ich weiß nicht, warum. Das war der Abend, an dem ich krank geworden bin und Fernando mich ins Hotel gebracht hat.«

»Und Harry blieb bei Isabel?«

Rohleff nahm nach und nach einige der Musikkassetten in

die Hand, manche mußte Fernando oder jemand anders aufgenommen haben, den handschriftlichen Vermerken auf den Hüllen nach.

Ramon lachte leise. »Ich dachte mir gleich, der ist so einer, der gern ein bißchen mit Geld rumschmeißt und dann was will. So war's auch.«

Etwas in der Stimme ließ Rohleff aufhorchen, nicht der Sarkasmus, sondern eine Spur persönliche Enttäuschung, langsam wandte er sich um.

»Isabel?«

»Auf die waren alle scharf, alle, die nicht schwul sind wie Fernando und ich.«

Ramon erhob sich und ging zur Tür. »Und deshalb weiß ich nicht, was Sie von uns wollen. Aber Ausländer sind verdächtig für Leute wie Sie, für die Bullen.«

»Fernando ist kein Ausländer.«

»Aber ich, und ich habe es satt. Die Blicke, wenn man mit etwas Akzent spricht und fremd genug aussieht. Viele Monate habe ich den ganzen Tag lang Deutsch gelernt, es hat nichts genutzt. Immer bist du anders, immer machst du was falsch. Du sagst das Falsche, du denkst das Falsche, alle müssen gleich sein, nur deutsch. Scheiß Deutschland. Ich habe Fernando gesagt, geh mit mir zurück, nach Buenos Aires, da wirst du nicht wie Dreck behandelt, die Hauptsache ist, du kannst was.«

Die Stimme hatte nur langsam an Dramatik gewonnen. Rohleff hatte sich erst spät umgedreht, um den Sprecher zu mustern, und deshalb erstaunte ihn der Ausdruck der Augen, in denen wilder Haß glühte. Sehr theatralisch, dachte er.

Er ging jetzt methodisch vor und versuchte genau nachzuvollziehen, was Groß bei ihrem ersten Besuch gemacht hatte, genauso lief er im Zimmer herum, seine Hand streifte über Stuhllehnen und Kanten, aber auch das half ihm nicht weiter.

Als er den Raum verlassen wollte, fiel sein Blick auf ein Tischchen nahe der Tür, und dann hatte er auf einmal ein klares Bild vor Augen.

Er störte den Tänzer in der Küche auf, wo er wieder lethargisch am Tisch saß.

»Was ist mit Fernando? Haben Sie von ihm gehört, wo steckt er?«

»Weiß nicht. Er kommt und geht, wie er will. Heute abend ist er im Theater.«

»Bestimmt?«

Ramon wandte den Kopf.

»Er läßt mich nicht allein. Kein Auftritt, kein Geld.« Er grinste unfreundlich.

»Wenn Harry noch einmal aufkreuzt, sagen Sie ihm, er soll mich anrufen, bevor er sich weiter verrennt. Ich hab alles verstanden. Sagen Sie ihm das.«

Ramon fuhr sich durch die Haare und schüttelte den Kopf. »Ihr seid verrückt, ihr Bullen.«

Draußen vor dem Haus, auf der Straße, inmitten der labyrinthischen Stadt, kam sich Rohleff sehr allein vor, das Berlin von früher erkannte er nicht wieder, ihm fehlte die Koordinate, die die Mauer gebildet hatte, das eindeutige West-Ost-Muster, alles glitt durcheinander, die neue Gestalt der Stadt mußte sich erst aus dem Chaos lösen. Am verläßlichsten erschien ihm noch das U-Bahnsystem, er nahm den Plan aus der Tasche und starrte auf die Linien, die sich kreuzten und schnitten, ein Zentrum war auszumachen, der Bahnhof Zoo.

Gerade überlegte er, ob er dorthin fahren sollte, als sich das Handy meldete, es war aber nicht Lilli, die ihn sprechen wollte, sondern Dr. Overesch.

»Mein Kollege bat mich, Sie zu informieren, er hat keine Zeit für Gespräche«, sagte sie.

Es freute ihn sehr, ihre Stimme zu hören, und daher störte es ihn auch nicht, daß er auf der Straße stehend sprechen mußte, nur mit dem Apparat am Ohr, was ihm bei anderen noch immer reichlich lächerlich vorkam. Die Konzentriertheit der Gesichter, der Anflug von Wichtigkeit.

»Das ist nett vom Lamash, daß er Sie vorschickt.«

Sie lachte. »Wenn Sie's nicht wären, würde ich für ihn aber nicht die Sekretärin spielen.«

»Sie holen keinen Kaffee für ihn?«

»Die Tote stand unter Drogeneinfluß. Haschisch, aber keine große Menge, nicht tödlich. Das hatte Dr. Lamash vergessen zu erwähnen.«

»Das mit dem Haschkonsum weiß ich schon. Ein bißchen recherchieren wir ja auch herum, um wach zu bleiben. War das alles?«

»Es gibt noch ein paar neue Befunde. Verkrampfung der Blutgefäße, Schädigung der Schleimhäute in Mund, Kehle, Magen und Darm, die Niere ist angegriffen. Und als letztes die Todesursache, die wird Sie ja auch interessieren: Erstickungstod.«

Rohleff hielt weiterhin das Handy ans Ohr, als wartete er auf zusätzliche Erläuterungen, einen Moment herrschte Stillstand in seinem Hirn.

»Sie sind noch da?« fragte Dr. Overesch.

»Ja, das heißt, Sie haben mich etwas durcheinandergebracht. Ich dachte, die Leiche weise keine Zeichen von Gewaltanwendung auf, ich selbst habe keine gesehen.«

»Keine Würgemale, nicht mit dem Kopfkissen erstickt. Glauben wir jedenfalls. Erstickungstod durch ein noch unbekanntes Gift, eine Atemlähmung. Das Problem ist, wir können nur finden, was wir suchen, aber jetzt haben wir immerhin eine Vorstellung davon.«

»Und die wäre?«

»Etwas ziemlich Heimtückisches, das nicht auf der gängigen Giftspeisekarte steht, aber das wußten wir im Grund schon vorher.«

»Definitiv kein Rattengift oder ein sehr fauler Fisch?«

An der Bordsteinkante hielt ein Auto, Pat und Patachon stiegen aus, Rohleff sprach schneller.

»Sie rufen wieder an? Ich bekomme gerade Gesellschaft, ich bin in Berlin, und da läßt man Provinzermittler nicht gern allein auf der Straße stehen.«

»Sie haben vergessen«, sagte Ribeck ernst, »sich von uns zu verabschieden.«

Groß gelang es nur mit Hilfe freundlicher Passanten, von denen es in Berlin eine erstaunliche Menge gab, die Adresse zu finden. Ohne Plan für die U-Bahn und die Stadt mußte er sich mit dem behelfen, was sein Hirn noch davon gespeichert hatte, und das war so viel oder so wenig wie nach einem totalen Programmabsturz.

Unterwegs hatte er einen Musikladen aufgesucht und die Kassette, die er in Fernandos Zimmer heimlich eingesteckt hatte, abgehört. Sie enthielt genau das, was er erwartet hatte. Das Handlungsmuster, der Tatablauf zeichneten sich deutlicher ab. Noch aber bereitete ihm das Motiv Schwierigkeiten. Bei dem Waffenspezi vorbeizuschauen wäre nicht nötig gewesen, er wußte von Anfang an, wonach er suchen mußte. Trotzdem wollte er die Mühe auf sich nehmen, man konnte ja nicht wissen.

Hinter dem Wagen von Pat und Patachon stoppte ein weiteres Fahrzeug, ein grün-weißes, Männer der Spurensicherung stiegen aus. Ribeck deutete mit dem Daumen hinter sich.

»Wir haben in Dahlem Haschisch gefunden. Da dachten wir, wir schauen uns mit einem Teil der Truppe auch gleich mal bei Herrn Rabe und seinem Kompagnon um. Vielleicht stoßen wir da ja auf was Härteres. Was halten Sie davon, wenn wir den einen nachher mitnehmen und etwas abklopfen. Fingerabdrücke, Speichelabstrich zur DNA-Analyse?«

Rohleff begann der Eifer der Berliner nicht nur lästig, sondern unheimlich zu werden.

»Keiner der beiden ist bis jetzt vorbestraft. Mehr als ein paar vage Verdachtsmomente haben wir nicht. Und Puntavista muß unbehelligt bleiben, sonst platzt das Treffen mit Rabe heute abend. Am besten halten Sie sich im Augenblick ganz zurück, das wär mir zur Zeit eine größere Hilfe. Das Bürschchen da oben«, Rohleff zeigte zum Haus, »ist ein sensibles Wild, da kann man nicht mit großem Kaliber draufhalten.«

Mürwitzer schaute Ribeck an, der nannte eine Zahl und wandte sich anschließend wieder an Rohleff. »Bis morgen früh um acht, dann blasen wir zum Halali oder wie man das bei Ihnen nennt. Aber wir halten bis dahin ein Auge auf die Angelegenheit. Tatsache ist, daß die Tote unter falschem Namen hier gelebt hat, illegal vermutlich, und daß die beiden damit was zu tun haben. Wenn nicht Mord, Rauschgiftvergehen ist da immer drin. Wir sehen uns noch.«

Zackig strebten die beiden auf ihr Auto zu, auch der Streifenwagen fuhr nach ein paar Zurufen an.

16.30 Uhr

Es war nur eine vage Idee, weil er im Augenblick nicht weiter wußte, daß er zum Bahnhof Zoo zurück wollte. Er begann, sich in U-Bahnen ein bißchen zu Hause zu fühlen. Diesmal wurden ihm Klunkerkettchen von einem Mädchen angeboten, das mehrere Piercingringe in der Nase und am Mund trug, was das Sprechen behinderte, aber niemanden außer Rohleff störte. Er kaufte ein Glücksarmband aus türkisfarbenen Kugeln für Sabine und nach einem Zögern ein kunterbuntes für Thomas, er würde es ihm über das Bettchen hängen.

Im Bahnhof Zoo wanderte er eine Weile die Bahnsteige auf und ab und lungerte an den Fahrkartenautomaten herum, bis ihn ein Bärenhunger an einen Freßstand trieb.

Dort verzehrte er gerade eine Currywurst, als ihn ein Anruf von Lilli erreichte. Sie klang vorsichtig, als sie ihm sagte, daß sie, wie angewiesen, in den Computerdateien von Groß nach dem Waffenspezi geforscht habe, und dabei sei sie auf ganz merkwürdige Fotos vom Tatort gestoßen, die die Fußspuren um die Leiche zeigten.

Rohleff wurde schon leicht ungeduldig und bedankte sich nur kühl für den Hinweis.

»Und was ist mit dem Waffenheini?«

Sie gab ihm die Adresse durch, war damit aber noch nicht am Ende mit den Neuigkeiten. »Torkelt hat bei den Özdemirs nachgebohrt, und ich habe eine Klassenkameradin befragt, die zugab, mit Aische befreundet zu sein.«

»Wo ist das Mädchen? Lilli, mach's kurz, ich muß weiter.«

»Wenn's dir jetzt nicht paßt, ruf ich später wieder an, nicht, daß ich dich in einer wichtigen Untersuchung störe.«

Rohleff überlegte, ob die Geräusche vom Kaffeeautomaten hinter ihm bis zu ihr dringen könnten, und schluckte hastig ein Stück Wurst hinunter.

»Sag's schon, ich höre.«

»Die Freundin meint, daß der Vater beschlossen hat, das Mädchen in die Türkei zurückzuschicken, sie soll dort mit einem Vetter verheiratet werden. Da ist sie weggelaufen. Noch wissen wir nicht, wo sie steckt, aber Joachim, mein Nachbar, ist sicher, daß die Mutter es weiß und für sich behält, weil sie mit den Heiratsplänen nicht einverstanden ist.«

»Klingt mir ein bißchen hysterisch. Der Mann hat nicht in väterlicher Überstrenge gedroht, mit dem Vetter und der Türkei, weil die Kleine nicht so brav in der Schule gelernt hat, wie sie sollte?«

»Du verstehst die Leute nicht, die haben andere Vorstellungen vom Leben und eine Menge Verlustängste hier bei uns, es geht ihnen um ihre kulturelle Identität ...«

Rohleff fiel ihr ins Wort. »Lilli, hör auf, ich will die Leute nicht verstehen, ich will nicht begreifen, daß ein Vater so was Mittelalterliches mit seiner Tochter anstellt. Kann Tegeler da nichts machen? Hat der denn gar keinen Einfluß auf die Leute?«

Rohleff haßte es, wenn Lilli sich anhörte, als hätte der Lehrergatte mit seiner pädagogischen Ader auf sie abgefärbt.

»Was glaubst du, was der die ganze Zeit tut?«

Rohleff spürte, daß Lilli Fragen stellen wollte, vermutlich käme sie noch einmal auf Groß zu sprechen.

»Ich ruf dich morgen an«, sagte er daher schnell und unterbrach die Verbindung.

Blicklos starrte er auf die grauen Betonplatten zu seinen Füßen, die ganze Familie Özdemir stand ihm vor Augen, und immer noch nagte an ihm die Gereiztheit, die ihn bei dem Telefonat mit Lilli überkommen hatte, oder vielmehr Zerrissenheit. Die einer Familie, die sich zwischen den Mühlsteinen zweier Kulturen zerrieben sah. Er brauchte sich nur das Foto von Aische zu vergegenwärtigen, diesem braven Mädchen, das sich nicht im anatolischen Hinterland mit einem vielleicht ganz unbekannten Vetter lebendig begraben lassen wollte. Eine Türkin, fremd im eigenen Land, aber auch hier nicht richtig heimisch, Ausländerin hier wie dort. Die Vorstellung deprimierte ihn. Ganz dringend mußte er seine Gedanken auf die muntere Belgin richten, die sich nicht einfach mit einem Schicksal abfand, sondern es selbst gestalten wollte, er sollte sich wohl nicht täuschen, wenn sie die Anstifterin für Aisches Flucht gewesen war.

Er begann sich besser zu fühlen, als er ein paar beschwichtigende Vorsätze faßte: den Özdemirs einen Besuch abstatten, mit dem Vater reden, von Mann zu Mann oder Vater zu Vater, denn die Liebe zu seinen Kindern war Özdemir anzumerken gewesen. Auch Tegeler, diesen ewigen Pfadfinder, in der Angelegenheit konsultieren. Unversehens flaute das neue Gutmenschentum, das gerade erst aufgebrandet war, bereits wieder ab, Hunger hatte er immer noch.

Der Wurstrest auf dem Pappteller war kalt geworden, er überlegte, ob er sich noch eine Currywurst bestellen sollte, da stieg ihm ein bestimmter, unangenehmer Geruch in die Nase. Offenkundig ging er von einem Mann aus, der während des Telefonats neben ihn getreten sein mußte. Er mochte es kaum glauben, daß er tatsächlich den Menschen gefunden hatte, den zu suchen er hergekommen war.

»Tach ooch«, sagte der Mann und entblößte die Zahnlücke in einem zutraulichen Grinsen.

»Ich könnte noch eine Wurst vertragen, wie steht's mit Ihnen?« Rohleff winkte dem Budenbetreiber.

»Tja«, sagte der Mann.

»Sie sind natürlich eingeladen, ich schulde Ihnen mehr als so ein Würstchen oder ein Bier. Das ging gestern so schnell, daß ich keine Zeit hatte, mich bei Ihnen für die Rettung meines Kollegen zu bedanken.«

»Wenn Se det so sehen, nehm ich gern een Kaffee und een Hörnchen. Wissen Se, diese fettigen Würste bekommen mir nich so.«

Rohleff wartete, bis das Bestellte auf dem Thekenbrett stand. »Ist wohl nicht einfach, sich im Großstadtdschungel durchzuschlagen.«

»Daran merkt man«, sagte der Mann, »daß Se aus die Provinz kommen. Berlin ist keen Großstadtdschungel, sondern eene Ansammlung von Dörfern, so schwierig is dit nich.«

»Und dann gibt's die U-Bahn, die alles miteinander verbindet. U-Bahn haben wir bei uns nicht. Sagen Sie, Sie müssen doch gesehen haben, was gestern passiert ist, ich hatte den Eindruck, daß mein Kollege im Gedränge geschubst worden ist.«

Der Mann hob einen Finger. »Noch 'n Kaffee bitte.« Er wandte sich an Rohleff. »Wenn Se erlauben. Det is richtig, es war een Schubs.«

»Haben Sie gesehen, wer's war?«

»Da könnt ich mir natürlich irren, aber ick meine, das war so een langer Kerl, ziemlich wendig, und in dem Momang konnt ich nicht sehen, ob er ihn wirklich schubste oder nich doch packte und von der Kante wegreißen wollte. Aber da hab ich vorsichtshalber zugegriffen.«

»Würden Sie den Mann wiedererkennen?«

»Nee, wirklich nicht, dafür war der zu schnell verschwunden, das hab ich auch Ihrem Kollegen gesagt.«

»Harry war hier?«

Rohleffs Handy meldete sich wieder. Er lauschte und wandte sich dann an seinen Nachbarn, eine Hand auf der Membran. »Einen Augenblick. Das ist meine Frau, und mein Sohn kräht im Hintergrund.«

»Familie hab ich auch mal gehabt.«

Während der Unterhaltung mit Sabine hatte Rohleff den Ton dieses einen Satzes im Ohr, das Traurige, den Verlust, der darin mitschwang.

Nach dem Gespräch fingerte er nach seinem Portemonnaie, sein Nachbar sah ihm interessiert dabei zu, und als ihm Rohleff einen Geldschein reichte, griff er nicht sofort zu, sondern klopfte auf die Brusttasche in seiner Jacke.

»Det hat Ihr Kollege schon erledigt. Ist 'n feiner Kerl, das sag ich nicht wegen dem Geld. Das hab ich gleich gesehen, ohne Menschenkenntnis hältste dir auf meiner Ebene nich lange. Son geschniegeltes Äußeres sagt nicht alles, da müssen Se drüber weggucken.«

Rohleff gab ihm trotzdem das Geld, schon weil er gern etwas Nettes über Groß hörte, das erleichterte ihn ein wenig und relativierte die eigenen Zweifel, die sich sonst nicht kleinkriegen ließen.

»Eine Botschaft für mich hat er Ihnen nicht aufgetragen?«

»Nicht, daß ick wüßte, aber wenn er noch mal vorbeischneit, kann ich ihn ja von Sie grüßen. Det is det Eigenartige an Bahnhöfen, da kommt jeder mal durch.«

Diesmal verursachte Rohleff das Geratter der U-Bahn Kopfschmerzen. Mittlerweile dämmerte es, und die Silhouetten der Häuserfronten schoben sich wie Kulissen vor einem verblassenden Himmel zusammen, hier und da glühten erste Lichter auf.

Fröstelnd zog er seinen Mantel um sich. Es würde eine lange Nacht werden, und es war nicht vorauszusehen, wie sie endete, es gab noch immer eine Möglichkeit, die ihm mehr Angst machte als alle anderen.

In diesem Fall waren zu viele kontroverse Gefühle im Spiel, und er nahm sich vor, seine eigenen zu ordnen, sobald er eine gewisse Klarheit gewonnen hätte. Sehr bewußt kramte er die Erinnerung an die schrecklichen Prozeduren hervor, die Sabine und er hatten ertragen müssen. Der Arzt hatte ihm gesagt, daß die Qualität seines Spermas zu wünschen übrigließ, und deshalb hatte er ihn mit einer langen Injektionsnadel in die Hoden gestochen, um sich auf einem direkteren Weg Besseres zu holen. Rohleff hatte es als eine einzige Barbarei empfunden, als Schmerz, der blieb, als der physische längst abgeklungen war. Von der ganzen Schinderei leitete er auch das Fremdheitsgefühl her, mit dem er auf die Geburt von Thomas reagiert hatte, in dem er nur ein unnatürliches Produkt hatte sehen können, einen ausgemachten Fremdkörper, auch wenn er wie ein normales Baby schrie.

Aber die Vaterschaft definierte sich ebenso durch soziale wie durch genetische Bindungen, und er war nun bereit, die Störfaktoren aus dem Hightech-Labor hinter sich zu lassen und auf das Menschliche zu vertrauen, die gute alte Basis.

18.00 Uhr

Mehrmals hatte Rohleff den Klingelknopf betätigt und vergeblich auf das Summen des Türöffners gewartet. Obwohl er sich nicht viel davon versprach, schlüpfte er ins Haus, als ein Pärchen herauskam, und stieg die Treppe in den ersten Stock hinauf. Vorher hatte er die Namensschilder im Parterre geprüft.

Er machte sich keine Illusionen darüber, daß er weiterhin auf bereits abgegrastem Terrain seine Forschungen betrieb und günstigenfalls abholte, was für ihn vorbereitet worden war. Die verfahrene Geschichte gedachte er Groß, sobald er ihn am Wickel hatte, heimzuzahlen. In seinem Kopf punktete er die Vergehen des Kollegen, die Liste wurde stetig länger.

Die Wohnung von Lehmann, dem Waffenexperten, lag links neben der Treppe, auf ein erneutes Schellen wurde fast sofort die Tür aufgerissen. Lehmann hatte sich wohl gerade einen Mantel übergeworfen, seine Füße staken noch in Filzlatschen. Die Wieselaugen hinter goldfischglasdicken Gläsern huschten über Rohleff.

»Ich will gerade weg, kommen Sie ein andermal, ich hab's eilig.« Lehmann zog die Tür bereits halb hinter sich zu, ein normaler Besucher wäre vielleicht einen Schritt zurückgewichen, Rohleff trat vor und deutete nach unten.

»In Filzpantoffeln?« Die Tür schwang zögerlich wieder zurück, er gab ihr einen zusätzlichen Schubs, so daß sie an die Wand flog, Lehmann japste erschreckt.

»Was wollen Sie?«

Rohleff haßte Auftritte, die wie aus stereotypen Kriminalfilmen wirkten, ließ aber bei dieser Gelegenheit nichts aus, was zu derartigen Szenen gehörte. Er zückte betont forsch seinen Dienstausweis, während er Lehmann näher rückte und dadurch zum Rückzug in die Wohnung zwang.

»Kriminalpolizei.«

Lehmann knöpfte sehr langsam seinen Mantel wieder auf, schlüpfte aus den Ärmeln und hängte ihn an die Garderobe. Er hielt dabei den Kopf gesenkt, sprach praktisch den Mantel und zwei Jacken an, die gleichfalls an Haken hingen.

»Ich weiß nicht, was jetzt Sie von mir wollen.«

»Das wundert mich aber, können wir uns woanders unterhalten, ich steh nicht gern im Flur herum.«

Rohleff folgte ihm in ein Wohnzimmer, das häßlich und sparsam möbliert war, aber voller Kakteen stand, riesigen

Exemplaren in großen Kübeln, von denen einige mit extrem stachligen Armen vor dem Näherkommen warnten.

Er mußte sich erst orientieren und sich einen kollisionsfreien Weg an dem bedrohlichen Gestrüpp vorbei zu einem Stuhl überlegen, bevor er den Raum tatsächlich betrat. Die meisten der Stachelgewächse, die größten vor allem, standen vor einer getäfelten Wand gegenüber der Fensterseite. Auf den Fensterbrettern drängten sich die kleineren.

Lehmann hatte sich durchgeschlängelt und verbreitete eine Atmosphäre der Unruhe, er setzte sich auch nicht, nachdem Rohleff Platz genommen hatte. Wahrscheinlich hätte ein Hund – er dachte flüchtig an Berni – etwas an dem Mann riechen können, was auf Angst und auf schlechtes Gewissen schließen ließ. Er fragte sich, was Groß mit diesem Kerl zu tun hatte, ob die Vorliebe für exotische Gewächse eine Verbindung geschaffen hatte.

Weder im Flur noch im Wohnzimmer war auch nur eine Waffe zu sehen, womöglich lag er völlig falsch und war wieder einer Doppelgängerstraße aufgesessen und einem Doppelgänger Lehmann, mit noch unbekanntem Dreck am Stecken. Wovor hatte der Mann Angst?

Bevor er der Frage nachgehen und auf Waffen zu sprechen kommen konnte, meldete sich Knolle. Daher rückte er den Stuhl so, daß er Lehmann und den größten Teil des Raumes im Auge behielt.

Knolle hatte in Bochum den Tänzer gesprochen, der gleichfalls am Tanzfestival in Münster teilgenommen hatte.

»Der Mann hat zugegeben, daß er mit Isabel in der einen Woche was hatte, und er sagte, er sei nicht der einzige gewesen. Du wirst dich noch wundern. Die Frau brauchte nur aufzukreuzen und gar nicht mal viel zu sagen oder zu machen, aber nach einer Stunde hatte die alle Männer auf

Touren gebracht wie eine läufige Kuh eine ganze Bullenherde.«

»Schöner Vergleich«, sagte Rohleff und betrachtete Lehmann, der einige der Kakteen goß und an den Töpfen rückte, »aber komm zur Sache.«

»Die Frau war ein Phänomen. Die hätte mit Berufssex ein Schweinegeld verdienen können, so wie die alle aufgegeilt hat, aber die wollte nicht für Geld. Nur tanzen, aber wenn's sie gerade überkam, kannte die keine Hemmungen. In Sachen Sex ein Naturereignis. Der Mann hörte gar nicht mehr auf, als er einmal angefangen hatte, und wenn ich ihn gelassen hätte, wäre er noch dabei. Er sagte, die einmal im Bett gehabt zu haben verdirbt einen für alle anderen.«

»Den Namen«, sagte Rohleff kühl.

Die Kakteen bildeten inzwischen eine undurchdringliche Hecke vor der getäfelten Wand. Als er den Kopf schief legte, konnte er ein paar Unebenheiten und Linien auf der Wand erkennen. Knolle beendete seinen Sermon mit dem gewünschten Namen.

»Überrascht mich nicht«, sagte Rohleff knapp und unterbrach die Verbindung.

»Womit sollen wir anfangen, Herr Lehmann? Mit dem, was Sie da hinter dem Stachelzeug in Ihrer Schrankwand horten, oder mit Ihrer Bekanntschaft mit Harry Groß? Er war doch hier?«

Lehmann zuckte zusammen, der Strahl seiner Gießkanne traf den Fußboden, und das Wasser verlief sich in den Ritzen der Holzdielen.

»Er hat gesagt, ich hätte wahrscheinlich nicht mit größeren Schwierigkeiten zu rechnen, und kaum ist er weg, stehen Sie hier, feiner Kunde, Ihr Harry Groß.«

»Woher kennen Sie ihn?«

Lehmann blickte zornig auf. »Ich kenne ihn überhaupt nicht, bis vor zwei Stunden jedenfalls. Der hat meine Adresse aus dem Internet, wie er sagte, aber das kann gar nicht stimmen, ich hab keine angegeben, ich bin ja nicht blöd. Ich hatte nur ab und zu einen Chat mit anderen ...«

»Waffenexperten?« hakte Rohleff ein. »Ihr Pech, da hatten Sie wohl auch mal meinen Kollegen in der Leitung, der spielt gern am Computer. Was haben Sie ihm über die Waffe erzählt?«

»Welche Waffe? Der hat mir einen Bolzen gezeigt, aber wenn er das passende Gerät dazu sucht, ist er bei mir grundfalsch, da muß er in den nächsten Baumarkt gehen, aber das wußte er doch auch. Haben Sie schon mal daran gedacht, was man alles mit einer elektrischen Kettensäge anrichten kann?«

Rohleff deutete auf den Schrank. »Ist nicht mein Spezialgebiet. Sind Sie sicher, daß der Bolzen nicht zu einer bestimmten Waffe gehört?«

Lehmann hatte begonnen, die Töpfe wieder zu verschieben. »Ich beschäftige mich mit Waffen, seit ich vor vierzig Jahren als Fünfjähriger einen Plastikcolt für Platzpatronen geschenkt bekommen habe. Das war zum Karneval, ich stamm aus dem Rheinland, aus Köln.« Lehmann hockte sich auf die Fersen. »Diese Bolzen gehören zu keiner regulären Waffe, ich habe mir die Dinger sogar unter dem Mikroskop angeschaut, die Spuren vom Schußkanal auf der Oberfläche. Ich sag ja, Heimwerkermarkt. Mit dem, was da an Geräten angeboten wird, könnten Sie ein Schlachtfest unter der Bevölkerung anrichten.«

Rohleff erhob sich. »Hätten Sie noch einen Tip für das zutreffende Gewerbe, das solche Sachen benutzt?«

»Zimmermann, Dachdecker, was weiß ich.« Lehmann deutete auf die Holz- oder Schrankwand, zu der jetzt ein Durchgang den Zutritt erlaubte. »Wollen Sie nun reinschauen?«

Rohleff wehrte ab. »Gehört nicht in meine Zuständigkeit. Hat Ihnen mein Kollege etwas aufgetragen, was Sie mir ausrichten sollen?«

Lehmann kam ganz dicht an Rohleff heran, seine Filzlatschen schoben sich beinahe unhörbar über den Boden. »Sagen Sie mir endlich, was hier eigentlich läuft?«

Rohleff spähte nach der U-Bahn aus, die ihn in die Stadtmitte befördern sollte, als sein Polizistengewissen mit Vorhaltungen begann. Hätte er nicht korrekterweise den Inhalt des Schranks inspizieren müssen? Und all die schwerkalibrigen Pistolen, leichten Colts und alle übrigen Handfeuerwaffen, doppelläufigen Flinten und Elefantentöter, auf die er treffen würde, registrieren müssen? Vielleicht wäre er auch noch auf ein paar selbstgebastelte Bomben gestoßen. Und er hätte die Munition sicherstellen müssen. Er sah sich mit einem großen, bleischweren Sack zu Füßen auf dem Bahnsteig stehen oder in Lehmanns Wohnung auf Pat und Patachon warten, die den Waffennarren hochnehmen würden.

Daß er es mit einem Narren zu tun hatte, stand für ihn außer Frage. Ein Mann, der Minderwertigkeitsgefühle mit einer Sammlung gefährlicher Waffen kompensierte. Er vergegenwärtigte sich noch einmal den unsicheren Blick des Mannes, das beinahe lautlose Geschleiche in den Filzpantoffeln, dann die eigenartige Vorliebe für Stacheliges, alles in allem Indizien für ein gestörtes Gemüt. Einer der Gründe, warum er nichts gegen Lehmann unternommen hatte, war seine Wut auf Groß.

Es war ihm klar, daß Groß dem Mann versprochen hatte, ihn nicht zu melden, weil er darauf baute, daß er, Rohleff, das erledigen würde, eine Marionette, die er sehr lässig an den Fäden führte.

In der U-Bahn wurde Rohleff schnell von seinen mißmutigen Gedanken abgelenkt. Ein junger Mann spannte blitzgeschwind ein weißes Bettlaken zwischen zwei gegenüberstehende Sitzbänke, und ehe sich die Fahrgäste versahen, erschien ein grün angemaltes Krokodil mit klapperndem Holzmaul über der Lakenkante.

Von einem zum anderen Moment verfiel Rohleff der Verzauberung durch das Puppenspiel, dem vorlauten Kasper und den betörenden Augenaufschlägen der Prinzessin, die hörbar mit den spinnenbeinartigen Wimpern den Takt zu ihren Auftritten gab. Eine kleine Scheinwelt, die gerade wegen ihrer Durchschaubarkeit so viel Reiz ausübte und Sehnsüchte weckte, die ihn weit zurück schweifen ließen, in Kindheit und Unwissenheit.

Die Lautsprecherdurchsagen, die die Stationen angaben, mutierten zu Hintergrundgeräuschen, und nur weil die Bahn gerade ruckelnd in eine Kurve bog und sein Nachbar ihn beim Aufstehen anstieß, nahm er die verzerrte Stimme aus der Wirklichkeit wieder wahr. Es dauerte ein Weilchen, bis er begriff, daß er bereits ein paar Stationen zu weit gefahren war. Bevor er ausstieg, bedankte er sich bei dem Puppenspieler.

## 20.00 Uhr

Durch die Hin- und Herfahrerei kam er beinahe zu spät ins Theater.

»In den Hackeschen Höfen«, hatte Ramon gesagt, und in diesen Höfen irrte Rohleff herum, ein kleines Labyrinth, in dem die Schächte zwischen den Hauserwänden Nummern trugen wie Zellentrakte und der Geräuschpegel ab-, aber der Hall zunahm, je weiter er sich vom Eingang entfernte.

Bei der zweiten Runde traf er auf Franziska Helm, die ihn am Ärmel ergriff und in einen Eingang zerrte.

»Ich habe Sie vorhin schon vorbeilaufen sehen, die Vorstellung fängt gleich an, die Karten habe ich gekauft.«

Rohleff zückte sein Portemonnaie. »Dann lassen Sie mich die gleich bezahlen, später vergeß ich's noch.« Mit dem Geld förderte er seinen Dienstausweis aus der Tasche. »Haben Sie sich die Leute angeschaut, die hereinkamen?« fragte er und schaute dabei selbst Franziska an.

Das blonde Haar hatte sie in einem Nackenknoten zusammengerafft, ein vergebliches Bemühen, ihrem runden, etwas kindlichen Gesicht Strenge oder Rasse zu verleihen, ihr nicht ganz schlanker Körper steckte in einem langen schwarzen Fummel, der ihre Rundungen eher betonte als kaschierte. In Jeans und Pullover hatte sie ihm besser gefallen, da hätte er sich, wenn ihm daran gelegen wäre, ausmalen können, wie aus ihrem Typ etwas zu machen wäre.

»Ich habe niemanden erkannt«, erklärte sie, »aber es gibt einen Hintereingang, hab ich an der Kasse erfahren, den konnte ich ja nicht auch noch im Auge behalten.«

Die Enttäuschung in der Stimme klang etwas zu heftig für den Auftrag, den er ihr erteilt hatte. Er sah sich suchend um.

»Er ist auch nicht gekommen, Ihr Kollege, den hätte ich natürlich sofort wiedererkannt«, fuhr sie fort, und Rohleff filterte noch eindeutigeres Bedauern heraus.

»Harry war bei Ihnen?«

Ihre Augen leuchteten genug auf, daß sich ein paar Vermutungen ergaben, bevor sie aber antworten konnte, mischte sich die Frau ein, die hinter dem schmalen Kassentresen stand.

»Wenn Sie die Vorstellung noch sehen wollen, wird's aber Zeit, daß Sie sich einen Platz suchen.«

Rohleff hielt ihr den Ausweis hin. »Haben Sie eine Künstlergarderobe? Ich will sie sehen, sofort.«

Der Raum, in den sie geführt wurden, bestand aus einem Verschlag ohne Tageslicht, der nur den notwendigsten Platz zum Schminken und Umkleiden bot.

Franziska sog scharf die Luft ein. »Das ist es, ›Sumatra rain‹, das erkenne ich sofort.«

Rohleff roch vorwiegend alte Socken und Schweiß. »Den gleichen Aftershave-Duft, den Sie in Ihrer Wohnung bemerkt haben, nachdem Isabel Besuch hatte?« Er fragte nur der Ordnung halber. Als er sah, wie das Mädchen nickte, wandte er sich an die Frau vom Theater, die mißtrauisch hinterhergekommen war.

»Wer hat sich hier als letzter umgezogen?«

Franziska war an den Garderobenständer herangetreten, nahm ein Hemd, das nachlässig über einen Haken geworfen war, und hielt es an die Nase.

»Sagen Sie, was soll das, und lassen Sie die Sachen, wo sie sind. Für das, was Sie hier machen, brauchen Sie einen Durchsuchungsbefehl. Geht's um eine Scheidungsgeschichte? Sie sind kein Polizist, Sie sind Schnüffler.«

Die Frau riß das Hemd an sich, sie war recht heftig geworden, und bezog Posten vor dem Ständer. »Machen Sie, daß Sie hier rauskommen.«

Rohleff ergriff Franziskas Hand und zog die Studentin mit sich zur Tür. »Ich denke, ich weiß schon, was ich wissen wollte, wir sehen uns jetzt auch noch den Rest an, wir haben ja die Karten.«

Der eigentliche Theaterraum bestand aus ein paar ansteigenden Sitzreihen, zu denen ein schmaler Gang die Wand entlang führte, und davor erstreckte sich die Bühne: ein schwarzer Boden und schwarze Stellwände, die den Hintergrund bildeten. Nichts lenkte von den Tänzern ab. Rohleff und Franziska hatten sich gerade im Dunkel des Zuschauerraums zu zwei Plätzen getastet, ziemlich vorn an der Bühne, da rückte Franziska dicht an Rohleff heran. Ihre Nähe war ihm sehr angenehm, das Mädchen roch gut, nach einem Aroma, das er nicht benennen konnte, etwas Wohltuendem, Weiblichem.

Sie flüsterte ihm ins Ohr: »Der Lange, das ist der Mann, den ich im Flur gesehen habe.«

»Der andere ist auch ein Mann, keine Frau.«

»Das seh ich.«

Das Mädchen verblüffte ihn. Er selbst hätte, wenn er es nicht besser gewußt hätte, die Tänzerin als Frau wahrgenommen.

»Woran?« fragte er zurück.

»Schwer zu erklären. Ich habe einfach einen Blick dafür. Die Schwarzhaarigen gefallen mir auch nicht so, auf Latinos steh ich nicht.«

Rohleff verkniff es sich, zu fragen, ob ihr Rotblonde besser gefielen, auch rundlichere als die zwei sehnigen Männer auf der kleinen Tanzfläche vor ihnen. Es lag an Franziskas Mißfallen, daß er sich anfangs nicht so sehr auf den Tanz konzentrieren konnte, auch die Sorge um Groß kam wieder hoch.

Ganz fest hatte er damit gerechnet, daß er ihn im Theater treffen würde. Ebenso rätselhaft erschien ihm, daß Fernando seinen Part absolvierte, als gäbe es nicht den Schatten eines Verdachts gegen ihn. Ramon mußte ihn doch informiert haben.

Der Zwang hinzuschauen stellte sich schleichend ein. Später sollte es ihm vorkommen, als hätte Ramon zunächst konventionell getanzt und als wäre nur langsam die wahre

Leidenschaft in ihm erwacht, die für den Tanz und vor allem die für den Partner, Fernando. Immer häufiger trafen sich ihre Blicke, und immer unglaubhafter erschien der Gedanke, daß die Tänzerin ein Mann sein sollte, der mürrische Ramon. Vielmehr sah Rohleff Isabel vor sich und für kurze, heftige Augenblicke sogar Sabine.

Wie gebannt verfolgte er mittlerweile jede Bewegung der Tangotänzerin, da bot sich jemand beinahe zornig an und dann wieder unterwürfig. Ramon rührte einen Strudel der Sinnlichkeit und des Begehrens auf, in den der andere wie in einen Mahlstrom geriet, der ihn in die Tiefe reißen sollte. Ein Sumpf der Erotik, in dem der Verstand verröchelte und etwas Tierisches zum Vorschein kam, blinde, rohe Leidenschaft. Rohleff mußte sich zusammenreißen, um derart blödsinnige Assoziationen von sich zu weisen, seine Hände, die er im Schoß gefaltet hielt, fühlten sich schweißnaß an, der Gaumen wurde ihm trocken, und die Augen taten weh vom Hinsehen. Er blinzelte.

Wie eine kleine Erlösung legte sich ihm eine Hand auf die Schulter.

»Sobald sie fertig sind, greifen wir ihn uns und quetschen ihn aus, bis er alles zugibt.« Groß flüsterte hinter ihm, Rohleff wandte sich langsam um, es kostete ihn Mühe, den Hals zu drehen, und dann schielte er an Groß vorbei.

»Da könnten wir aber ein kleines Problem haben.«

Am Eingang, von unten matt beleuchtet durch eine schwache Lichtquelle, die Zuspätkommende vor einem Sturz bewahren sollte, standen Ribeck und Mürwitzer.

»Pat und Patachon halten nach uns Ausschau«, sagte Rohleff.

Groß blickte sich gleichfalls um. »Dick und Doof, wolltest du sagen.«

Mit einer Hand zog Rohleff Franziska zu sich heran, er roch wieder das angenehme Aroma. »Ich hätte da eine Bitte an Sie …« Als er fertig war, fügte er noch eine Frage an. »Wonach riechen Sie so schön?«

Wahrscheinlich lächelte Franziska im Dunkeln, als sie ihre Antwort gab. »Ich habe Brot gebacken, bevor ich herkam.«

Die Tänzer erstarrten bei den letzten Klängen der Musik, die aus einer unsichtbaren Quelle, vermutlich einer Kassette, stammte, in einer Pose, bei der sich ihre Gesichter sehr nahe waren, dabei kehrten sie aber den Zuschauern das Profil zu, so daß nichts von dieser letzten Zwiesprache der Augen sichtbar wurde. Nach einer schwungvollen Verbeugung, in die das Klatschen und Aufstampfen der fünfzig bis sechzig Anwesenden auf den paar ansteigenden Reihen aufbrandete, verschwanden die Tänzer blitzschnell. Rohleff sprang mit den anderen auf, Groß setzte über die Bankreihe vor ihm. Als die zwei quer über die Bühne liefen, um durch die Kulisse zur Garderobe zu hetzen, verließ sich Rohleff darauf, daß Franziska dazu ansetzte, die ihr übertragene Aufgabe so gewissenhaft, wie er erwartete, auszuführen.

»Ferdinand Rabe, ich verhafte Sie …«, Rohleff hielt die Tür zur Garderobe in der Hand, Groß schnellte an ihm vorbei und stürzte sich auf Fernando, der ihn gleichfalls packte.

»Du Schwein, du hast sie umgebracht«, schrie der Tänzer.

Der Spiegel zerbrach, als die beiden Männer ineinandergehakt dagegenprallten. Funkelnde Splitter fielen von der Wand, Rohleff riß schützend einen Arm hoch, das hinderte ihn daran, sofort in das Handgemenge einzugreifen, auch er schrie, er wußte nicht, was.

»Raus hier!« Das war Groß, dem es gelang, einen sehr effektiven Polizeigriff anzuwenden, er drehte Fernando einen

Arm auf den Rücken und riß ihn hoch, Rohleff ergriff den anderen.

Erst als sie durch den Hintereingang das Gebäude verlassen hatten, fiel ihm Ramon ein, er hatte ihn noch bemerkt, als sie die Garderobe stürmten, er sah die aufgerissenen Augen des Argentiniers vor sich, und jetzt war der Mann verschwunden. Das kümmerte ihn im Augenblick wenig, seine größte Sorge war, den Verdächtigen verhören zu können, bevor die Berliner Polizisten aufkreuzten und Fernando genau die Anschuldigung wiederholte, in die sich Rohleff mehr als einmal in den letzten Tagen verbissen hatte. Die andere Möglichkeit.

Das Gewirr der Hackeschen Höfe erwies sich als Vorteil, es erlaubte ihnen, zu entkommen, einen Bogen zu schlagen und ganz in der Nähe ein Lokal zu finden, in dem niemand auf sie achtete. Erst als Fernando saß, ließen sie ihn los, er rieb sich die Handgelenke.

Schon stand ein Kellner vor ihnen. »Keen Radau hier, wenn ihr Zoff habt, geht ihr raus.«

Fernandos Gesicht zeigte Spuren der Schlägerei, ein Auge begann sich zu verfärben. Groß keuchte, er war rot angelaufen. Rohleff nahm an, daß auch er alles andere als gleichmütig wirkte. Schief lächelte er zu dem Kellner hoch.

»Keine Bange, eine Lage Mineralwasser für uns, oder wollen Sie Rotwein, Fernando?« Das letzte rutschte unbedacht heraus, das Bild des feurigen Tänzers wirkte nach. Fernando starrte vor sich hin, ohne erkennbare Reaktion.

»Dann nur Mineralwasser«, beschied Rohleff.

Schon bevor Flaschen und Gläser auf dem Tisch standen, begann der Mann zu reden.

»Ich weiß, was ihr wollt. Ihr schiebt es mir in die Schuhe, damit der Herr Kommissar eine reine Weste behält.«

»Ich habe das Bolzenschußgerät gefunden.« Groß sprach leise, nur sein Atem ging heftig. »Hinter der Bühne, ich habe mich dort umgeschaut, als die Vorführung lief. Sie haben es benutzt, um Latten und Balken für die Kulissen zusammenzunageln, ich hatte so was in der Art erwartet.« Groß zog etwas aus der Tasche, einen langen, silbrigen Stahlnagel ohne Kopf, einen der Bolzen, die Rohleff blutbesudelt aus einem Baumstamm hatte herausragen sehen. »Steckte noch im Lauf.«

Rohleff wäre jetzt gern über den Kollegen hergefallen, wie hatte er sich aufs Glatteis locken lassen, wie geschickt hatte Groß immer von Waffe gesprochen und damit Rohleffs Mutmaßungen in die falsche Richtung gelenkt.

Die Getränke kamen, der Kellner blieb am Tisch stehen und äugte auf den Bolzen.

»Das war alles«, sagte Rohleff bestimmt und scheuchte den Mann mit einer ärgerlichen Handbewegung fort.

»Womit hast du sie umgebracht?« zischte Fernando und schlug unversehens mit den geballten Fäusten auf den Tisch. Gläser und Flaschen klirrten. »Du warst bei ihr, am Donnerstagnachmittag, ich habe dich weggehen sehen.«

»Als ich ging, lebte sie noch, aber dann bist du gekommen, das weiß ich auch, ich hab euch beide beim Vögeln beobachtet.«

Fernando machte wieder Anstalten aufzuspringen, Rohleff fuhr daher scharf dazwischen. »Dann will ich erst von dir was hören, Harry, das, was ich noch nicht weiß, und laß nichts aus.«

Groß ließ das Wasser im Glas kreisen und sah zu, wie die Blasen aufstiegen, er sortierte seine Erinnerungen an diesen Donnerstagnachmittag.

Alle Versuche, Isabel näherzukommen, waren bis dahin

fehlgeschlagen. Sie hatte es genossen, sich mit ihm zu unterhalten, weil sie ihn witzig fand, aber schon ihre Körperhaltung verriet, daß sie sich währenddessen offenhielt für andere, auch ihre Blicke schweiften zu häufig umher. Ihre Aufmerksamkeit glich dem Wasser im Glas, unruhig, nicht festzuhalten.

Die Einladung für den Donnerstag hatte er ihr abgetrotzt, sie sprach von Abreise und daß er ja auf einen Sprung vorbeikommen könne. Erst als er den geöffneten Koffer sah, ging ihm auf, was sie gemeint hatte. Beim Kaffeetrinken klebte ihm die Zunge förmlich am Gaumen, alles hörte sich fade an, nicht witzig. Die Unterhaltung schleppte sich, während sie fortfuhr, ihre Sachen zusammenzusuchen.

In der Jackentasche spürte er die blaue Pille, er tastete mit den Fingern über ihre gerundeten Kanten, sie bildeten eine Raute. Von dieser Pille hatte er sich einen besonderen Schwung erhofft. Daß sie auch schon mal tödlich wirken konnte, hatte er gehört, hielt das aber im gegebenen Fall für unwahrscheinlich. Das Dumme war, daß er sich später nicht mehr daran erinnerte, was mit der Pille geschehen war, es gab da Unklarheiten über den Zeitraum, als das Telefon schellte und Isabel eine kurze, wortkarge Unterhaltung führte. Er jedenfalls hatte die Pille aus der Tasche geholt, zwischen den Fingern gedreht und damit über den Kaffeetassen hin und her jongliert, während Isabel auf dem Bett hockte und ins Telefon sprach.

Als sie ihn wenig später hinauskomplimentierte, begriff er, daß sie eine Verabredung getroffen hatte. Auf der Treppe fiel ihm all das ein, was er hatte sagen wollen. Wie er ihr hätte über den Arm streichen und sie plötzlich an sich reißen müssen. Mehr Vergewaltigung denn Verführung.

Der Hunger, der ihn eine halbe Stunde lang jede ihrer Bewegungen hatte verfolgen lassen, wollte ihn nicht loslassen, er trödelte daher vor dem Haus herum und schaute in den ersten Stock hinauf, ihr Apartment lag aber nach hinten hinaus.

Daher wechselte er am Ende auf die andere Straßenseite, ging die fünfzig Meter zum Auto, schloß es auf, stieg ein und blieb sitzen, ohne den Motor zu starten. Nach wenigen Minuten stieg er wieder aus und kehrte zurück. Aus einiger Entfernung sah er, wie die Haustür zuklappte. Warum er dies Zuklappen mit Isabel in Verbindung brachte, wußte er nicht, schließlich wohnten noch mehr Leute im Haus, aber das Telefongespräch, bei dem kein Name gefallen war, hatte einen immer handgreiflicheren Verdacht geweckt, dem er nachgehen mußte.

Neben dem Haus fand er einen Durchgang zum Hof, den betrat er, ohne sich um Bedenken zu scheren, kalte Wut beherrschte ihn. Hätte nicht die Leiter an der Wand der Garage gelehnt, wäre er nicht auf das Dach gestiegen. Er tat so, als überprüfe er etwas an der Dachabdeckung.

Nicht einmal der Gedanke, daß ihn jemand aus den umliegenden Häusern hätte beobachten können, hielt ihn davon ab, sich an das Fenster, das zu Isabels Zimmer gehörte, heranzupirschen.

Sie hatte die Vorhänge bis auf einen schmalen Spalt zugezogen. Durch diese Ritze stierte er in einen dämmerigen Raum, auf ein Bett, auf dem sich zwei Menschen umschlangen, Isabel und ein Unbekannter. Der Spalt gewährte nicht genug Durchblick, um das ganze Bett zu erfassen, er sah nur Partien, Ausschnitte, so daß seine Phantasie das übrige dazutat, es war ein Fegefeuer, auf dem Dach zu hocken und zuzuschauen.

Plötzlich befand sich nur noch ein Körper auf dem Bett,

ein Arm, eine geöffnete Hand mit nach oben weisenden Fingern lag, von der Hüfte abgerückt, auf dem Laken, ganz unbewegt, so ruhig, wie Isabel noch nie gewesen war. Er hatte nur einen Augenblick die Beobachtung unterbrochen, um noch einmal die anderen Häuser zu mustern, vor allem die Fenster, kalte, dunkle Löcher ohne ein Zeichen menschlichen Lebens.

Beim Erzählen hielt er sich an die Tatsachen, ohne Beschönigung, die Emotionen ließ er weg, auch die Pille, ganz korrekt gab er den Zeitpunkt der Heimfahrt an, er war noch im Büro gewesen, um über ein paar Untersuchungen auf andere Gedanken zu kommen. Im gleichen unpersönlichen Ton wandte er sich an Fernando.

»Du hast sie gevögelt, das ist mir erst in Berlin klargeworden, bei der Helm. Und du hast sie umgebracht, ich habe praktisch dabei zugesehen. Womit hast du's gemacht?«

Die Ermittler mußten beide zugreifen, um den Mann auf dem Stuhl zu halten. Fernandos Augen rollten in den Höhlen. »Du Arschloch. Dich hat sie nicht rangelassen, darum hast du sie ...« Er schrie nur noch.

Rohleff klatschte mit der Hand auf den Tisch. »Noch so ein Ausbruch, und Sie gehen in Handschellen hier raus. Sie beantworten mir jetzt ein paar Fragen, Herr Rabe.« Er wartete ab, bis Fernando etwas ruhiger schien, und danach mußte er noch den Kellner besänftigen, der drohend an den Tisch getreten war. Er bestellte noch einmal Wasser.

»Sie hatten also ein Verhältnis mit Isabel Moravia und gleichzeitig mit Ramon Puntavista. Was hatten Sie sich dabei gedacht?«

Fernando sah auf seine Hände, er lächelte spöttisch. »Ich denke dabei nicht so viel wie Sie. Ramon und ich waren seit drei Jahren zusammen, und Ramon ging mir allmählich auf den Geist. Er wurde immer mehr zur Klette. Und außerdem legte er sich dauernd Krankheiten zu, bei denen ich ihn pflegen mußte. Eine Zeitlang macht man das Getue mit. Isabel war ganz anders. Wir hatten vor, zusammen was Größeres aufzuziehen.«

»Ich dachte«, fiel Rohleff rasch ein, »Isabel war nur eine drittklassige Tänzerin, jedenfalls habe ich mir das sagen lassen.«

»Du hast sie aus Eifersucht umgebracht«, Groß sprach schnell, gereizt, »du warst bei ihr nicht der einzige, du hättest sie nie festhalten können.«

»Dieses Schwein hier«, Fernando sprach die Decke an, »hat keine Ahnung. Isabel war wie ein Magnet, die brauchte nicht perfekt zu sein, was die hatte, kann man nicht lernen.«

Es kostete Rohleff einige Mühe, die beiden so weit in Schach zu halten, daß er aus Fernando die Einzelheiten jenes Donnerstags, die ihn betrafen, herausholen konnte. Isabel hatte nur wenig Haschisch genommen, er dagegen eine gehörige Dosis, das steigerte den sexuellen Rausch erheblich, daher fiel ihm erst hinterher auf, daß Isabel sich gelegentlich merkwürdig zusammengekrampft und gegen ihn gewehrt hatte, ihr Aufstöhnen hielt er lediglich für ein Zeichen der Ekstase.

Auf einmal war sie tot. Und es dauerte eine Zeitlang, das zu begreifen und ihren Tod im Zusammenhang mit dem Mann zu sehen, der das Haus verlassen hatte, als er gerade kam. Da er und Isabel ihre Verbindung geheimhielten, vor allem wegen Ramon, hatte er gewartet, bis der andere verschwunden war.

Rohleff hatte noch einmal einhaken müssen, um zu klären, warum Ramon so fest behauptete, daß Fernando das gemeinsame Zimmer gar nicht verlassen hätte. Groß legte demonstrativ eine Kassette auf den Tisch, mit Gitarrenmusik, wie er erklärte, und damit war schon alles klar. Das Band lief, als Ramon einduselte.

Alles, was auf den Tod folgte, war von Panik und einer mörderischen Wut diktiert. Er hatte die Schlüssel von Isabels Zimmer an sich genommen und fuhr zurück in sein Hotel, um nach Ramon zu sehen. Er rüttelte Ramon sogar wach, gab ihm zwei Schlaftabletten und ließ, während der Kranke wieder einschlief, das Band mit der Musik zum zweitenmal laufen. Dann fuhr er mit dem Auto zur Pension zurück, zog Isabel das Unterkleid an und trug sie ins Auto.

Mittlerweile war es dunkel draußen. Er wußte, daß Groß in Steinfurt wohnte, und ihn beherrschte der Gedanke, daß er dem Mörder das Opfer vor die Tür legen müsse. Eine zugegebenermaßen sehr unausgegorene Idee, da er nicht einmal die Adresse von Groß kannte, die mußte er sich erst noch besorgen. Es schien ihm ein guter Einfall, die Leiche zunächst im Bagnowald zu verstecken, zufällig stieß er auf den alten Eiskeller. Er war nicht abgeschlossen. Noch am Abend holte er Isabels Sachen aus dem Zimmer.

Sehr spät am nächsten Abend, als Ramon schlief, fuhr er nach Steinfurt zurück und fand die Leiche so steif vor, daß sie nicht mehr ins Auto paßte. Als er sie neben dem Wagen liegen sah, in der merkwürdigen Haltung, in der sie im Eiskeller auf dem Laubbett zufällig erstarrt war, da hatte er die Idee, sie dort zu lassen, aber sichtbarer und so, daß jeder, der sie sah, von ihrem Anblick betroffen sein mußte, von ihrer Schönheit, ihrer Besonderheit.

Außerdem nahm er an, daß sich Harry Groß mit dem Fall zu befassen hatte, und er hoffte, daß er sich bei der Ermittlung früher oder später selbst als Mörder entlarven würde.

Das Bolzenschußgerät hatte er aus Versehn aus Berlin mitgebracht, es diente dazu, die Latten für die Kulissen zusammenzunageln. Während er damit hantiert hatte, waren die Gelenke von Isabel wieder weicher geworden, er hatte dann noch etwas an ihr herumbiegen können.

Die Unverfrorenheit, mit der sich Groß am nächsten Tag im Theater blicken ließ, hatte ihn sehr überrascht, daß er aber über Isabel kein Wort fallenließ, bestätigte Fernandos Gewißheit über die Täterschaft. Auch daß sich Groß mit einem dieser Taschentücher durchs Gesicht fuhr, von denen eins zwischen Isabels Sachen gelegen hatte.

In der Nacht war er wieder nach Steinfurt gefahren und hatte im Bagno gesehen, daß die Leiche verschwunden war. Mittlerweile wußte er, wo Groß wohnte, er wollte ihn zum Reden zwingen. Nachdem er zwei Stunden gewartet hatte, hatte er die Stufen unter Wasser gesetzt als kleine Warnung. Wasser hatte er immer dabei, weil der Kühler des Autos ein bißchen leckte. Sonderlich logisch klang das alles nicht.

Auf der Rückfahrt war er am Burgsteinfurter Schloß vorbeigekommen und hatte, ohne lange zu überlegen, Isabels Koffer, mit einem losen Brocken aus dem Kopfsteinpflaster beschwert, in den Schloßteich geworfen, an einer Stelle nahe der Brücke, wo der Teich nicht ganz zugefroren war. Der Koffer war sofort untergegangen.

»Ich weiß, wie das bei euch läuft. Ihr haut mich in die Pfanne. Schade, daß er sich nicht den Hals gebrochen hat, der dicke Harry.«

Rohleff schenkte es sich, das Vorkommnis auf dem Bahnsteig zu klären, auch so konnte er sich den Vorfall zusammenreimen. Der Mitbewohner hatte dem Tänzer von dem Anruf erzählt, von der bevorstehenden Ankunft der Kommissare in Berlin, und Fernando war ihnen vom Bahnhof zur U-Bahn gefolgt.

Rohleff war direkt froh, als die Berliner Kollegen das Lokal betraten, dankte aber im stillen Franziska, die die beiden bis dahin aufgehalten hatte. Durch die Anwesenheit von Groß erwies sich das Verhör als eine schwierige Aufgabe, die ihn arg ermüdet hatte, auch wenn ihm das Gespräch zu ein paar neuen Erkenntnissen verholfen hatte. Trotz der betont nüchternen Ausdrucksweise hatte er die Verstrickung von Groß nur zu klar erkannt, die hoffnungslose und leidenschaftliche Verliebtheit und die Demütigung des Zurückgewiesenen.

## 25. Februar, Aschermittwoch

0.30 Uhr

Die Berliner Kommissare hatten Fernando wegen dringenden Mordverdachts in Gewahrsam genommen. Rohleff blieb mit Groß im Lokal zurück, jetzt, nach Mitternacht, waren sie die einzigen Gäste, und der Kellner begann, die Stühle auf die Tische zu stellen. Rohleff winkte, um zu bezahlen.

Auf dem Weg zur U-Bahn hatten sie noch eine Menge zu klären, auch deshalb hatte er die Berliner mit dem Verdächtigen abziehen lassen. Eine Bahn ließen sie, ohne einzusteigen, passieren, sie waren noch nicht fertig miteinander.

»Lilli hat die Fotos der Fußabdrücke in deiner Computerdatei gefunden, und zwar die, die du uns nicht gezeigt hast und auf denen die Fußspuren übereinanderlaufen, die von Torkelt über welche mit Schuhgröße zweiundvierzig.«

»Fernando hat Schuhgröße zweiundvierzig, ich hab's überprüft, als wir in seiner Wohnung waren.«

Rohleff schluckte, es lag ihm auf der Zunge, etwas über das Zurückhalten von Beweismaterial zu äußern, statt dessen deutete er auf die Füße von Groß. »Du hast auch Schuhgröße zweiundvierzig und ziemlich kleine Füße für einen Mann.«

Groß schenkte es sich, darauf einzugehen, Rohleff fluchte auf einmal laut.

»Das bringt mich auf den Waffenheini. Hast du gedacht, ich nehm den für dich hoch?«

»Du warst bei Lehmann?« Groß schien ehrlich überrascht.

Rohleff wurde giftig. »Natürlich war ich bei Lehmann, wie auch bei Franziska Helm und noch mal bei Ramon, du hast mich den ganzen Tag an der Nase herumgeführt. Ich weiß noch nicht, wie das Ganze enden soll, vor allem für dich, aber du kümmerst dich morgen um Lehmann oder am besten sofort.«

»Warum?«

Rohleff fixierte den anderen, der auf einer Bank Platz genommen hatte, den Oberkörper vorgebeugt, die Hände zwischen den Knien hängend.

»Was ist los, Harry? Der Kerl hat den ganzen Schrank voll Waffen und, ich wette darauf, nicht einen Waffenschein.«

»Das ist korrekt«, Groß sah spöttisch grinsend auf, »kein Waffenschein. Ich geh davon aus, daß du dir die Mühe gespart hast, in den Schrank zu gucken, wie du ja überhaupt bei diesem Fall einen bemerkenswerten kriminalistischen Spürsinn zeigst, der ohne präzise Recherche auskommt und lieber auf Vorurteile baut. Du weißt alles über Lehmann, nicht? Waffennarr und auch sonst ein bißchen blöd, da brauchst du ja nur an die Kaktusgalerie zu denken. Wenn du nämlich in den Schrank geschaut hättest, wärst du auf Stapel von Zeitschriften gestoßen und Bücher. Der hortet alles, was je über Waffen geschrieben worden ist, und dazu ein paar Einzelteile, die er auf Flohmärkten gefunden hat. Daraus kannst du nicht eine brauchbare Waffe zusammenschrauben.«

»Also nur ein Wirrkopf.«

»Da irrst du dich schon wieder. Ich bin im Internet auf den Knaben gestoßen, und mir ist ziemlich schnell klar geworden, daß der tatsächlich Bescheid weiß. Ein Kenner, dem es ums Wissen geht, nicht darum, Knarren zu sammeln.«

»Und warum benimmt er sich wie einer, der was zu verbergen hat?«

»Weil er eben doch ein Blödian ist. Er glaubt, die paar verrosteten Einzelteile könnten ihn schon in Schwierigkeiten bringen. Der ist nämlich Beamter und ordentlicher Staatsbürger. Ich hab ihn in dem Glauben gelassen, besser so, als daß er doch noch auf die Idee kommt, sich ein Arsenal zuzulegen. Ganz abgesehen davon, daß es nicht so ohne ist, sich im Internet mit Waffenkenntnissen hervorzutun. Daß du den auftust, damit habe ich nun wirklich nicht gerechnet.«

»Und weil du so eine außerordentliche Spürnase bist, hast du mich alten Deppen abgehängt und hinter dir hertraben lassen.«

Groß ließ den Kopf sinken, die Erschöpfung brach durch.

»Wegen der Blumen für Isabel. Die Rosen waren von mir, ich mach so was gern, Künstler wollen Anerkennung. Aber ich dachte, wenn Patrick das mit den Blumen herausgefunden hat …«

Rohleff wartete, ob noch etwas folgte, und überlegte, ob es der richtige Zeitpunkt wäre, den anderen auf das burgunderrot geränderte Taschentuch anzusprechen, das er in Fernandos Zimmer gefunden und das Groß bei Isabel vergessen hatte, am letzten Donnerstag. Leider gab es noch ein paar Unklarheiten, besser Unsicherheiten, was die Schuld Fernandos betraf, die er mit dem Kollegen jetzt nicht erörtern wollte, weil … Er mochte den Gedanken nicht zu Ende führen.

Detlev, der ihnen knurrend im Bademantel die Tür aufmachte, schob Rohleff einen Zettel zu. »Für dich. Ein Anruf aus einer Klinik in Münster. Ein Doktor Lahmarsch oder so ähnlich hat dich nicht erreicht. Er hat das Gift identifiziert.

Es heißt« – er schaute Rohleff über die Schulter und tippte auf den Zettel – »Cantharidin, wird aus Käfern gewonnen. Du kannst ihn morgen fragen, aus welchen, er ruft noch mal an.«

Groß zog Rohleff das Handy aus der Tasche, es war nicht eingeschaltet. »Komisch«, sagte Groß, »wie du deine Ermittlungen führst.«

Der Anruf von Dr. Lamash erfolgte, als sie noch beim Frühstück saßen. Detlev hatte Spiegeleier mit Speck auf die Art zubereitet, wie Rohleff sie mochte. Sie schwammen in Fett. Nach dem Telefonat saß er zunächst unbeweglich am Tisch, mit einer Hand rückte er schließlich sehr langsam den Teller beiseite.

Detlev drohte mit dem Pfannenwender. »Das wird aufgegessen.«

Rohleff wandte sich an Groß. »Spanische Fliege, sagt dir das was?«

»Soll das das Käfergift sein? Ich kenn das nur als Aphrodisiakum, war in früheren Jahrhunderten sehr beliebt bei den Kavalieren. Ich wußte aber nicht, woraus das gemacht wird.«

»Wird aus verschiedenen Käfern gewonnen, der Hauptbestandteil ist aber Cantharidin. Der Lamash hat auch etwas über eine erotisierende Wirkung gesagt, aber vor allem über die massiven Nebenwirkungen. Ist nur was für ganz Hartgesottene.«

Groß trommelte mit den Fingern auf die Tischplatte, als Rohleff sehr bedachtsam fortfuhr. Tatsächlich zermarterte er sein Gedächtnis wegen einer Erinnerung.

»Die Auswirkungen einer höheren Dosis kennen wir bereits. Trockene Schleimhäute, Krämpfe. Krämpfe, kommt dir das bekannt vor? Fernando hat die Krämpfe von Isabel erwähnt. Exitus durch Ersticken. Das Besondere ist aber, und deshalb der Anruf, daß es erst nach vierundzwanzig Stunden tödlich wirkt. Kein Gift mit raschem Verlauf.«

Detlev legte resigniert den Pfannenwender in die Pfanne zurück, hockte sich auf einen Küchenstuhl und räusperte sich, als die Kommissare still blieben.

»Ist ja nicht allzu schwer. Soweit ich alles mitgekriegt habe, verschied die Dame am Donnerstag, da muß sie also am Mittwoch das Zeug geschluckt haben, die Fliegen.«

Rohleff wandte sich ihm wie blind zu. »Danke bestens, ist uns eine Hilfe.«

Groß sprang auf. »Die Fliege. Eine Schachtel mit einer Fliege obendrauf. Hab ich in Ramons Zimmer zwischen seiner Apothekenauslage gesehen.«

»Und ich habe sie selbst aufgehoben. Dann mal los.« Rohleff stand ebenfalls auf.

Detlev schrie ihnen nach. »Könnt ihr nicht erst aufessen? Wo wollt ihr hin?«

»Zu Ramon«, antworteten beide.

Der Mitbewohner öffnete. An dem verdutzten Mann vorbei gingen sie rasch zum Zimmer des Tänzers und rissen die Tür auf. Ramon schlief nicht, die Augen starrten weit offen an die Decke, sein Körper wurde von Krämpfen geschüttelt.

Rohleff drückte die Tasten seines Handys, um nach einem Krankenwagen und dem Notarzt zu telefonieren, Groß redete unterdessen auf den Mitbewohner ein und zeigte ihm die Dienstmarke. Ramon wandte sich von der Decke ab und versuchte, die Besucher zu fixieren, er röchelte, konnte aber nicht sprechen.

Rohleff erinnerte sich an die Wirkung des Gifts und befahl Groß scharf, ein Glas Wasser zu holen.

Es war dann Groß, der Ramon behutsam so weit aufrichtete, daß er ihm ein wenig Wasser einflößen konnte. »Er muß das Zeug gestern abend geschluckt haben, nachdem wir in die Garderobe geschneit sind.«

Rohleff hatte auf dem Tisch nach der Schachtel mit der schwarzen Fliege auf dem Deckel gefahndet und sie als Beweisstück gesichert. Vorher hatte er sich davon überzeugt, daß sie leer war.

»Nein, er hat es gestern morgen genommen, nachdem wir da waren. Da ist ihm klargeworden, daß er mit dem Mord nicht durchkommt. Fernando hatte ihm nichts von meinem Anruf und der Ankündigung des Besuchs gesagt, es hat ihn völlig überrascht, uns plötzlich in Berlin zu sehen. Er muß sich so sicher gefühlt haben, daß er nicht einmal das Gift versteckt hat, er ließ es hier herumliegen.«

Ramon grinste unter Schmerzen und bewegte die Lippen. Groß beugte sich zu ihm hinunter.

»Was sagt er?«

»Wir kriegen ihn nicht.«

Als der Arzt eintraf, hielt Groß die Hände des Sterbenden, der ihn nicht loslassen wollte, selbst als ihm der Arzt einen Tubus in den Hals zu schieben suchte, um den Atemweg frei zu halten.

»Macht das denn noch Sinn, die Quälerei?« fragte Rohleff.

Ramons Körper bäumte sich auf, er wehrte sich gegen die zwei Sanitäter, die mit dem Krankenwagen gekommen waren, sie legten ihn auf eine Bahre und schnallten ihn fest.

»Gar nichts zu tun macht noch weniger Sinn«, sagte der Arzt.

Rohleff war sich dessen nicht sicher. Er erlaubte Groß, mit in die Klinik zu fahren, forderte aber über die nächste Dienststelle zwei weitere Polizeibeamte an, die im Krankenhaus als unanfechtbare Zeugen dienen sollten, falls Ramon etwas äußerte. Rohleff fuhr zu Ribeck und Mürwitzer, um die beiden über die neueste Entwicklung zu unterrichten.

Gegen Mittag lebte Ramon noch, es bestand eine geringe Aussicht, daß er durchkommen würde. Den Mord hatte er überraschenderweise zugegeben, Groß brachte die Bestätigung der Zeugen mit in die Dienststelle. Er selbst wollte auf eine Anklage gegen Fernando wegen der zwei Angriffe verzichten.

Rohleff behielt sich ein mögliches Vorgehen gegen den Mann vor. Es würde dauern, bis sich das alte Verhältnis zwischen den Kollegen wieder einstellte, vielleicht gelang es auch nicht, zu dem früheren, unkomplizierten Vertrauen zurückzufinden. Die Zeit, in der er ihn des Mordes verdächtigt hatte, wollte erst verarbeitet sein. Wie er sich zu den Dienstvergehen stellen würde, wußte er noch nicht.

Am Spätnachmittag waren sie auf dem Weg zum Bahnhof.

»Knolle hat angerufen, während du im Krankenhaus warst, er hatte noch einmal mit der Inhaberin der Pension gesprochen, und die erzählte ihm, daß sie etwas im Zimmer von Isabel gefunden hat. Ein kleine blaue Pille, aber sie hatte gedacht, daß das nicht wichtig sei. Ein anderer Mieter hat sie über die Pille aufgeklärt. Es handelt sich um Viagra. Ich hätte nicht geglaubt, daß einer von Isabels Besuchern so eine Aufmunterung nötig hatte.«

Rohleff erwähnte das, um Groß etwas aufzuheitern, aber der starrte nur störrisch zum Fenster der U-Bahn hinaus. Rohleff dachte an Isabel, an die Frau unklarer Herkunft, die sich auf eine universale Sprache verstanden hatte. Isabel war das Vorbild und das Urbild, von dem die beiden Tänzer nicht gewußt hatten, daß es existierte. Ramon bestritt ihren Part lediglich als Imitation und mußte scheitern, als er ihr begegnete.

Der Fall ging zu Ende, und es wurde Zeit, etwas laut werden zu lassen, was Rohleff schon eine Weile auf der Seele brannte. »Ich möchte mich entschuldigen für unser Verhalten bei dir, als wir dich besucht haben, Patrick und ich. War wohl nicht so ganz richtig gewesen, wie wir uns aufgeführt haben«, begann er steif, »aber weißt du, dieses Japanische bin ich nicht gewöhnt. Sind die Japaner alle so spartanisch eingerichtet?«

Groß zeigte keinerlei Entgegenkommen. »Du bringst da was durcheinander mit spartanisch und japanisch«, sagte er abwehrend.

»Aber was ich dir auch noch sagen wollte, bei meinem Geburtstag, da ...« Rohleff brauste mehr auf, als er gewollt hatte.

Groß wandte den Kopf. »Wir haben dich als frischgebackenen Vater ein bißchen zu sehr hochgenommen, dabei steht dir der Vater gar nicht mal so schlecht.«

»Nicht so gut wie dir dein Drachengewand.«

»Das trag ich ja schon etwas länger.«

Sie schwiegen eine Weile, dann wagte sich Rohleff weiter vor. »Schwul bist du also nicht.«

»Nur fett. Würde es dich stören, wenn ich's wäre?«

Rohleff dachte erst nach. »Ich glaube, jetzt nicht mehr, die Sache an sich ist mir egal, aber vorher hat mich die Unsicherheit gestört, es war ein ewiges Hin und Her.«

»Und deshalb hast du mich extra gründlich belauert, um herauszufinden, in welche Schublade du mich stecken kannst?«

Rohleff ließ wieder ein paar Minuten verstreichen, in denen die U-Bahn einmal anhielt. »Franziska Helm steht auf

Rotblond, und sie mag keine Hageren, Internet hat sie auch und sicher eine E-Mail-Adresse, aber wahrscheinlich weißt du das schon alles. Wir haben noch etwas Zeit, bis unser Zug abfährt. Meinst du, es geht an, wenn wir in einer Berliner Bahnhofsgaststätte noch ein Kölsch zu uns nähmen?«

# Nachbemerkung

Auch wenn es einigen Steinfurtern sicherlich anders lieber wäre: Alle Personen und die Handlung sind frei erfunden. Und wenn die eine oder andere dieser Figuren rote oder schwarze Haare hat, diesen oder jenen Namen trägt, so ist das kein Hinweis auf eine real existierende Person, sondern schlichter Zufall. Irgendwie muß ja auch ein erfundener Mensch heißen dürfen.

# Der bittersüße Geschmack des Erwachsenwerdens: Junge Literatur bei AtV

**MARY O'CONNELL**
**Heilige Mädchen**
Die heiligen Mädchen lachen, lieben, hassen, fluchen und gehen zum Frisör wie wir, und oft sind sie richtige Biester. Ihre Martyrien sind uns vertraut, denn sie sind so alt wie die Menschheit: unglückliche Liebe, Neid und Eifersucht, Krankheit, der unerwartete Tod von Freunden, frühe Mutterschaft, lästige Männer.
»Lustige Kurzgeschichten über Mädchen zwischen katholischer Erziehung und Chanel No. 5.«
PETRA
*Aus dem Amerikanischen von Karsten Kredel. 203 Seiten. AtV 1897*

**CLAUDIO PAGLIERI**
**Sommer Ende Zwanzig**
Unvergleichlich leicht und heiter erzählt Claudio Paglieri, preisgekrönter Autor einer Comic-Helden-Biographie, von der bittersüßen Melancholie des Erwachsenwerdens.
»Also sagen wir, wenn einer von uns abkratzt, bleibt der Schwur bestehen, ansonsten kommen wir wieder, wenn der letzte von uns, also Teo, siebenundzwanzig geworden ist.«
»Wieso siebenundzwanzig?« fragt er.
»Weil die Jugend mit siebenundzwanzig zu Ende ist. Bis dahin kann man Inter Rail machen, überall gibt's Ermäßigung, und möglicherweise studiert man sogar noch. Danach beginnt der Abstieg.«
*Roman. Aus dem Italienischen von Verena von Koskull. 278 Seiten. AtV 1895*

**G. ZOË GARNETT**
**Blue Girl**
Roanne ist vierzehn, geht aber locker für sechzehn durch. Wie ihre Mutter Dell, die malt, bildhauert und für ihre Plattencover berühmt ist, hat sie sehr ausgeprägte Formen. Unglücklicherweise hat es der schöne Marcus auf Mutter und Tochter abgesehen. Als Roanne ihn mit ihrer Mutter erwischt, beschließt sie, für eine Weile zu verschwinden.
»Ein Feuerwerk, erzählt mit einem Tempo, bei dem Kerouac und andere Beatniks tot umgefallen wären.« SÄCHSISCHE ZEITUNG
*Roman. Aus dem Englischen von Ulrike Seeberger. 350 Seiten. AtV 1896*

**TANJA DÜCKERS**
**Café Brazil**
Diese Geschichten um ganz normale Nervtöter, leichtsinnige Kinder oder verwirrte Großmütter steuern stets auf verblüffende Wendungen zu.
»Feinsinnig, bösartig, kühl und lustvoll, bisweilen erotisch, spiegeln Dückers' Erzählungen ... den Erfahrungshorizont einer Generation, die hinter einer vordergründigen Erlebniswelt ihre Geschichte entdeckt.« HANNOVERSCHE ALLGEMEINE
*Erzählungen. 203 Seiten. AtV 1359*

AtV